KB201473

실창판소리에서 창작판소리까지

김영주

지식과교양

머리말

최근 판소리 공연이 문화 예술 관계자들로부터 새삼스러운 관심을 받고 있다.

국악이라는 무겁고도 지루한 분위기를 벗어버린, 특색 있는 공연이 이루어지고 있기 때문인데 이러한 면모는 일반인들 사이에서도 적지 않은 호기심을 불러일으키고 있다. 판소리 본래의 유흥성과 즉흥성을 살린 것이 이렇게 새삼스럽고 특색 있게 된 데에는, 판소리는 옛 것이라 고루하다는 선입견이 있어왔기 때문일 것이다. 그런 가운데 소리판의 현장이 다시 주목받기 시작한 것은 소리꾼들의 의식 있는 노력으로 인한 것인데, 창작판소리가 바로 그것이다.

창작판소리는 전통판소리의 레퍼토리가 아니어서 생경한 느낌을 주는 것이 사실이다. 판소리하면 곧 〈춘향가〉〈심청가〉〈흥보가〉〈수궁가〉〈적벽가〉이었기 때문이다. 이 다섯 바탕이 지금까지 전승되고 있는 우리 고유의 판소리 작품이다. 그리고 그 외, 비록 현재 전승되지는 않지만 한 때 불렸던 판소리 작품들도 있었다. 창작판소리 만

큼이나 우리에게 익숙하지 않은 이 작품들은 그러나 옛 시대에 분명
히 불렸으며 일정한 인기도 누렸다. 그러다가 사라지고 말았는데,
창을 잃은 판소리 곧 실창판소리이다.

이렇게 보면 판소리에서 작품의 레퍼토리가 축소되기도 하고 확장
되기도 하는 것이 전혀 어색한 일이 아닌 듯싶다. 사람들의 사유는
그 시대에 따라 변하기 마련이고, 그런 고민의 예술적 결과물이 그
시대만의 문화적 특색을 만들어내지 않던가. 이런 시각으로 실창판
소리와 창작판소리를 보면 판소리 레퍼토리의 축소와 확장이 자연스
러운 흐름의 연장선상에 놓인다. 이 책은 이러한 시대적 특색을 담
아내는 판소리 작품에 관한 이야기이다.

이 책은 필자의 학위논문을 수정 및 보완한 것이다. 전체적으로
내용을 다시 한 번 다듬고 그 사이에 발표한 소논문의 내용을 첨가
해 구성하였다.

2장과 3장의 실창판소리 내용은 이미 여러 선생님들께서 자세하
면서도 논리적으로 분석해 놓은 결과들을 공부한 것이다. 그것을 나
름의 논리에 맞도록 다시 정리한 것인데, 이러한 의도를 선명하게
드러내지 못했을까 두렵다.

4장 창작판소리 후반부의 소리꾼과 작품들은 지금도 활발히 활동
하면서 공연되고 있는 것들이어서 그에 대한 평가를 단언적으로 내
리기가 어려운 면이 없지 않다. 하지만 이러한 학술적인 관심이 창
작판소리가 지속적으로 발전해 가는 데 작은 힘이 되어주지 않을까
하는 생각으로 시도해 보았다.

이 글에서 다룬 것들 외에도 수많은 창작판소리 작품들이 존재한

다. 이에 대한 연구는 앞으로도 필자가 꾸준히 관심을 가지고 해내야할 과제라고 여긴다.

연구생시절부터 지금까지 부족한 제자를 믿어 주시고, 위해서 애써 주시는 서종문 선생님께 깊은 감사의 말씀을 올린다. 또한 초보 연구자의 글을 선뜻 맡아 출판해 주신 지식과 교양사에도 감사드린다.

김영주

추천사

이 세상에서 변하지 않는 것은 없다. 어떤 현상이든지 시간이 지나가면서 변화하게 마련이다. 판소리도 그러한 변화를 겪어왔다. 우리는 확인할 수 있는 판소리의 역사에서 이러한 변화를 통해서 판소리의 다양한 면모를 알 수 있었다.

판소리는 공연 레퍼토리를 가장 많이 확보했을 때에 열두 마당의 작품으로 구성되어 있었다. 판소리의 장르적 생동력이나, 감상층의 기호의 변화에 따라서 공연 레퍼토리는 점차 축소되어 갔다. 오늘날까지 〈춘향가〉, 〈심청가〉, 〈흥보가〉, 〈수궁가〉, 〈적벽가〉 등 다섯 마당만 전승되어 왔다.

이러한 판소리사적 변화에 대해서 그간 학계에서는 그 원인에 대해서 이모저모로 살펴보려는 노력을 보여 왔다. 본 저서는 이 문제에 대해서 실창판소리 작품을 중심으로 종합적으로 검토하는 성과를 담고 있다. 이것은 판소리사적 변모를 살피는 데에서 매우 중요한 작업이라 평가할 수 있겠다.

전승되는 공연예술의 하나인 판소리가 감상층을 확보하기 어려운 현실이 되었다. 무형문화재로 보존되면서 화석화되고 전승의 통로가 좁아지고 있다는 점은 심히 우려스러운 일이다. 그런데 판소리 공연작품의 외연을 넓히려는 노력이 없었던 것은 아니다.

〈열사가〉를 비롯하여 〈오적〉, 〈소리내력〉 같은 작품들은 그러한 노력을 보여주는 작품들이다. 이들 작품들은 전달하려는 메시지가 강하여 판소리 흥취를 살리는 미학적 측면과 연계하는 과제를 던져두고 있다. 최근에는 젊은 소리꾼들 중심으로 〈억척가〉, 〈스타대전〉과 같은 작품으로 대중에게 다가가려는 시도가 이루어지고 있다. 판소리에서 보존과 재창조는 양면의 바퀴처럼 굴러가야 된다고 생각해왔던 추천인으로는 이러한 시도는 판소리의 장르적 생명력을 활성화시킨다는 점에서 매우 바람직한 일이라 생각한다.

이 저서에서는 이러한 창작판소리의 전개과정도 검토하고 있다. 즉 실창판소리와 창작 판소리의 흐름 속에서 판소리사의 한 측면을 밝혀보려는 노력을 담아내었다. 이러한 노력은 판소리사를 파악하는 데에 매우 적절한 작업이라고 볼 수 있다. 저자인 김영주 박사는 박사학위 논문에서 제기한 실창판소리와 창작판소리가 판소리사에서 어떠한 역사적 고리를 이어갔는가라는 문제를 이 저서에서 끈질기게 천착하여 해명하려고 노력하였다.

이 저서는 판소리의 과거와 미래를 이어가는 역사적 맥락을 짚어보는 시각을 마련해 주는 내용을 담고 있다. 또한 판소리의 역사를 온전하게 복원하는 데에 이바지할 것이라고 확신하면서 추천사를 마친다.

서종문 | 경북대 명예교수

차 례

Ⅰ

실창판소리와 창작판소리를 보는 시각

1. 실창판소리와 창작판소리의 범주

판소리는 창자가 구연의 방식으로 청·관중에게 작품의 내용을 전달한다. 이것은 민담 등과 같이 단순히 이야기를 말로 풀어 전달하는 구술과는 달라서 아니리와 창으로 짜여진 소리를 다양한 장단에 맞춰 전달하는 것을 특징으로 한다. 또한 장단에 맞춘 곡조를 부르기만 하는 것이 아니고 서사적 상황을 연출해야 하기에 너름새를 적절히 구사하기도 한다. 그렇기 때문에 공연을 하는 창자 한 사람은 서사에 등장하는 여러 인물을 연기해야 하며 청·관중은 창자의 소리와 연기력을 통해 서사에 몰입할 수 있게 된다. 이것은 신위가 쓴 〈관극절구(觀劇絶句)〉의 '춘향이 분장 끝나 눈에는 추파, 부채 든 옷 매무새 어색하구나 웬 일인가 파리한 이어사는, 지금토록 풍류놀이 독점하는가(春香扮得眼波秋 / 扇影衣紋不自由 / 何物龍鐘李御使 / 至今占斷劇風流)'라는 내용과 윤달선이 쓴 〈광한루악부(廣寒樓樂 府)〉 서문에 '조선창우의 공연놀이는 한 사람은 서고 한 사람은 앉는 다. 선 사람은 창을 하고 앉은 사람은 북을 친다(朝鮮唱優之戱 一人 立 一人坐者 而立者唱 坐者以鼓節之)'라는 표현 등에서도 드러나고 있기도 하다. 이 두 사람은 판소리의 감상자로서, 등장인물을 두루 연기해내는 창자와 함께 고수 한 사람이 짝이 되어 진행되는 판소리 를 조선의 극으로 인식했음을 알 수 있다.[1] 그러므로 우리는 판소리 의 서사가 창자에 의해 극과 유사한 형태[2]로 공연되었음을 알 수 있 다.

　또한 송만재는 〈관우희(觀優戱)〉 서문에서 '타령 잡가 오만 가지 별체를 노래하는데 때로는 앉아서, 또는 쭈그리고, 또는 서서, 또는 말하고 노래를 부르는가 하면, 북도 쳐가며, 혹 웃기도 하고 울기도 하면서, 한 번 길게 뽑으면 한 번은 짧게, 한 번은 맑게, 한 번은 흐 리게, 한 번은 올리고, 한 번은 떨어뜨리고, 빠른가 하면 느리게 소 리를 한다.'는 기록을 남기고 있다. 이것은 사람이 생활하면서 느끼

---

1) 이러한 인식은 개화기 때 우리나라에 들어와 판소리를 관람했던 선교사들이 '이 것이 조선식 연극이다.'라고 했던 의미규정에서도 드러난다.(조현범, 『문명과 야 만-타자의 시선으로 본 19세기 조선』, 책세상, 2003.)

2) 서구에서 아리스토텔레스의 『시학』이래로 자리 잡고 있는 극의 개념은 우리의 판 소리와 꼭 같지 않다. 그러므로 우리 문학사에서 전개된 극 양식의 개념, 특히 판 소리 양식에 대한 자생적인 개념을 전제로 하는 것이 합당하다. 그러므로 필자는 '극과 유사한 형태' 정도로 정리해서 사용하기로 한다. 이 점과 관련해서는 서양의 희곡/연극의 전통은 '문자'를 중심으로 이루어졌고, 우리의 희곡/연극은 '구술'을 중심으로 한 전통 속에서 이루어졌다는 것을 우선적인 차이로 꼽은 다음의 논의 가 참고가 된다. 김익두, 『한국 희곡/연극 이론 연구』, 지식산업사, 2008.

는 슬픔과 기쁨의 굴곡들이 판소리에서 각기 다른 곡조와 너름새의
형태로 반영되고 있으며 바로 이 점을 감상자들이 높이 평가했다는
것을 알게 해 준다. 이것은 단순히 슬픈 장면과 기쁜 장면이 교체되
어서 짜여 있는 것에서 나아가 슬픈 장면까지도 웃음으로 승화시키
며 공연을 이끌어 나가는 특징을 말해 준다고 하겠다. 곧 판소리는
사람들이 살면서 겪게 되는 다양한 감정들을 반영한 서사를, 한 사
람의 창자가 탁월한 노래 실력과 연기력으로 표현하는 것인데 이 때
감상자들은 슬픔과 즐거움을 반복적으로 느끼게 되지만 결국에는 웃
음의 장으로 이야기의 결말을 공유하게 되는 특징을 지니고 있는 것
이다.

　이러한 판소리 장르에 대한 접근은 그 성격을 규정하기 위해 다각
도로 시도되었다. 이러한 연구들은 음악적인 측면과 연극적인 측면
그리고 문학적인 측면에서 시도되었는데, 대개의 연구들이 사설을
중심으로 한 문학적인 분석에 치중하여 축적되어 온 것이 사실이다.
이능우[3]는 판소리를 사설의 내용적인 측면을 중심으로 소설로 규정
하였으며, 김동욱[4]은 구비문학이 정착되어 남아있는 서사시의 한 유
형이라고 규정하였다. 여기에 이어 조동일[5]은 장르의 개념을 류(類)
와 종(種)으로 구분하고 판소리가 서사장르류에 속하는 것으로 설명
하였다. 이와는 다른 시각으로는 우선 박헌봉[6]이 음악성을 중시하여
판소리를 민속음악으로 보았고 이병기[7]는 음악적인 극적문학으로

---

3) 이능우, 「동아문화」6, 서울대학교, 1966.
4) 김동욱, 『한국가요의 연구』, 을유문화사, 1984.
5) 조동일, 「판소리의 장르규정」,『판소리의 이해』, 창작과 비평사, 1978.
6) 박헌봉, 『창악대강』, 국악예술학교출판부, 1966.
7) 이병기, 『국문학개론』, 일지사, 1961.

규정한 바 있다. 한편 이두현[8]은 판소리를 희곡으로 정의하기도 하
였다. 이러한 일련의 연구 흐름은 이미 정해진 장르 규정에 판소리
를 소속시키고자 하는 한계를 내비쳤다. 이에 따라 판소리만이 지니
는 독특한 장르적 특징을 인정해주어야 한다는 시각이 나타났는데,
강한영[9]은 판소리만의 독자적인 장르 곧 '판소리는 판소리'라는 논리
로 장르적 성격을 규명하였다. 이런 가운데 서종문[10]은 판소리의 사
설과 창이 서로 분리될 수 없고 판소리의 본질을 지탱하기 위해 동
시적으로 공존하는 것으로 이해하면서 여기에 재현현장에 참여하는
청관중의 역할도 고려되어야 한다고 보았다. 이에 따라 판소리는 문
학적 장르체계로만 파악할 수 없는 개방성을 그 본질로 지니고 있음
을 구명하였다.

　비교적 최근에 이르러 서양의 극과 판소리는 같은 범위 안에서 묶
일 수 없다는 판단 하에 판소리가 지니는 공연학적 면모에 비추어
창자와 고수, 청중이 담당하는 역할을 정리한 논의[11]와 이러한 논의
의 연장선상에서 공연물로서 판소리의 미학적 면모를 중시하는 연
구가 나타났다.[12] 이러한 시각은 서구적인 양식규정으로는 판소리
를 전면적으로 설명할 수 없다는 한계를 지적하고 문학적, 음악적,
연극학적 특징들이 포괄적인 새로운 패러다임의 전망 속으로 통합
되어야 한다고 제기한다. 같은 시기 서종문[13]은 초기 논의에서 나아

8) 이두현, 「동아문화」6, 서울대학교, 1966.
9) 강한영, 「동아문화」6, 서울대학교, 1966.
10) 서종문, 『판소리 사설연구』, 형설문화사, 1984.
11) 최정삼, 「연행예술로서의 판소리 연구」, 원광대 박사학위논문, 1999.
12) 김익두, 『판소리, 그 지고의 신체전략-판소리의 공연학적 면모』, 평민사, 2003.
13) 서종문, 「판소리의 장르적 지향성」, 『성곡논총』35, 성곡문화재단, 2004.

가 판소리의 장르는 정형화 되어서 전승된 것이 아니고 초기의 복합
적인 장르성이 '서사적 희곡'을 지향하면서 서사적 재편을 이룬 것
이 판소리계 소설로, '희곡적 지향성'을 강하게 보인 것이 창극으로
정착된 것으로 보았다. 또 오늘날까지 판소리로서 전승되고 있는 작
품들은 '서사적 희곡성'을 강하게 지니고 있는 것으로 정리하였다.
이러한 연구들은 판소리 장르가 사설에서 비롯된 문학적인 성격과
창에서 비롯되는 음악적인 성격 그리고 공연물로서의 연극적인 성
격을 다분히 지니고 있다는 점을 놓치지 않고 있다는 점에서 주목
된다.

　　이런 점에서 우리는 판소리가 사설로 읽힐 때와 연행물로 공연될
때 수용자들에게 인식되는 양상이 다르다는 것을 알 수 있다. 판소
리는 원래 연행물로 생겨났던 것이 서사적 재편을 거치면서 독서물
로 전환되는 현상이 나타나기도 했던 것인데, 우리는 전자와 후자를
'판소리'와 '판소리계소설'로 구분하고 있다. 이것은 '판소리'에 접근
하는 태도와 '판소리계소설'에 접근하는 태도가 달라야 함을 시사하
고 있다. 요컨대 '판소리'는 창자와 고수 그리고 청중이 함께 만들어
가며, 기본적으로 이 세 요소를 충족해야지 형성될 수 있는 것이다.
이것은 다시 소리 생산주체와 수용주체로 나눌 수 있겠는데 곧 창자
와 고수는 생산주체에 서고, 청중은 수용주체에 서게 된다. 주지하
다시피 판소리의 사설은 구비물을 근간으로 형성된 것이다. 또한 연
행의 현장에서 창자의 역량에 따라 혹은 청중의 반응에 따라 재생산
되는 경우가 많다.[14] 이러한 과정을 거치면서 판소리는 적층의 성격

---

14) 판소리가 연행될 때 수용자의 수준에 따라서 사설이나 곡조가 변형될 수 있다는

을 띠게 된다. 따라서 판소리는 생산주체와 소비주체의 의식이 사설의 짜임과 창곡의 엮음에 일정한 영향력을 미치면서 그 주제적 의미를 생성시키게 되는 것이다.[15]

　　소리꾼과 북잡이로 이루어진 판소리의 생산 주체가 터 잡고 있는 구비문학 생성의 문화적 토대가 지향하고 있는 세계인식과, 양반 사대부와 왕족 및 신흥세력으로 구성된 판소리의 소비주체가 기대고 있는 한문학 · 국문학의 문화적 기반이 지향하고 있는 세계인식은 크게 보아서 구별되는 성격을 지니고 있기 때문이다. 즉 앞의 경우에는 생산 현장에서 구체적인 현실과 교섭하면서 지니게 되는 현실주의적 세계관이 바탕이 되어, 세계에 대한 직접적인 인식과 이에 대한 생생하고도 발랄한 태도를 사설 속에 드러내 보일 것이 기대되는 법이다. 뒤의 경우에는 소비 공간에서 현실과 거리를 두면서 지배 이념에 기초한 세계관을 통하여 세계에 대한 추상적인 인식과 지배 질서를 옹호하는 태도를 표명할 것이 예상되는 터이다.[16]

위의 인용부분에서 알 수 있는 바, 판소리의 생산자와 수용자는 서로 다른 의식지향을 내비치며 그것을 생산하고 또한 수용한다. 이러한 상반된 지향성의 경쟁적 작용으로 전승 5가의 면모가 지금과

인식은 근대 5명창 중 하나로 꼽히는 송만갑이 "극창가는 주단 포목상과 같아서 비단을 달라면 비단을 주고 무명을 달라는 이에게는 무명을 주어야 한다."고 한 것에서도 드러난다.
15) 판소리가 생산주체와 소비주체의 상호작용에 의해 그 주제가 구현된다는 논의는 다음에서 개론적으로 설명하고 있다. 서종문, 「판소리의 주제구현 방식」, 『판소리의 세계』, 판소리학회, 2002, 149면~161면.
16) 서종문, 위의 논문, 154면 인용.

같이 형성되었다고 할 수 있다. 이러한 양상은 전승 5가를 비롯한 판소리 12마당에 두루 나타나는 특징이라 할 수 있다. 그런데 지금까지의 작품론은 주로 전승 5가에 치중해 판소리 담당층[17]의 면모를 살피는 것으로 나타났다. 이는 판소리의 여러 레퍼토리 중에서 경쟁하여 다듬어지고 완성되는 과정에서 고전의 지위를 얻은 작품들이기에 그 안에 갈무리된 판소리 담당층의 지향의식이 중요하기 때문인 것으로 이해된다. 하지만 이러한 생각은 전승에서 탈락된 판소리작품은 바로 그 이유로 인해 작품성의 수준은 물론이거니와 그와 관련된 담당층의 지향의식도 논할 것이 못 된다는 편견으로 이어질 수 있다. 실제로 전승이 되지 않는 작품들에 대한 몇몇의 연구들은 작품의 한계성만을 지적하고 있다는 점이 이를 방증한다. 그러나 이 작품들이 19세기에 소리판에서 향유되었다는 점은 그 당시 사회 환경과 긴밀한 연관을 지니고 있음을 전제로 하고 있을 뿐만 아니라 전승에서 탈락되었다는 사실 역시도 특정한 집단, 혹은 특정한 현상과 밀접한 관련을 지니고 있기 때문으로 이해된다.[18] 이것이 19세기의 변화하는 사회현상 속에서 특정한 집단의 성격이 흐려지거나 혹은 그 현상이 없어지게 되는 것과 맞물려 소리판의 성격이 변모해가는 가운데 작품도 변이양상을 보이게 된 것으로 생각해 볼 수 있을

---

17) '담당층'이란 용어는 김종철이 그의 논문에서 판소리의 생산층과 수용층을 아우르는 개념으로 사용하였다. 본고에서도 같은 개념으로 사용한다.

18) 문학은 문화의 일부로서 사회적 배경, 즉 환경에서만 생겨난다. … 문학 작품의 가장 직접적인 배경은 그것의 언어적 및 문화적 전통이며 이 전통은 문화적 풍토와 관련성을 지닌다. 문학은 간접적으로나마 구체적인 경제적, 정치적 및 사회적 환경들과 관련된다고 할 수 있는 것이다. (르네 웰렉 · 오스틴 워렌 / 이경수 역, 『文學의 理論』, 문예출판사, 1987, (1993. 6쇄), 148면.)

것이다.

이러한 범위에 속하는 작품으로는 〈변강쇠가〉〈장끼타령〉〈배비장타령〉〈강릉매화타령〉〈무숙이타령〉〈옹고집타령〉〈가짜신선타령〉 등이 있다.[19] 이를 우리는 흔히 '실전(失傳)판소리' 혹은 '실창(失唱)판소리'라고 부른다. '실전판소리'라는 용어는 예전에는 연행된 작품이 지금까지 전해지지(傳) 못해서(失) 붙은 이름이고, '실창판소리'라는 용어는 사설의 내용은 남아 있으나 곡조(唱)를 잃었다는(失) 의미에서 사용되고 있는 용어이다. '전해지지 않는 판소리' 혹은 '창을 잃은 판소리'라는 이 두 용어는 같은 외연을 가진다고 할 수 있다. 이상의 7작품은 창과 공연의 면모가 전해지지 않고 대부분의 작품이 다만 사설의 정착본으로만 전해지고 있어 대강의 서사 면모를 알 수 있을 따름이다. 그러니 작품의 서사내용은 전승이 끊이지 않은 셈인데, 이것은 이 작품들이 소설의 형태로 전환되어 남아 있는 점에서도 확

---

19) 이 외에 〈숙영낭자전〉과 〈장화홍연가〉가 판소리 레퍼토리에 포함되기도 한다. 그러나 우선 〈숙영낭자전〉은 19세기 판소리의 유행과 맞물려 소설이 판소리로 불렸다가 다시 창을 잃은 것이기에 다른 작품들과는 성격이 다르다고 할 수 있다. 이 작품과 판소리의 관련성은 다음의 저서에서 고찰되었다. 김종철, 「판소리 〈숙영낭자전〉연구」, 『판소리의 정서와 미학』, 역사비평사, 1996, 291면~314면. 김일렬, 『숙영낭자전 연구』, 역락, 1999, 197면~222면.
다음 〈장화홍연가〉가 판소리로 불렸을 가능성에 대해서 언급하기도 한다. 그러나 이 작품 역시 본래 판소리로 향유되던 것이 아니기 때문에 여타의 작품들과는 성격이 다르다. 이 작품이 소리로 불렸다 하더라도 그것은 판소리의 인기와 맞물려 일시적으로 나타난 현상으로 이해된다. 〈장화홍연가〉가 지니는 판소리적 성격은 다음의 논문에서 다루어 진 바 있다. 김동기, 「판소리계 장화홍연가에 대하여」, 『한국어문학』19, 한국언어문학회, 1980. 이성권, 「장화홍련전의 판소리 사설적 성격-가람본을 중심으로」, 『고소설연구』, 한국고소설학회, 1999. 따라서 판소리문학은 전승 5가와, 〈숙영낭자전〉〈장화홍연가〉를 제외한 실창 7가로 그 양상이 나누어져 전승되었다고 볼 수 있겠다.

인된다. 곧 서사의 대강은 다양한 이본의 형태로 전해지고 있고 다만 곡조가 전해지지 않고 있는 작품들인 것이다. 그러므로 본고에서는 창 부분의 탈락만으로 한정하는 '실창판소리'라는 용어를 선택하기로 한다.

　판소리 12바탕 중 7바탕이 판소리로서의 온전한 형태를 유지하지 못하게 되면서 실창되었으니 판소리 작품목록은 그만큼 줄어든 셈이다. 19세기 후반기에 나타난 이러한 일련의 현상으로 오늘날 '판소리'라는 용어는 흔히 전승 5가에 한정된 의미를 지니게 되었다. 그런데 이상의 7작품이 판소리 작품목록에서 사라지는 것에 뒤이어 다른 새로운 작품들이 창작되어 판소리로서의 생명력을 획득하고자 한 현상이 나타났다. 곧 20세기 들어서 〈최병도타령〉이 등장한 데 이어 박동실, 박동진, 임진택 등에게서 새로운 판소리 작품이 생성되었던 것이다. 이것은 다시 현대의 자칭 '또랑광대'라고 일컫는 젊은 소리꾼들에게까지 일정한 영향력을 미치고 있는 것으로 보인다. 이에 따라 전승 5가를 '전통판소리'라 하고 새롭게 등장한 판소리 작품들을 '창작판소리'라 통상적으로 지칭하게 되었지만, '창작판소리'라는 용어가 포함하는 범위가 어디까지인지가 문제로 대두되지 않을 수 없게 되었다. 그 범위설정은 우선 임진택에 의해서 시도되었다. 그러나 그는 새롭게 만들어진 판소리에 대해 '창작판소리'와 '신작판소리'라는 개념을 함께 사용함으로써 정확한 분류에 이르지 못하였다.[20] 그 후 김기형은 몇 가지 용어를 사용해 새로 만들어진 판소리를 분류하였다.

---

20) 임진택, 『민중연희의 창조』, 창작과 비평사, 1990.

전통 판소리의 범주에 들지 않는 새로운 레퍼터리를 모두 '창작 판소리'라고 하기는 어렵다. 고전소설을 판소리화한 경우는 일반적으로 '신작 판소리'라고 하는데, 뚜렷한 창작의식을 가지고 새롭게 지어진 레퍼터리가 아니기 때문에 붙여진 명칭으로 생각된다. 박동진 명창이 실전된 판소리 사설에 새롭게 곡을 짜서 부른 경우는, 비록 전통적인 창법을 재현한 것은 아니지만 기존 사설을 그대로 살렸다는 점에서 '복원 판소리'라고 할 수 있다. '창작 판소리'란 전통 판소리의 레퍼터리에 속하지 않으면서 새로운 사설을 새로운 곡조로 짜서 부른 작품을 말한다.[21]

인용한 부분에서 나타나는 바와 같이 그는 '신작판소리'와 '복원판소리' '창작판소리'를 구분하여 설명하였다. 그러나 이에 대해 성기련은 '신작판소리'와 '복원판소리'를 '창작판소리'의 범주에 포함시켜야 한다는 견해를 피력하였다.[22] 그 후 김연은 이러한 성기련의 견해

<hr />

21) 김기형, 「창작판소리의 사적 전개와 요청적 과제」, 『판소리학회 제43차 학술발표회요지』, 2003, 34면.
22) 김기형의 토론을 맡은 성기련은 다음과 같은 이유로 '복원판소리'와 '신작판소리'도 '창작판소리'의 범주에 포함시켜야 한다는 견해를 피력하였다. " … 정의하신 대로라면 1930년대 정정렬이 실전판소리를 다시 창작하여 부른 〈배비장전〉이나 〈숙영낭자전〉의 경우 '복원판소리'라 해야 할 것이고 정정렬이 1933년 콜럼비아사에서 녹음한 〈옥루몽〉 중 '강남홀을 만나다'는 '신작판소리'라고 해야 할 것입니다. 그런데 이 경우 판소리를 '전통판소리'와 '창작판소리' 그리고 '복원판소리' '신작판소리'로 사분해서 보아야 할 것인가 하는 점이 문제입니다. 전통사회에서 판소리 창자들이 사설 및 곡조 모두 스승으로부터 전승한 것만 불러왔고 사설을 새로 짠다고 하더라도 기존 작품의 일부를 개작 및 윤색하는 데에 그쳤던 것을 고려할 때 20세기 들어와 정정렬 등이 스승으로부터 전승하지 않은 사설을 바탕으로 새롭게 소리를 짠 행위는 크게 보아 '창작'으로 볼 수 있지 않을까 즉 '복원판소리' 및 '신작판소리'를 '창작판소리'와 같은 범주로 포함시킬 수 있지 않을까 생각합니다."(성기련, 「창작판소리 사적 전개와 요청적 과제에 대한 토론문」, 『판소리학회 제43차 학술발표회요지(별지)』, 2003.

에 동의하면서 '〈춘향가〉, 〈심청가〉, 〈흥보가〉, 〈수궁가〉, 〈적벽가〉
의 5바탕을 제외하고 20세기 이후에 새롭게 만들어진 모든 판소리
를 창작판소리라고 규정'하였다.[23] 그러면서 이는 창작판소리가 미
래지향적이기 위해서 개념 규정에서부터 포괄적인 내용을 포함할 수
있어야 한다는 의도를 지닌 것이라고 했다.[24] 그러나 이러한 견해는
실창판소리를 복원해서 부른 시도까지도 곡조를 새롭게 짠 측면에서
창작의 영역에 포함시키게 된다. 일면 타당한 면이 없지는 않으나
이렇게 되면 판소리 레퍼토리의 사적변모양상을 살피는 데는 어려
움이 생기게 된다. 따라서 필자는 판소리 12바탕의 레퍼토리를 제외
한 새로운 사설, 혹은 12바탕 작품 중 몇 가지를 모방하여 생성된 작
품 등 20세기 이후 판소리 레퍼토리의 확장양상을 보여주는 작품들
을 '창작판소리'로 규정하고자 한다.[25] 이렇게 규정하면 20세기라는
시간적 개념이 다시 문제가 될 수 있다. 12바탕과 무관한 새로운 사

---

23) 김연, 「창작판소리 발전과정 연구」, 『판소리연구』24, 판소리학회, 2007, 43면
　　인용.
24) 그러나 이때 판소리 창자들에 의해 만들어진 단가와 창극은 판소리 파생장르로
　　서 독자적인 장르로 설정되어 있다고 보아 제외하였다. 또 더늠 역시 새롭게 만
　　들었다는 점에서 '창작판소리'의 요소를 가지고 있으나 이미 5마당에 포함되어
　　있고 유파나 제의 형태로 전승되고 있기 때문에 범위에서 제외하였다.(김연, 위
　　의 논문, 43면~44면.)
25) 이유진 역시 '복원판소리를 창작판소리의 범주에 포함시켜야 한다는 주장이 있
　　으나 이 주장은 옳지 않다고 생각한다. 복원판소리란 과거에 전승되다가 근대
　　에 들어와 전승이 끊어진 작품의 텍스트가 남아 있는 경우, 그 텍스트를 가지고
　　작품을 되살려내어 가창하는 것을 말한다. 〈배비장전〉〈숙영낭자전〉〈옹고집전〉
　　〈장끼전〉〈변강쇠가〉 등이 이에 속한다. 이러한 복원 작업에 사용되는 텍스트는
　　판소리 사설의 모습을 대부분 보존하고 있는 판소리계 소설본이다. 따라서 문학
　　적으로 볼 때 이들은 결코 새로운 판소리 작품이라고 할 수 없다.'고 하였다. 이
　　유진, 「창작판소리 〈예수전〉연구」, 『판소리연구』27, 2009, 311면.

설이 창작되어 불러진 것은 사실 20세기에 와서 나타난 현상이라고
단언할 수는 없기 때문이다. 이러한 시도는 우선 19세기에 신재효
가 〈광대가〉나 〈도리화가〉 등을 새로 창작하면서 나타났던 바이기
도 하다. 또한 20세기 김연수가 창작한 몇 작품들도 존재한다. 그러
나 이러한 경우는 작품의 성격이 '단가'에 부합하기 때문에 '단가'의
영역에 귀속시키는 것이 온당하다고 본다. 또 비록 20세기에 들어서
창작된 것이기는 하나 판소리가 아닌 창극을 목적으로 창작된 것이
있다. 〈은세계〉라고도 불리는 〈최병도타령〉과 〈추풍감별곡〉 등이
여기에 속하는데 이러한 작품은 순수 판소리작품이라기 보다는 오히
려 '창극'의 장르에 가깝다고 볼 수 있게 때문에 '창작판소리'의 범위
안에 포함시키지 않는다. 요컨대 '창작판소리'는 20세기 이후 '판소
리'로 불릴 목적을 지니면서 전통판소리와는 변별되는 새로운 사설
로 만들어진 작품을 말한다.

　판소리 작품 중 전승 5가는 그것이 향유되었던 시대상을 담지하고
있다는 점과 또한 높은 예술적 경지를 이루어 오늘날까지 생명력이
끊어지지 않고 있다는 점에서 주목받아 마땅하다. 그렇다면 당대에
불렸다가 지금은 사라진 작품들 곧 실창판소리에 대한 이해는 어떠
해야 하는가. 앞서 서술한 바와 같이 단지 예술성을 획득하지 못했
다는 점으로 인해 가치 없는 것으로 여기기에는 이 작품들에 갈무리
된 판소리사적 의미가 적지 않다. 뿐만 아니라 이들의 빈자리를 채
우기 위해 나타난 창작판소리 역시 그것이 연행된 시대의 사회적 특
징을 소리판으로 담아내고 있다는 점에서 쉽게 지나칠 수 없다. 이
것은 판소리가 옛 시대에 머무르지 않고 오늘날에도 사적 전개를 진
행할 수 있도록 기능한다는 점에서 주목해야 한다고 본다. 따라서

본고는 19세기에 판소리 작품의 외연이 축소되었던 반면, 20세기를
지나면서는 전에 없이 활발히 확대된 판소리사의 면모를 살펴 이 가
운데 작용된 판소리 생산층과 수용층의 의식지향을 밝히고자 한다.
이를 위해서는 19세기 실창판소리와 20세기 창작판소리의 서사를
살펴 그것이 작품의 배경으로 작용하는 시대의 문제를 어떻게 담아
내고 있는지 알아보는 작업이 우선적으로 필요할 것이다. 그리고 이
가운데 판소리를 연행하는 주체의 의식지향과 동시에 수용하는 집단
의 의식지향이 어떻게 갈무리되어 있는지도 살펴보아야 할 것이다.
다만 19세기 실창판소리 작품 중 〈가짜신선타령〉은 다른 6작품과
달리 사설의 정착본 조차 전해지고 있지 않아 서사의 면모를 살피는
데 어려움이 있다.

　이 작품은 〈관우희〉의 시에서 그 대략적인 내용이 언급된 것을 제
외하고는 아무 자료도 남아 있지 않은 실정이다. 그에 따라 〈관우
희〉를 근거로 '신선이 될 수 있다는 헛된 망상을 지닌 광풍이라는 인
물이 금강산에 들어가 노선사에게 그 방법을 묻지만 그들에게 속는
다.'는 것이 대강의 내용일 것으로 추측되고 있을 따름이다. 따라서
여기서는 부득이하게 〈가짜신선타령〉을 제외하고 나머지 실창판소
리 6작품만을 논의의 대상으로 삼는다. 20세기 이후 창작판소리는
후대로 올수록 많이 창작되어 현재 백여 개가 넘는 상당한 작품수를
보이고 있지만 그 가운데 대표성을 띠는 몇 작품을 꼽을 수 있다. 이
에 해당하는 작품으로는 박동실의 〈열사가〉와 박동진의 〈예수가〉
임진택이 시도한 일련의 창작판소리 작품들 그리고 20세기 후반의
'또랑광대'들이 작업한 일련의 작품 등을 들 수 있다. 이에 따라 본고

에서는 20세기 이후[26] 창작판소리의 중심으로 내놓을 수 있는 이상
의 몇 작품들을 대상으로 삼아 고찰하고자 한다.

2. 실창판소리와 창작판소리 연구동향

대개 판소리 작품에 대한 연구들이 그러하듯이 실창판소리 역시
개별 작품연구로 점철되었다. 그러므로 본 절에서는 각 작품론은 관
점별로 묶어서 제시하고 본 연구와 밀접한 관련을 지니는 논의, 곧
실창판소리와 창작판소리에 대해 종합적으로 연구한 결과물을 세밀
하게 검토하고자 한다.

각 작품에 대한 개략적인 시각을 우선 살펴보자. 〈변강쇠가〉는 실
창판소리의 범주에 속하는 작품이기는 하나 신재효가 사설을 정리할
때 전승 5가와 함께 기록되었다는 점과 현대에 이르러 박동진 명창
에 의해 소리가 복원[27]되어 불렸다는 점이 다른 실창 작품들과는 차
별성을 지니는 부분이다. 이 작품은 1975년 서종문[28]에 의해 본격적

---

26) 젊은 또랑광대들의 적극적인 활동으로 인해 인기를 얻은 창작판소리 작품은
   2001년 '또랑깡대 컨테스트'에서 입상한 작품으로 시작되어 현재까지 확장적으
   로 이어지고 있다. 이 시기는 엄격히 따지면 21세기이다. 그러나 판소리사적 측
   면에서는 20세기 후반기의 흐름과 밀접하게 연관되면서 나타난 작품들이라고 할
   수 있기에 20세기 말의 범주에 넣는 것이 오히려 자연스러울 것이라 생각한다.

27) 박동진 본은 전승형이 아니고 신재효 사설을 개작하여 곡을 붙여 복원시킨 것으
   로 이해해야 한다. 이에 대해서는 강윤정, 「박동진 창본 〈변강쇠가〉 연구」, 『판소
   리연구』25, 판소리학회, 2008. 논문에 자세하다. (그러나 박동진이 다시 창작한
   악곡이 기존의 것과 유사하다고 단정 지을 수 없는데 '복원'이라고 명명해야 하
   는지는 더 고민해 보아야 할 것이라고 생각한다.)

28) 서종문, 「〈변강쇠歌〉 硏究」, 서울대 석사학위논문, 1975.

으로 논의되기 시작했다. 그는 이 작품 음란성의 이면에서 기능하는 사회적 표상들에 주목하였는데 이는 곧 사회라는 테두리에 얽매이기 싫어하는 강쇠의 욕망이 장승을 패는 행위로 표출되고 이로 인해 생성된 강쇠와 장승의 갈등은 사회 공동체와 유랑집단의 갈등을 표상하는 것으로 설명하였다. 이러한 유랑민의 비극적 삶이 표면적으로는 희극적 구조를 덧입고 나타나게 된 것이 〈변강쇠가〉라고 정의하였다. 그 후로 이 작품에 대한 접근은 다양한 시각으로 이루어져 많은 논의들이 산적해있는 실정이다. 그것은 작품 내 삽입가요의 수용 면모를 살핀 논의와[29] 성 표현의 문제를 살핀 논의[30], 여성주의 혹은 가족 문제의 관점에서 바라본 논의[31] 등으로 나타났다. 그런가하면

---

29) 김동욱, 앞의 책, 1984.
　　서종문, 『판소리 사설연구』, 형설출판사, 1984.
　　＿＿＿, 「장승 민속의 문학적 형상화(Ⅱ)」, 『국어교육연구』22, 국어교육연구회, 1990.
　　박관수, 「〈변강쇠가〉의 삽입가요 짜임」, 『겨레어문학』제19·20, 겨레어문학회, 1995.
30) 박관수, 「〈변강쇠가〉의 음란성 재고」, 『고소설연구』2, 한국고소설학회, 1996.
　　정하영, 「〈변강쇠가〉性談論의 기능과 의미」, 『고소설연구』19, 한국고소설학회, 2005.
　　정미영, 「〈변강쇠가〉의 여주인공 옹녀의 삶과 왜곡된 성」, 『여성문학연구』13, 한국여성문학학회, 2005.
　　송진영, 「고대 동아시아의 통속소설 연구」, 『중국어문학지』, 중국어문학회, 2002.
31) 윤분희, 「〈변강쇠전〉에 나타난 여성인식」, 『판소리연구』9, 판소리학회, 1998.
　　최혜진, 「〈변강쇠가〉의 여성중심적 성격」, 『한국민속학』30, 한국민속학회, 1998.
　　＿＿＿, 「판소리계 소설에 나타난 가족의 형상과 그 의미」, 『여성문학연구』13, 한국여성문학학회, 2005.
　　최원오, 「조선후기 판소리 문학에 나타난 하층 여성의 삶과 그 이념화의 수준」, 『한국고전여성문학연구』6, 한국고전여성문학회, 2003.
　　박경주, 「여성문학의 시각에서 본 19세기 하층 여성의 실상과 의미」, 『국어교육』, 한국어교육학회, 2001.

최경환[32)]은 이와 유사한 관점에서 강쇠의 무위도식이 사회공동체에 의해 엄정하게 징벌되는 것으로 작품을 이해하였다.

〈장끼타령〉은 역시 창이 소실된 판소리 작품 중 하나이지만 판소리계소설로 다수의 작품이 남아있다. 이것은 창으로서의 전승은 중단되었지만 다른 형태로 활발하게 수용되었다는 점을 보여준다. 그만큼 유의미한 작품이라는 의미일 것인데, 그에 걸맞게 학계에서도 상당히 다양한 관점으로 접근해 왔다. 이 작품은 송만재의 〈관우희〉(1843년)에 실린 판소리 12마당 중 한 작품이기도 하고, 염계달과 한송학이 〈장끼타령〉을 잘 불렀다는 자료[33)]가 있기도 해서 고종 때까지는 가창된 작품이라는 점을 알 수 있다. 그러나 현재 창본은 전해지지 않고 있는데, 일반적으로 이 작품은 서민여성의 개가의식과 관련한 주제로 집약되었다. 동시에 장끼나 까투리의 정체에 대해서도 유랑민 혹은 몰락 사족 등으로 의견이 나뉘었다.[34)]

우선 까투리의 개가유무가 연구자들의 집중적인 관심을 받으면서 이 부분이 원래부터 작품에 내재되어 있던 것인지, 후대에 덧붙여

---

32) 최경환, 「〈변강쇠가〉연구―선택과 배치의 담화전략」, 『어문학논총』, 국민대학교 어문학연구소, 2006.

33) 이국자, 『판소리연구』, 정음사, 1987, 141면.

34) 정학성, 「우화소설연구」, 서울대 석사학위논문, 1973.
김광순, 「장끼전의 이본과 두 세계관의 인식」, 『한국 의인소설 연구』, 새문사, 1987.
이석래, 「장끼전」, 『조선후기 소설연구』, 경인문화사, 1992.
정출헌, 「조선후기 우화소설의 사회적 성격」, 고려대 박사학위논문, 1992.(『조선후기우화소설연구』, 고려대학교 민족문화연구원, 1999 재발행.)
민찬, 「조선후기 우화소설의 다층적 의미구현 양상」, 서울대 박사학위논문, 1994.
박일용, 「장끼전의 문학적 의미 재론」, 『동리연구』창간호, 동리연구회, 1993.

진 것인지에 대한 논의가 작품분석의 전제로 다루어지게 되었다. 김종철에 따르면 〈장끼타령〉의 작품 이본군은 장끼의 죽음에서 끝나는 본, 오리의 청혼을 거절하는 부분에서 끝나는 본, 까투리가 장끼와 재혼하는 것으로 끝나는 본 마지막으로 까투리가 수절하는 결말을 보이는 본 등으로 나눌 수 있다. 이에 대하여 이 작품이 초기에는 장끼의 죽음으로 끝났을 것이며 까투리가 개가하는 후반부는 후에 첨가되었을 것이라고 본 논의[35]가 있는가 하면 장끼의 죽음으로 끝난 작품을 초기작으로 까투리가 개가하지 않는 작품을 그 다음 단계로 개가가 있는 작품들을 마지막 단계로 보는 견해도 나타났다.[36] 이와는 반대로 개가가 있는 작품이 우선적으로 존재하였고 그 다음에 개가가 삭제된 이본들이 나타난 것이라고 보는 견해도 있다.[37] 그런데 까투리는 옹녀와 같이 이미 여러 번 개가했던 인물로 장끼가 죽은 후의 개가 여부가 얼마나 실효성 있는 기준이 될 수 있을지 의문이다. 장끼와 까투리가 상징하고 있는 인물상의 구체적인 실체에 대해서는 유랑민[38] 혹은 몰락사족[39], 빈민층의 뒤틀린 성정을 가진 인물의 형상화[40] 등으로 연구자들의 시선이 나뉘었다.

---

35) 김동욱, 앞의 책, 1984.
　　정학성, 앞의 논문.
　　홍욱, 「장끼전 연구」, 「문맥」5, 경북대, 1977.
36) 김광순, 앞의 책, 1987.
　　민찬, 앞의 논문, 1994.
37) 정출헌, 「조선 후기 우화소설 연구」, 고려대학교 민족문화연구원, 1999.
　　김종철 역시 〈장끼전〉이 원래부터 까투리의 개가 부분까지 있었던 것으로 보고
　　있다.(김종철, 「판소리의 정서와 미학」, 역사비평사, 1996.)
38) 정출헌, 위의 책.
39) 민찬, 위의 논문.
40) 김종철, 위의 책.

〈배비장타령〉은 경직성을 지닌 인물로 그려지는 배비장이 벌거벗은 몸으로 동헌마루에서 망신당하는 서사를 갖추고 있는 작품으로 김삼불본과 세창서관본이 존재한다. 〈관우희〉의 기록으로 보아 소리판에서 불렸던 작품일 것으로 추정되나, 19세기 중반에 판소리로서의 전승은 끊어진 듯하고 역시 그 정착본만 전해지고 있는 실정이다. 이 작품에 대한 연구는 하층민에 의한 지배층의 위선을 폭로한 작품으로 보는 논의,[41] 양반 관원의 가렴주구와 호색기질을 폭로한 작품으로 본 논의,[42] 관인사회의 신참례(新參禮)를 주목한 논의 등으로 나타났으며,[43] 수탈 계층에 대한 저항과 복수로까지 나아가기도 했다.[44] 이에 대하여 권순긍은 〈배비장전〉의 풍자층위를 세 가지로 파악하고 제주목사의 주도로 이루어지는 '관인사회의 유흥 풍자', 방자와 애랑의 주도로 이루어지는 '양반위선 폭로의 풍자', 해녀와 뱃사공이 '양반에게 가하는 냉소의 풍자'로 풍자의 스펙트럼을 가진다고 보았으며, 이러한 풍자가 가능한 것은 판소리 문학이 여러 계층을 향해 열려있기 때문이라고 보았다.[45] 또한 이석래는 이 작품의 구조에 대하여 논의한 바 있는데 제주목사와 정비장, 배비장이 속한

41) 한홍기, 「〈배비장전〉 연구」, 계명대 교육대학원 석사학위논문, 1980.
   한효석, 「〈배비장전〉의 풍자성 연구」, 충남대 교육대학원 석사학위논문, 1981.
   윤풍광, 「조선후기 소설에 나타난 풍자성 고찰」, 원광대 석사학위논문, 1988.
   권영석, 「조선후기 소설의 풍자성 고구」, 동국대 교육대학원 석사학위논문, 1987.
42) 이석래, 「〈배비장전〉의 풍자구조」, 『한국소설문학의 탐구』, 일조각, 1978.
43) 권두환, 「〈배비장전〉 연구」, 『한국학보』, 일지사, 1979.
44) 김용희, 「〈배비장전〉의 주제에 대하여」, 『진단학보』, 진단학회, 1982.
45) 권순긍, 「〈배비장전〉의 풍자층위와 역사적 성격」, 『반교어문연구』7, 반교어문학회, 1996.

집단이 애랑과 방자가 속한 집단의 영역으로 가치절하 됨으로써 상
대적으로 애랑과 방자의 영역이 상승하는 구조를 취하고 있다고 보
았다.[46]

〈강릉매화타령〉은 골생원이 강릉의 명기 매화에게 빠져 거짓을
분별하지 못하고 알몸으로 따라나섰다가 경포대에서 망신당하는 서
사로 이루어져 있다. 1843년에 창작된 송만재의 〈관우희〉에 그 간략
한 줄거리가 언급된 것을 시작으로 1852년 윤달선의 〈광한루악부〉,
조재삼의 〈송남잡지〉, 신재효(1812~1884)의 〈오섬가〉, 정현석의
〈교방제보〉(1872) 등에 언급되고 있어 19세기 초기에 향유되고 있었
음을 방증한다. 그러나 사설과 창이 전해지고 있지 않아 그 자세한
면모를 알기 어려웠다. 따라서 초기의 연구는 주로 근원설화 추정,
〈강릉매화타령〉과 유사한 내용을 지니고 있는 고전소설과의 상관관
계 등을 탐색하는 데 그쳤다.[47] 그런 가운데 1993년 김헌선에 의해
〈매화가라〉가 〈강릉매화타령〉의 정착본임이 밝혀져 작품에 대한 깊
이 있는 연구가 진행될 초석을 마련하였다. 우선 작품을 학계에 알
린 김헌선[48]은 전대의 문헌에 언급되어 있는 〈강릉매화타령〉에 관한
짧은 내용들을 인물, 사건, 주제 등의 측면에서 〈매화가라〉와 비교

---

46) 이석래, 「〈배비장전〉의 풍자구조」, 『한국소설문학의 탐구』, 한국고전문학연구회
편, 일조각, 1978.
47) 이혜구, 「송만재의 관우희」, 『중대삼십주년논문집』, 1955.
　　 김동욱, 앞의 책, 1984.
　　 정병욱, 「매화타령에 대하여」, 『한국의 판소리』, 집문당, 1981.
　　 김기동, 「〈매화타령〉」, 『한국고전소설연구』, 교학사, 1981.
　　 _____, 「〈종옥전〉」, 위의 책.
48) 김헌선, 「〈강릉매화타령〉 발견의 의의」, 『국어국문학』 109권, 국어국문학회, 1993
참고.

하여 이 작품이 〈강릉매화타령〉의 정착본임을 소상하게 밝힌 바 있다. 뿐만 아니라 이 작품이 판소리적 면모를 상당히 갖추고 있으며 나아가 사건과 배경설정에 있어서도 19세기 조선 사회의 특징이 상당히 반영되어 있음을 밝힌 바 있다. 이렇게 사설의 정착본이 발견된 후 연구자들은 〈강릉매화타령〉이 실창된 이유에 대하여 적극적인 논지를 펼 수 있었다. 김헌선은 같은 논문에서 상층의 일방적 풍류만 강조하고 이 작품과 내용이 유사한 설화가 여럿 남아 있는 것이 약점으로 작용해 실창된 것으로 설명하였다. 김흥규와 정흥모[49]는 이 작품이 양반적 질서를 부정하는 것이어서 양반 청중이 절대적인 시기인 19세기에 화합될 수 없었다고 보았다. 김종철[50]은 이 작품이 지나치게 골계미에 치우쳐 시대적 추세에 부응하지 못했기 때문으로 그 원인을 분석하였으며, 인권환[51]은 이상의 논지를 계승하면서도 작품의 내용이 도시의 시정세태를 담고 있는 것이어서 중고제 창자들의 레퍼토리와 유사하다고 판단하고 중고제의 소멸과 운명을 같이 한 것으로 추측하였다.

이어서 2001년에는 김석배가 발견한 〈골생원전〉이 〈강릉매화타령〉의 또 다른 이본임이 밝혀졌다. 김석배[52]는 작품의 소개와 함께 그 양상을 면밀하게 검토하였는데 무엇보다도 〈골생원전〉의 여러 대목이 〈춘향가〉과 많이 닮아 있음을 밝히고 그 중에서도 특별히 이별대목을 소상히 견주어 그 유사성을 밝혀낸 바 있다. 이에 따라 〈춘

49) 정흥모, 「강릉매화타령형 이야기 연구」, 고려대학교 석사학위논문, 1985.
50) 김종철, 「실전 판소리의 종합적 연구」, 『판소리연구』3, 판소리학회, 1992.
51) 인권환, 「失傳 판소리 사설 연구」, 『동양학』, 단국대학교 동양학 연구소, 1996.
52) 김석배, 「〈강릉매화타령〉의 판짜기 전략」, 『문학과 언어』26, 문학과 언어학회, 2004.

향가〉의 이별장면은 이별의 아쉬움과 슬픔을 표현하는 데 비해 〈골생원전〉에서는 주인공을 더욱 희화화시키는 형태로 나타나고 있음을 보여주었다. 또 주인공이 기생에게 속아 나체로 사람들 앞에 나타나는 장면을 연출함으로써 폭소를 터뜨리는 장면은 〈배비장타령〉과 닮아 있음을 밝히고 이 외에도 〈심청가〉〈수궁가〉 등과도 활발히 교섭하였음을 보여주었다.

이영규소장 〈매화가라〉는 국 · 한문이 혼용되어 있으나 김석배소장 〈골생원전〉은 국문으로만 되어 있어 기본적으로 두 작품은 표기상의 차이를 보이고 있다. 하지만 기본적인 서사진행이 유사할 뿐만 아니라 골생원과 기생 매화가 이별하는 장면을 서술한 부분에서 동일한 관용적인 표현이 쓰이고 있고, 서울로 가면서 골생원이 달랑쇠에게 매화의 태도를 자랑하는 장면, 골생원이 과거를 보는 장면 등도 두 작품에서 동일하게 표현되고 있는 점 등을 통해서 두 작품이 이본관계에 놓여있음을 알 수 있다. 하지만 김석배는 〈골생원전〉이 〈매화가라〉와는 다른 모본(母本)에서 파생되었다고 본다.[53] 그는 우선 〈골생원전〉에 나타나고 있는 신물 교환 장면과 골생원이 서울로 올라가면서 달랑쇠에게 조롱당하는 장면, 서울에서 골생원이 매화를 그리워하며 보고지고 소리를 해대는 장면 등이 〈매화가라〉에는 나타나지 않는 장면임을 추출하였다. 그리하여 이 장면들이 〈춘향가〉에서 차용되었을 가능성을 강하게 내비치고 있다. 뿐만 아니라 〈골생원전〉은 〈매화가라〉에 비해 장면의 극대화 현상이 두드러지게

---

53) 김석배, 「〈골생원전연구〉」, 『고소설연구』, 한국고소설학회, 2002, 135면.

나타나고 있으며,[54] 다양한 삽입가요를 〈춘향가〉와 〈심청가〉로부터 차용하여 변용하고 있다고 분석하였다. 또한 〈매화가라〉에 나타나는 것보다 골생원의 모습을 더욱 희화화시키고 있는 점 역시 특징적인 면모로 파악하였다. 이에 따라 〈골생원전〉은 비록 〈매화가라〉와 같은 조본(祖本)인듯 하지만 모본은 다를 것으로 추정되며, 무엇보다도 이상의 특징들로 미루어 보건대 19세기에 판소리로 불리던 〈강릉매화타령〉의 사설이 정착한 또 하나의 이본이라 할 만하다고 보았다. 하지만 〈골생원전〉은 매화가 골생원을 속여 벌거벗긴 채로 경포대로 데리고 갈 것으로 추측되는 후반부가 소실되어 있어 아쉬움을 남긴다. 이를 통해 두 작품이 사설의 부분적 확장과 변화는 보이고 있으나 전반적인 인물의 성격과 사건의 흐름, 배경 설정 등은 크게 다르지 않음을 알 수 있다.

〈무숙이타령〉은 사설이 밝혀지지 않던 동안 이혜구[55], 김동욱[56], 정병욱[57], 김기동[58], 여운필[59] 등에 의해서 인물의 유형과 사설의 내용 등이 추측되었으며, 〈이춘풍전〉과의 관련성까지 논의되었다. 그

---

54) 장면의 극대화는 한 장면에서 기대되는 효과를 최대화하기 위하여 작품 전체의 구성에 관계없이 그 장면을 크게 확장하는 현상으로 판소리 사설의 중요한 특징 중 하나이다.(김대행, 『한국시가구조연구』, 삼영사, 1976.) 〈골생원전〉에서는 매화의 혼령으로 둔갑하고 나타난 부종 든 여자를 보고 골생원이 놀라는 장면, 죽은 매화에게 제를 올리는 장면 등이 〈매화가라〉에 비해 장면의 극대화 현상을 나타내고 있다.

55) 이혜구, 「송만재 관우희」, 『중대30주년논문집』, 1955.

56) 김동욱, 앞의 책, 1984.

57) 정병욱, 「왈자타령」, 『한국고전시가론』, 신구문화사, 1977.

58) 김기동, 「무숙이타령」, 『한국고전소설연구』, 교학사, 1981.

59) 여운필, 「〈이춘풍전〉과 판소리의 관련 연구」, 『부산여대논문집』24, 부산여자대학교, 1987.

러다가 1991년 김종철에 의해 〈무숙이타령〉의 정착본이 〈게우사〉로 밝혀진 후로 다각적인 연구가 이루어지고 있다. 〈무숙이타령〉은 조선후기 놀음에 빠져 가산을 탕진한 타락한 사람을 경계하는 것을 주지로 하는 작품이다. 이 작품에 대해 인권환[60]은 작품의 생성 시기가 19세기로 추정되어 다른 작품에 견주어 볼 때 늦게 생성되었다고 할 수 있겠는데 실창까지 빨라 다양한 계층으로부터 애호를 받지 못했던 것으로 본다. 그렇지만 새로운 근대사회로의 전환기적 상황에서의 생활과 노동의 문제, 건전한 삶과 퇴폐적인 삶에 대한 가치관의 문제를 생각 할 수 있게 해 주는 면이 있다고 보았다. 또 가정적인 갈등과 인간형에 대한 시대적 평가를 엿볼 수도 있게 해 준다는 점에서 그 주제가 확대될 수 있는 가능성을 열어 놓았다. 실창 원인에 대해서는 무엇보다도 이 사설의 내용이 중고제 창자의 레퍼토리와 부합된다는 점에서 중고제 창제의 소멸과 운명을 같이 한 것으로 보고 있다.

박일용[61]은 〈게우사〉에서 기생이 왈자를 구하는 서사는 통념을 뛰어넘는 기이한 구성이라 설명하였다. 이에 따라서 기생은 왈자의 돈을 탕진하도록 기능하고 이를 구원하는 왈자의 처를 설정하고 있는 〈이춘풍전〉이 〈게우사〉의 결함을 수정하여 출현한 것으로 보았다. 따라서 〈게우사〉 역시 〈강릉매화타령〉과 마찬가지로 단선적인 풍자 구조를 지녔기 때문에 19세기 판소리 미학의 수준을 따라잡지 못한

60) 인권환, 「失傳 판소리 사설 연구」, 『동양학』26, 단국대학교 동양학 연구소, 1996.
61) 박일용, 「구성과 더늠형 사설 생성의 측면에서 본 판소리의 전승 문제」, 『판소리 연구』14, 판소리학회, 2002.

것으로 이해하였다. 그러는 한편 한창훈[62]은 통상적으로 가사 〈계우
사〉에서 판소리 〈게우사〉로의 변환을 반대하고 판소리에서 흥미 요
소가 제거되면서 교훈성이 강해져 가사로 전환이 이루어지면서 실창
된 것으로 보고 있다.

　〈옹고집타령〉은 작품의 근원설화와 관련한 논의[63]와 구조에 관한
논의[64], 작품의 의미에 관한 논의[65] 등으로 나타났다. 이에 따라 악
덕 배금주의자이고 패륜아인 옹고집에게 제재를 가해 공동체의 연대
를 회복하려는 민중의 원망이 투영된 것으로 작품의 의미를 파악하
기도 하였고, 불교적 배경을 바탕으로 자기 고집을 버리고 진아(眞

---

62) 한창훈, 「판소리 문학사에 있어서 〈게우사〉의 위상」, 『국어문학』, 국어문학회, 2009.

63) 최래옥, 「설화와 그 소설화 과정에 대한 구조적 분석」, 『국문학연구』7, 서울대 국문학연구회, 1968.
　　김현룡, 「〈옹고집전〉의 근원설화연구」, 『국어국문학』62 · 63, 국어국문학회, 1973.
　　장덕순, 「〈옹고집전〉과 둔갑설화」, 『한국설화문학연구』, 서울대 출판부, 1978.
　　정인한, 「〈옹고집전〉의 설화연구」, 『문학과 언어』1, 문학과 언어연구회, 1980.
　　김동욱, 『한국가요의 연구』(속), 이우출판사, 1980.

64) 장석규, 「옹고집전연구」, 경북대 석사학위논문, 1984.
　　곽정식, 「옹고집전연구」, 『한국문학논총』8 · 9, 한국문학회, 1986.
　　장석규, 「옹고집전의 구조와 구원의 문제」, 『문학과 언어』11, 문학과 언어연구회, 1990.
　　_____, 「옹고집전의 통일성과 서술원리」, 『국어교육연구』22, 경북대 사대 국어교육연구회, 1990.
　　박진아, 「진가확인구조의 양상과 그 역할연구-쥐둔갑설화와 〈옹고집전〉을 중심으로」, 『어문론총』49, 한국문학언어학회, 2008.

65) 이석래, 「옹고집전의 연구」, 『관악어문연구』3, 서울대 국문과, 1978.
　　설중환, 「옹고집전의 구조적 의미와 불교」, 『문리대논집』4, 고려대 문리대, 1986.
　　최천집, 「조선후기 진 · 가확인형 소설의 형성기반과 서사세계」, 경북대 박사학위논문, 2006.

我)를 발견해야 한다는 의미로 파악하기도 하였다. 이 작품의 이본 계통에 관한 연구로는 최래옥의 작업[66]을 들 수 있겠는데, 그에 의해서 옹고집 장모의 구걸장면이 있는 본과 없는 본, 두 계통으로 작품 이본이 나누어진다는 결론이 나왔다. 이러한 연구에 힘입어 소설 〈옹고집전〉 중 19세기 초·중엽의 〈옹고집타령〉에 가까운 작품을 확정하고 이본의 변모를 옹고집의 신분변화에 초점을 맞추어 조선후기에 평민이 부를 축적하여 향촌사회의 신향(新鄕)세력으로 등장하게 되는 사회사적 변화에 대응시킨 논의도 나왔다.[67] 이러한 성과는 일면 타당하게 받아들여지면서 그 사회적 모순 보다는 인물의 뒤틀린 성격을 문제 삼고 있다는 논의로 확장되기도 하였다.[68]

이상의 실창판소리 각 편에 대한 개별 논문이 이룬 성과를 아우르면서 실창판소리 전편을 대상으로 하는 종합적인 연구가 김종철[69]에 와서 총괄적으로 이루어졌다. 그는 우선 〈변강쇠가〉가 표면적으로는 색(色)에의 탐닉을 경계한 것으로 내세우고 있는듯하나 작품 전개상으로는 쉽게 납득이 가지 않는다고 하고 어떤 특정한 미적효과를 노렸을 것이라 추측하였다. 〈장끼전〉은 까투리의 운명이 어떻게

---

66) 최래옥, 『사대논문집』4, 한양대학교 사범대, 1986.

_____, 『한국학논집』10, 한양대학교 한국학연구소, 1986.

_____, 『한국학논집』11, 한양대학교 한국학연구소, 1987.

_____, 『동양학』19, 단국대 동양학연구소, 1989.

67) 정충권, 「〈옹고집전〉 이본의 변이양상과 그 의미」, 『판소리연구』4, 판소리학회, 1993, 317면~347면.

68) 김종철, 「옹고집전연구-조선후기 요호부민의 동향과 관련하여」, 『한국학보』20, 일지사, 1994.

69) 김종철, 『판소리의 정서와 미학-창을 잃은 판소리를 중심으로』, 역사비평사, 1996.

될 것인가에 많은 여성 독자들이 궁금증을 가지면서 향유 범위가 넓어졌다고 보았다. 특징적인 점으로는 〈토끼전〉과 비교할 만한 요소가 많다고 보았는데, 〈토끼전〉은 궁민의 문제를 국가와 관련시켰으나 〈장끼타령〉에서는 자신들 내부의 문제로 다룬 점이 차이라고 하였다. 〈무숙이타령〉은 18세기 실제로 존재한 왈자를 형상화한 것으로, 무숙이는 진취성이 없고 유흥에만 치우친 문제적 인물로 그려지고 있음을 지적하였다. 〈배비장타령〉에서는 배비장이 풍자대상인 것은 확실하나 그 희화화를 즐기고 동질성을 얻게 되는 사회는 지방 관아에 지나지 않는다는 점에 착안하여 이 작품이 민중적 진실성을 담지하지 못한다고 평가하였다. 〈강릉매화타령〉 역시 배비장과 같이 지방수령·기생·관아의 주변인물 등의 공모관계에 의해 주인공을 골계화 하는데, 벌거벗은 육체를 증거물로 삼아 주인공의 희극적 추락을 가져오는 것으로 설명하였다. 〈옹고집타령〉은 반인륜적이고 반사회적인 행위를 하는 양반이면서 부자인 옹고집을 내세워 사회의 모순을 드러내고 있는 것으로 작품의 전반적인 면모를 설명하였다. 이처럼 작품의 주인공으로 설정된 인물들은 모두 하층의 룸펜층(강쇠), 농촌의 빈민이나 소농계층(장끼), 서울 상인 계층(무숙이), 중서층(배비장), 지방수령의 책방(골생원), 신분 상승한 상민(常民) 혹은 양반(옹고집) 등임을 정리하여 상대적으로 평민층이 적다는 점을 밝혔다. 또 이 작품들은 지방관아(〈배비장타령〉〈강릉매화타령〉), 향촌사회(〈옹고집타령〉〈장끼타령〉), 서울시정(〈무숙이타령〉), 지방의 도시와 향촌(〈변강쇠가〉) 등을 배경으로 사건이 전개되고 있음을 밝혔다. 이에 따라 실창판소리 작품들은 계층적으로 동질적이지 않은 세태를 다루면서 상·하층에 걸친 뒤틀린 성격의 소유자들을 풍자한

것으로 보았다. 따라서 전승 5가에서 나타나는 주인공과 세계와의
갈등이 실창작품들에서는 주인공의 성격적 결함을 교정하는 방향으
로 귀결되는 것으로 파악하였다.

　지금까지 실창판소리에 관한 연구들은 무엇보다도 이 작품들이 창
을 잃게 된 이유가 무엇인가에 대한 의문에서 출발하였다. 그리고
그 해답을 찾기 위하여 작품의 내용을 면밀하게 검토하고 그것이 19
세기 사회의 다양한 면모에 적절하게 반응하는지를 꼼꼼히 따져보
았다. 하지만 우리가 판소리사에서 나타난 어떤 현상을 이해할 때는
그 현상이 나타나게 된 원인으로 기능했을 다양한 특성들을 동시에
고려해 보아야 한다. 그렇기 때문에 특정한 하나의 현상에만 천착해
서 그것이 전적인 원인으로 작용했다고 단정해서는 안 될 것이다.
결과는 뚜렷한 하나이지만 그 결과를 만들어낸 원인은 다소 애매한
여럿이 복합적으로 작용했을 것이기 때문이다. 또 실창작품들이 같
은 시기에 동시다발적으로 창을 잃은 것이 아니기 때문에 판소리의
사적 전개양상 안에서 각 작품의 성격도 역시 논의되어야 할 것이
다. 이상에서 검토한 바와 같이 지금까지의 연구들은 작품의 주제와
인물의 성격, 사설 구성 등의 문제 곧 문학적인 요소를 통해서 실창
원인을 구명하였으며 이러한 논의는 상당한 성과를 이룩하였다. 또
한 최근에는 사설의 문학적 요소뿐 아니라 음악적인 측면에서의 접
근도 이루어지고 있어 이상의 작품들을 이해하는 다양한 시각의 필
요성을 방증하고 있다.[70] 이제 이러한 다양한 결과물을 수합하면서

---

70) 일반적인 판소리 더늠 생성의 원리를 이용하여 실창 작품의 음악적 구성이 전승
　　판소리에 미치지 못한다고 본 경우나(박일용, 앞의 논문.) 중고제의 소멸과 실
　　창판소리의 연관성을 검토하여 실창원인의 다양한 경로를 탐색한 경우(인권환,

판소리가 연행물로 창작되고 수용되었다는 점을 덧보태어 여기에 관여한 판소리 작품 생산자의 의식과 수용자의 의식도 아울러져야 한다고 본다. 또한 이러한 관점은 판소리의 외연이 확장되고 있는 20세기 이후의 판소리사에도 유효하다고 본다.

20세기를 지나면서 전통판소리가 대중과 거리가 멀어지는 한편으로 이러한 제약을 극복하기 위해 창작판소리가 마련되었다. 이에 따라 이러한 작품을 바라보는 시각도 다양하게 나타났다. 우선 김기형[71]은 〈열사가〉와 임진택의 작품을 위주로 창작판소리작품들이 비극적으로 끝나는 경우가 대부분으로 축제적 결말을 보이는 전통판소리와 다른 양상을 보인다고 하였다. 그리고 이것이 일정한 제약으로 기능하여 특정한 시대, 특정한 계층에게만 향유되고 시공간을 초월한 향유양상을 보이지는 못하였다고 지적하였다. 이유진[72]은 박동진의 〈예수전〉이 새로운 소재를 다루면서 판소리적 사설짜임에도 충실하고 있다는 점 등을 들어 창작판소리의 가능성을 보여준 작품으로 평가하였다. 송영순[73]은 〈오적〉 등 김지하의 담시들이 판소리 구성에 맞도록 짜여지면서 기존의 시와는 다른 장르임을 선언하는 것은 물론 판소리를 통해 민중문학의 실천적 의지를 드러내고 있는 작품으로 평가하였다. 이후 20세기 후반 창작판소리 작품에 대해서는

『판소리 唱者와 失傳 辭說 硏究』, 집문당, 2002.) 등이 여기에 해당한다.

71) 김기형, 「창작판소리 사설의 표현특질과 주제의식」, 『판소리연구』5, 판소리학회, 1994, 101면~122면.

72) 이유진, 「창작판소리〈예수전〉연구」, 『판소리연구』27, 판소리학회, 2009, 311면 ~355면.

73) 송영순, 「김지하의 〈오적〉 판소리 패러디 분석」, 『한국문예비평연구』, 한국현대문예비평학회, 2007, 5면~25면.

우선 박진아[74]가 박태오의 〈스타대전 저그 초반러쉬 대목〉을 분석하고 이 작품이 사회비판적 성격을 지녔던 이전의 창작판소리 계보에서 벗어나 오락물의 하나로 대중성을 지향하며 등장했다는 점에서 특징을 찾았다. 비록 이 작품이 스타크래프트의 일시적 유행과 운명을 함께 할 수밖에 없겠으나 이러한 면모는 대중문화 일반의 성격에 지나지 않는다고 보고 창작판소리의 새로운 지평을 열었다는 데서 의의를 찾았다. 〈슈퍼댁 씨름대회 출전기〉는 판소리가 현대인의 소소한 관심사를 반영해 재미있는 놀이판을 마련함으로써, 어렵고 지루하다는 편견을 없애주었다고 평가되었다.[75] 현재 활발하게 공연되고 있는 이자람의 작품들은 김향[76] 등에 의해서 분석되었는데, 무엇보다도 소리판을 현대 관객들과 공유하는 데 성공한 작품으로 인정받고 있다.

20세기에 등장한 창작판소리에 대한 종합적인 연구는 서우종[77]이 시도하였다. 그는 창작판소리가 전승 5가의 사설, 삽입가요, 부분의 확장적 서술 등의 요소를 수용하는 한편으로 단형화, 한글화, 미의식의 평면화, 개인 창작의식의 강화 등을 보이고 있어 전통판소리와 변별된다고 보았다. 이에 따라 오늘날 창작판소리는 제재와 형식

---

74) 박진아, 「〈스타대전 저그 초반러쉬 대목〉을 통한 창작 판소리의 가능성 고찰」, 『판소리연구』21, 판소리학회, 2006, 353면~379면.
75) 조춘화, 「창작판소리의 국어교육 활용 방안 연구」, 전남대학교 석사학위논문, 2011.
    이경미, 「또랑광대의 창작 판소리 사설의 문체적 특징과 전통 계승」, 중앙대학교 교육대학원 석사학위논문, 2008.
76) 김향, 「창작 판소리의 문화콘텐츠로서의 현대적 의미」,『판소리연구』39, 판소리학회, 2015.
77) 서우종, 「창작판소리연구」, 인천대 교육대학원 석사학위논문, 2006.

면에서 다양한 작품을 산출하고 있으며 담당층 역시 전대에 비해 한
결 다양하고 폭넓어졌다고 보고 이는 판소리 저변의 확대라는 점에
서 전망을 밝게 하는 요소라 하였다. 이에 이어 김연[78]은 20세기 창
작판소리 발전양상을 살피고, 이 작품들의 서사가 현실생활과 밀접
한 내용으로 이루어진 점을 높이 평가하였다. 그리고 무엇보다도 젊
은 소리꾼들에 의해 판소리의 즉흥성이 살아나고 있다는 점을 긍정
적인 요소로 꼽았다. 이에 따라 '판소리'라는 틀 안에서 새로운 시도
를 통해 새로운 내용을 창출해내는 것이 중요하다고 주장하였다.

　현재까지 창작판소리는 적지 않은 작품들이 만들어져 불려졌다.
그럼에도 불구하고 판소리사에 있어서 20세기 이후는 사회와 대중
의 문화향유양상 등의 변화로 인해 예전의 향유형태를 보이지 못하
게 된 것이 사실이다. 2000년 판소리학회에서 '21세기와 판소리'를
특집으로 다룬 것도 이러한 문제의식에 기인한 것이라고 여겨진다.
여기서 서종문[79]은 신재효의 인식을 토대로, 판소리를 설명하는 이
론적 틀을 더욱 정교하게 만드는 일이 필요함을 주장하였다. 하지만
신재효의 새로운 판소리 사설 구성 작업의 결과물이 판소리 전승통
로에서 활성화되지 못했다는 점을 들어 판소리의 계승과 창조는 판
소리 공연을 담당하는 창자와 고수의 몫이라는 점을 강조하였다. 이
런 점에서 창작판소리 〈열사가〉는 비장미라는 단선적인 미적 체험
에 의존해야하기 때문에 창자에게 무척 부담을 주는 작품임을 다시

<hr>

78) 김연, 「창작판소리 발전과정연구」, 『판소리연구』24, 판소리학회, 2007, 37면
　　~76면.
79) 서종문, 「신재효의 인식과 실천에서 본 판소리 전망」, 『판소리연구』11, 판소리학
　　회, 2000, 25면~45면.

한 번 확인하였다. 뿐만 아니라 감상자들이 열사의 행적에 감동을
받아야 되겠다는 당위적 요청에 묶여 재미라는 흥미를 찾지 못하게
된 점도 지적하였다. 이에 따라 공연예술인 판소리에서 흥행을 좌우
하는 것은 도덕교과서와 같은 내용보다도 희극적 잉여가 넘치는 재
치 있는 표출에서 찾을 수 있다고 보았다. 정병헌[80)]은 정현석의 사례
를 살펴, 판소리를 금과옥조처럼 변하지 않는 문화로 인식하는 것은
실현될 수도 없을 뿐만 아니라 문화를 대하는 바른 태도가 아니라고
피력하였다. 따라서 우리는 살아 있는 전통문화, 판소리일 수 있게
하기 위해서도 시대와 사회적 변화를 수용할 수 있는 경쟁력 있는
문화로 키워갈 의무가 있다고 하였다. 이에 따라 어떻게 키워나갈
것인가에 대한 생산적인 논의가 절실히 필요함을 다시 한 번 강조하
였다. 최동현[81)]은 20세기 판소리의 내·외적 변모양상을 구체적으
로 살펴보고 판소리가 변화하는 20세기에 살아남기 위해서는 향유
자들의 적극적인 노력이 필요함을 강조하였다. 김현주[82)]는 판소리
의 서사가 이념이나 삶의 방식에서 유의미한 것이어야 하고 현대적
인 인물전형을 창출해내야 한다고 보았다. 그러기 위해서는 장편이
야기구성을 가지면서 문학적으로 완결된 스토리를 지녀야 한다고 제
언하였다. 또한 오늘날 음악적 경향들을 포용력 있게 취하는 동시에
전통판소리가 가지고 있는 더늠을 적극적으로 수용해야 한다고 주장
하였다. 김대행[83)]은 새로 창작되는 판소리는 우리가 살아가는 지금

---

80) 정병헌, 「정현석의 삶과 판소리의 미래」, 앞의 책, 46면~57면.
81) 최동현, 「21세기의 판소리 〈춘향가〉」, 위의 책, 58면~78면.
82) 김현주, 「창작판소리 사설의 직조방식」, 『판소리연구』17, 판소리학회, 2004, 79
　　면~99면.
83) 김대행, 「21세기 사회 변화와 판소리문화」, 『판소리연구』11, 판소리학회, 2000,

이 시대의 언어로 표현하여 문화적 표상성을 지녀야 하며, 인물은 우리 당대의 이념적 지향이나 관심사를 형상하는 것이어야 한다는 점에서 김현주의 논의에 동의한 것으로 보인다. 하지만 그렇게 되기 위해서 새로 창작되는 판소리의 형식은 모두가 즐겨 부를 수 있을 정도의 짧은 형식, 쉬운 구도가 되어야 한다고 본 점에서는 앞의 논의와 다른 전망을 내놓았다. 손태도[84]는 창작판소리가 골계에 치우치는 면모를 보이고 있어 초창기 판소리 형태인 '재담소리'적 특성을 보이고 있다는 점에서 한계를 지적하였다. 그러나 살아있는 예술로서 판소리 운동을 지향한다는 점에서 일정한 의의를 지닌다고 보았다. 그러므로 이러한 성격을 발전시켜 전통판소리의 음악적 성과를 잇는 데 까지 나아가야 할 것을 제언하였다. 진은진[85]은 아동 교육적 측면에서 창작판소리의 효용성을 고찰하였는데, 아동들이 국악에 친숙해지도록 교육해야 한다는 문제의식과 맞물려 아동판소리가 생겨났으나, 이것이 전통판소리의 활발한 전승과 세련된 예술성이 함께 갖추어지지 않으면 성공하기 어렵다고 조언하였다.

　주지하다시피 예술 현상은 시기별로 그 양상을 재단할 수 있는 것이 아니고 역사의 흐름과 함께하면서 큰 바탕 위에서 변화·발전해 간다. 또한 어떠한 현상이 일어나도록 기능했던 요인에는 복합적인

7면~23면.

　　　　, 「판소리의 발전 전망과 구도」, 『판소리연구』18, 판소리학회, 2004, 25면 ~41면.

84) 손태도, 「판소리 계통 공연 예술들을 통해 본 오늘날 판소리의 나아갈 길」, 『판소리연구』24, 판소리학회, 2007, 171면~209면.

85) 진은진, 「어린이를 위한 창작 판소리의 현황과 특징」, 『판소리연구』25, 판소리학회, 2008, 281면~307면.

요소들이 동시 다발적으로 작용했을 것이기도 하다. 판소리 역시 이러한 예술현상의 특징을 그대로 가지고 있을 것인데, 특히 19세기를 지나면서 특정 작품은 대단한 인기를 누리면서 흥행하게 된 것에 비해 어떤 작품들은 전승조차 끊어지게 된 데에는 다양한 사회 문화적 조건들이 영향을 미쳤을 것이며, 동시에 판소리 장르 내부적으로도 다양한 요소들이 작용했을 것이다. 이것은 크게는 사회 문화가 변화·발전하는 현상 안에서 해명되어야 하며, 좀 더 구체적으로는 그러한 변동 속에서 판소리가 지향했던 점까지도 아우를 수 있어야 할 것이다. 다시 말해 19세기 대중들에게 많은 호응을 얻으면서 인기를 누린 전승5가는 그것대로의 사회 문화적 의미를 지니고 있을 것이며 나아가 판소리가 단순한 유흥물에서 예술물로 승화되면서 다듬어진 과정이 그 속에 갈무리되어 있을 것이다. 그런가하면 같은 시기에 불렸지만 후대로 오면서는 더 이상 유의미한 기능을 하지 못하고 청·관중들 사이에서 인기를 얻지 못하게 된 실창판소리 역시 그것대로의 사회 문화적 의미를 담지하고 있다고 할 수 있다. 여기에는 사회 문화적 변화의 굴곡이 고스란히 담겨있기에 전승 5가만큼 중요한 의미를 지닌다고 여겨지는 것이다.

이를 위해서 본고에서는 우선 19세기 이전의 판소리사가 전개되어 온 양상을 살펴보고, 19세기를 지나면서 대단한 인기를 얻은 몇 작품이 부각되었던 동시에 그렇지 못했던 작품들의 맥이 끊어진 현상을 개괄적으로 살펴볼 것이다. 그리고 20세기의 판소리 공연 양상과 그런 가운데 새롭게 만들어져서 공연되었던 작품들의 특징 역시 알아보고자 한다. 그런 후에는 좀 더 구체적으로, 19세기에 전승이 단절된 작품들 속에 갈무리된 당대의 사회문화적 특징과 판소리 내부의 문제들을 작품의 생산과 향유를 담당했던 집단의 의식을 중심으로 살펴볼 것이다. 또 20세기 이후에 만들어진 작품들의 특징과 그것이 연행되는 면모 등을 살펴 그 가운데 반영되어 있는 생산층과 향유층의 의식과 특성 등을 고찰하고자 한다. 마지막으로 이러한 연구결과를 토대로 실창판소리와 창작판소리 속에 갈무리 되어 있는 사회문화적 특성과 각 작품이 지닌 의미 지향성이 판소리사에서 어떠한 역할을 담당하였는지를 논의하는 데까지 나아가고자 한다.

II

판소리사의 전개와 19세기 이후의
특징적인 면모

　구비문학의 각 형태는 그 정확한 기원과 면모를 단정적으로 말하기 어려운 것이 예사이다. 판소리 역시 대개 조선후기에 그 양식이 생겨났을 것으로 추측하고 있다. 조선후기는 민중문화가 크게 일어나기도 했던 때인데 이에 대한 집약적 표현의 하나로서 판소리가 나타났을 것으로 보고 있는 것이다.

　초기의 판소리는 이야기의 줄거리가 비교적 단순하고 조잡한 형태로 표현되다가 광대들이 자신의 음악적·문학적 능력을 키우고 청중의 요구를 만족시키기 위해 계속 노력하여 그 내용과 표현이 풍부하고 발랄하게 확장될 수 있도록 기여한 것으로 보인다. 이러한 판소리가 본격적으로 문화의 한 장르로 향유되어 인기를 얻으면서 예술성의 수준이 높아졌을 뿐만 아니라 창법과 사설 등의 세밀한 부분이 분화되는 양상이 나타나게 되었다. 이렇듯 판소리의 기원에 관한 문제, 그 분화에 대한 논의는 중요하다고 하겠으나 여기에서는 이를 구체적으로 살필 여유가 없으므로 본장에서 판소리의 초기적 면모와 그것이 조선후기라는 시·공간에서 어떤 형태로 향유되면서 발전해 왔는지 살펴보고자 한다.

1. 17세기~18세기 판소리사의 전개양상

일반적으로 판소리는 17세기에 발생했을 것으로 보고 있다. 고려 때부터 존재했던 우인(優人)의 여러 기예 중 17세기경에 판소리가 새롭게 추가된 것이라고 보는 것인데, 특히 이 시기를 살았던 이이명(1658~1722)의 「만록(漫錄)」(1689)에서 판소리 광대로 추정되는 인물이 나타나고 있어 이러한 추측에 타당성을 실어준다. 이 자료에는 우인 박남(朴男)이 평소 잘 웃지 않던 김상헌(1570~1652)을 문희연(聞喜宴)에서 재치 있게 웃겼다는 일화가 등장하는데 이이명이 이 일화를 전해 듣고 기록으로 남겼다고 했다.

청음(淸陰) 김상헌은 평생토록 말 수가 적었고 잘 웃지를 않았다. 창우(倡優)들의 잡희(雜戲)에 다른 사람들은 모두 포복절도를 해도 청음공은 여전히 이를 드러내 웃지 않았다. 어떤 집에 과거 급제자가 있어 문희연(聞喜宴)을 베풀었는데, 그 때 우인(優人) 박남(朴男)이란 자가 헌희(獻戲)로 세상에 이름을 날렸다. 그 집에서 박남에게 말하기를 "오늘 청음상공께서 반드시 이 잔치에 오실 것이다. 네가 아주 우스운 일을 꾸며내어 청음공이 한 번이라도 웃게 할 수 있다면 마땅히 후한 상을 주겠다."고

했다. 청음이 잔치에 참석하자 박남은 잡희를 펼쳤는데, 청음은 전혀 돌아다보지도 않았다. 그러자 박남은 종이 한 장을 상소문(上疏文)처럼 말아서는 두 손으로 받들고는 천천히 걸어 나가서 "생원 이귀가 바친 상소이옵니다."하고는 꿇어앉아 종이를 펼치고 읽기를 "生員 臣 李 誠惶誠恐 頓首頓首"라고 했다. 만좌(滿座)가 모두 포복절도를 했고 청음 또한 부지묵각 간에 실소(失笑)하고 말았다는 것이다.[1]

이와 비슷한 일화는 다음의 자료에서도 등장하고 있는데, 박남을 국창으로 표현하고 있다는 점이 이채롭다.

한천 이공이 혼자 앉아 있는데 어떤 낯선 손이 명함도 들이지 않고 불쑥 나타났다. 의관을 아주 선명하게 차린 사람이었다. 한천은 그가 누구인지 알 수 없었지만 영접을 하고 주객 간의 예절을 차렸다. 그 사람은 다른 말은 없이 다만 "문자간에 의문이 있어 감히 묻고자 왔습니다."라고 하여 한천이 "무슨 일이요?"하고 답했다. 그는 "논어 무우장(舞雩章)의 관동(冠童)의 수가 몇인지요?" 하고 묻는 것이었다. "관자 5,6인 동자 6,7인 외에 무슨 딴 뜻이 있소?" "저의 소견으로서는 그렇게 볼 것이 아닌 듯합니다." 한천은 무슨 특별한 견해가 있는가 싶어서 "고견을 듣고 싶소." "관자는 30명이요 동자는 42명이 아닌가요?" 한천은 비록 해괴한 언설이나 초면인 까닭으로 심히 책망하지 않았다. "존객이 사시는 곳은 어디신가요?" "호남 사람 박남이올시다. 이번 걸음이 선생을 뵈러 온 것이 아니고 관동의 수를 물어 보려는 것이었습니다. 답하시는 바가 극히 밝지 못하셨습니다. 선생의 학문을 짐작하겠군요." 그는 곧 작별을 고

---

1) 만록 소제집 6권 잡저 장 18, 김종철, 『판소리사 연구』, 28면 재인용.

하고 일어섰다. 한천도 읍하고 보내면서 마음속으로 심히 괴이하게 여겼다.

한천이 후일 호남 사람을 만나자 물어 보았다. "귀도(貴道) 유생으로 박남이라 이름하는 사람이 있소? 얼굴 모양은 이러이러한데 나에게 이런 해괴한 질문을 덥집디다. 대체 어떤 사람이오?" 그 사람이 한참 생각하다가 "유생에 박남이란 이는 없고 명창(名唱)에 박남이란 놈이 있지요."하고 대답하는 것이었다. 한천은 비로소 속임을 당한 줄 알았다.

박남은 창을 잘하여 국중에 으뜸으로 손꼽히는 사람이었다. 사람을 능히 웃기고 울리고 했던 것이다. 그때 마침 과거철을 당하여 한천점(寒泉店)에 당도했다. 주막은 한천이 사는 앞마을이었다. 과유(科儒) 4, 5인이 함께 들어서 한천의 경학(經學)에 대하여 서로 칭송을 하고 있었다.

"선생을 뵈오면 저절로 존경하는 마음이 없을 수 없지"

이 때 박남이 말참견을 하여 "제가 한천 어른을 찾아가 뵙고 만약 희롱으로 골려드리지 못하면 소인이 서방님들께 벌을 받기로 하고 만약 희롱으로 골려드리고 오면 서방님들이 소인에게 술을 잘 받아주시기로 내기를 하십시다."하고 한천의 집에 가서 그런 장난을 했던 것이다. 사람들은 듣고 모두 포복을 하였다.[2]

위의 내용은 구수훈의 「이순록(二旬錄)」에 실린 자료의 부분이다. 이야기에 등장하는 한천은 도암 이재(1678~1746)이다. 이재의 생몰연대로 보아 이 문헌은 18세기 후반에 성립된 것으로 볼 수 있다. 이에 따라 박남이 생존했던 시기의 기록은 아니고 그 후에 그와 관련된 일화가 전승되면서 이러한 이야기가 생겨난 것으로 볼 수 있다.

---

2) 이우성 · 임형택, 『李朝漢文短篇集』下, 일조각, 1978, 178면~179면.

이 자료에 이어서 두 가지 일화가 더 적혀있는데, 재치 있는 말솜씨로 상대를 놀리거나 혹은 웃게 했다는 이야기가 보인다.

위의 자료를 토대로 봤을 때, 박남은 17세기에 존재했던 인물임을 알 수 있다. 그는 문희연이 열리는 곳에 찾아가 공연을 하기도 했던 것인데 주로 우스운 연출을 보였던 것을 알 수 있다. 또한 호남에서 과거철을 맞아 상경하기도 했으며 무엇보다도 창을 잘 해서 명창이라 불렸고 국중에 으뜸으로 꼽히는 자였다. 그가 갖춘 이러한 여러 조건을 통해 우리는 그가 판소리 창자임을 추측할 수 있다.[3]

이 시기의 판소리 창자는 나례우인의 일원으로서 국가에 역을 지고 동시에 문희연 등의 사적 연희에서 기예를 팔았던 것으로 보인다. 〈청구야담(靑邱野談)〉에 나오는 최창대(1669~1720)와 관련된 일화에서도 이 시기 다양한 기예들 중에 판소리가 포함되어 있음을 알게 해 주는데, 판소리 전문 창자가 다른 연희에 참여하여 공연했던 면모가 나타나고 있는 다른 예로 볼 수 있다.

곤륜 최창대는 문장이 조달하여 재명이 세상에 떨쳤을 뿐만 아니라 용모도 출중하여 풍채가 사람의 눈을 끌었다. … 어전에 창명(唱名)이 되어 어사화(御史花)를 꽂고 사악(賜樂)을 받아 그의 부친 최정승이 후배(後排)로 나오니 풍악이 하늘에 울리고 영광이 세상을 빛냈다. 자기 집에 당도하자 초헌(軺軒)이 문을 메워 축하객이 마루에 가득하고 노래하는 아

---

3) 김종철, 『판소리사연구』, 역사비평사, 1996, 26면~31면. 요약.
김종철은 박남이 본래 판소리 명창이 아니고 다만 소학지희를 하는 광대일 뿐인데 그 이야기가 전승되면서 박남이 판소리 광대로 전환되었을 가능성도 배제하지 않고 있다. 하지만 드러난 문면을 존중하는 한에서 17세기에 이름난 판소리 명창으로서의 박남이란 존재를 인정할 수 있다고 보고 있다.

이와 춤추는 여자가 전후로 늘어섰으며, 진수성찬이 좌우로 즐비한데 <u>관현(管絃)이 기쁨을 돋우고 광대가 재주를 자랑하니 구경꾼이 뜰과 거리에 장사진을 쳤다.</u>[4]

이 기록에서는 위의 밑줄 친 부분이 특징적인데 음악 반주에 맞추어 연행한 창우의 기예란 줄타기와 장희(場戲), 판소리 중의 하나로 추측된다.[5] 또한 이 시기까지 판소리 창자는 다른 재인들의 여러 기예 중 하나로 연행되었던 것도 알 수 있다.

이후 판소리의 면모는 석북 신광수(1712~1775)의 글에서 언급되고 있는데, '노년에 진사에 합격한 석북이 자신이 거느리던 명창에게 지불할 보수가 없어 접부채 하나를 구해 시를 적어주었다. 그 후 이 창자가 궁중에서 소리를 할 때 그 부채를 사용했는데 임금이 그 내용을 알게 되어 석북에게 벼슬을 내렸다.'는 일화가 그것이다.[6] 석북이 1750년 진사에 급제하여 유가할 때 거느렸던 광대 원창에게 주었던 시의 내용을 제시하면 다음과 같다.

桃紅扇打汗衫飛　붉은 부채 탁치니 한삼 소매 너울
羽調靈山當世稀　우조 영산은 당세 독보라네.
臨別春眠更一曲　헤어짐에 춘면곡 또 부르고

---

4) 이우성·임형택, 『이조한문단편집』上, 일조각, 1973, 255면~257면.
5) 김종철은 창우가 기예를 보이는데 관현이 그 노래에 반주한다고 보면 그것에 판소리가 포함되었을 가능성이 높다고 주장한다.(김종철, 앞의 책, 60면.)
6) 신광수, 「題遠昌扇」, 『석북문집』4, 아세아문화사, 1985.
조재삼, 『松南雜識』 권10, 「靈山」

洛花時節渡江歸　꽃지는 이 시절에 강 건너 돌아가네.[7]

　위의 일화를 통해 우리가 알 수 있는 것은 원창이라는 광대가 이 시기 서울 양반에게 인정을 받았다는 점과 그가 궁중에서 판소리를 연행했다는 점이다. 이로써 18세기 중엽에는 판소리가 궁중에 들어가 연창되었음을 짐작할 수 있다. 이는 곧 이 시기 판소리 창자의 사회적 위상과 판소리의 위상은 일부 양반층의 관심 정도를 뛰어넘는 상황으로까지 발전해 있었음을 알 수 있게 해 준다.[8]

　다음으로 판소리의 면모에 대해 알 수 있는 자료는 유진한 (1711~1791)의 〈가사춘향가이백구(歌詞春香歌二百句)〉(1754)이다. 앞의 자료와 같은 시기의 것으로 볼 수 있다. 이 시는 서사, 본사, 결사로 구성되어 있으며 서사는 배경을 설명하고, 본사에서는 춘향전의 서사를 그대로 묘사하였으며, 결사에서는 이 시를 짓게 된 연유를 서술하여 놓았다.[9] 이 작품에서 특징적으로 살펴볼 수 있는 점은 79구~86구에 나타난 표현이다.

紅樽綠酒不成歡　좋은 술 베풀어도 즐겁지 않아
一曲悲歌騰羽微　한 곡조 슬픈 노래 드높은 가락
長城忍忘葛姬眼　장성에서 갈희의 눈 잊을 수 없듯

---

7) 신광수, 「題遠昌扇」, 『석북문집』4,(『숭문연방집』, 아세아문화사, 1985, 82면~83
　면.)
8) 김종철, 「19~20세기초 판소리 변모양상 연구」, 서울대 박사학위논문, 1993,
　18~26면.
9) 시의 내용이 길어서 전문을 싣기 어렵다. 이 시는 김동욱의 〈춘향전연구〉에서 자
　세히 연구되었고, 시의 구성은 윤광봉의 분류를 따랐다.(윤광봉, 『한국연희시 연
　구』, 박이정, 1997, 78면.)

濟州將留裵將齒　제주에선 배비장이 이빨 남겼네.
郎言別恨割肝腸　낭군의 한스런 이별 간장 뼈개듯
女道深思銘骨髓　여자의 깊은 생각 골수에 새겨
離筵相慰復相勉　이별 자리 서로서로 위로에 힘써
爾言琅琅吾側耳　님의 말씀 내 귓가에 낭랑히 들려.[10]

  이 자료 역시 18세기 중반의 기록인데 비록 앞의 자료와 같이 판
소리 창자의 위상을 알 수 있는 내용은 없으나 인용한 부분에서 '배
비장'의 일화가 등장하고 있다는 점이 특징적이다. 이를 통해 18세기
중반에 이미 배비장의 일화가 〈춘향가〉에서 활용될 정도로 널리 알
려져 있었던 것으로 짐작할 수 있다.[11]

  17세기를 판소리의 발생기로 본다면 이 시기부터 18세기까지 창자
는 나례우인의 일원으로서 국가에 역을 지고 문희연 등의 사적 연희
에서 그 기예를 팔았던 것으로 보인다. 이러한 판소리 창자가 이 시
기에 이미 지역적 차원을 넘어 서울에서 활동하고 평가받았다는 사
실은 박남의 경우에서 확인되기도 한다. 곧 판소리는 그 향유층이
민중에서 시작해 양반층으로 이동한 것이 아니고 발생기부터 양반
층과 더불었던 것이다. 이것이 18세기 중엽에 이르러 궁중으로 들어
가게 된 것이다. 요컨대 판소리는 문희연을 통해 고급문인의 안목에
들었고 그 후 궁중까지 들어갔던 것이다. 이것으로 이 시기 창자의
위상이 상당히 부상한 것을 알 수 있다.

---

10) 유진한, 〈가사춘향가이백구〉, 79구~86구, 윤광봉, 위의 책, 80면 재인용.
11) 이와 관련된 자세한 사항은 제 Ⅲ장의 작품론에서 다루도록 한다.

2. 19세기 판소리의 연행양상과 7작품의 단절

이상의 양상으로 전개되어 온 판소리는 19세기에 이르러 비약적인 발전을 이루게 된다. 그러나 다른 한편으로는 상당한 굴절을 겪기도 한다. 앞의 현상은 이 시기에 대거 등장한 명창들과 이들에 의한 유파의 분화를 통해서 알 수 있고, 뒤의 현상은 이 시기 판소리와 관련된 문헌에서 그 레퍼토리가 축소되는 양상이 발견되는 것을 통해 알 수 있다. 이 시기에 특징적인 인물로는 서울을 중심무대로 하면서 대중들로부터 명창의 평을 받은 우춘대를 들 수 있다. 그는 18세기 말엽에서 19세기 초에 활동했으며 그 뒤를 이어 황해춘과 권삼득 (1771~1841)이 명창의 반열에 올라선다. 이들의 뒤를 이어 송흥록, 고수관, 염계달, 모흥갑 등의 이른바 전기 4명창이 출현한다.[12] 그리고 이 시기 판소리의 양상을 알 수 있는 문헌으로는 신위의 〈관극절구〉를 들 수 있다. 총 12수 중 관객의 모습과 소리판을 묘사한 1,2수와 소리판이 끝난 후의 아쉬움으로 마무리하는 11, 12수를 제외하고는 광대에 의해 진행되는 소리판의 모습을 잘 보여주고 있다. 그 가운데 4, 5수를 보자.

春香扮得眼波秋　　춘향이 분장 끝나 눈에는 추파
扇影衣紋不自由　　부채 든 옷매무새 어색하고너

---

12) 권삼득은 호걸제, 송흥록은 귀곡성, 황해천은 자웅성, 모흥갑은 고동상성 등으로 두각을 나타내었는데, 이들은 각자가 특장을 개발하여 전대의 판소리가 지니는 평판성을 극복한 소리꾼으로 평가 받고 있다. 이에 대해서는 다음에 자세하다.
이보형, 「판소리 8명창 음악론」, 『문화재』8, 문화재관리국, 1974.

何物龍鐘李御使　웬일인가 파리한 이어사는
至今占斷劇風流　지금토록 풍류놀이 독점하는가.

高宋廉牟噪海陬　高·宋·廉·牟는 호남의 소문난 광대
狂歡引我脫詩囚　하 좋아 나를 흘려 시 읊게 하니
淋漓慷慨金龍雲　우렁차다 비분강개 김용운 솜씨
演到荊釵一雁秋　〈형채기〉 연희로야 당할 자 없지.[13]

　한 사람의 창자가 춘향의 역할에서 이어사의 역할로 전환하는 모습을 보여주면서 당시 풍류놀이를 독점했던 〈춘향가〉의 인기를 알 수 있게 해 주는 자료이다. 고수관과 송흥록, 염계달, 모흥갑 등의 명창 이름이 거론되고 김용운은 〈형채기〉라는 연극에 더욱 뛰어났음도 보여준다.[14] 이러한 판소리는 계층이나 성별에 관계없이 두루 인기를 얻고 있었음도 알 수 있다.[15]

　이 후 19세기 판소리의 면모를 보여주는 자료는 송만재의 〈관우희〉(1843)인데, 송만재는 그의 아들이 급제했을 때 '자식의 기쁜 급제 소식을 듣고도 집안이 가난하여 잔치를 베풀어주지 못하니 그 대신

---

13) 윤광봉, 『한국연희시연구』, 박이정, 1997, 86면 재인용.
14) 신위가 판소리를 관람하고 〈관극절구〉에 나타낸 시적 감흥은 다음의 저서에서 자세하게 다루어졌다.
　　윤광봉, 『조선후기의 연희』, 박이정, 1998.
15) 春簇場場錦繡堆/聲聲動鼓且徘徊/嫩粧倦睡慵針女/誰喚墻頭一字來//少年掠鬢弄姿新/白苧春衫硏色銀/凝立紅裳樹子下/衆中誰是目成人//(무르익는 봄기운에 휘장 친 마당/북소리 맞춰서 춤추며 돌고돈다/노곤하여 잠에 겨운 바느질의 아씨들/뉘 불렀나 담머리로 나란히 내다본다//총각이 상투 틀어 맵씨를 자랑하고/봄단장의 흰모시 은빛이 어른어른/열없이 서 있는 나무 아래 다홍치마/저 무리의 그 누구와 눈이 맞았나.)〈관극절구〉1,2수

시로 엮어 주겠다.'는 것을 밝히면서 총 50수나 되는 시에 가곡, 판
소리, 줄타기, 땅재주 등을 묘사해 당시 문희연에서 즐겼던 놀이들의
면모를 볼 수 있게 했다. 그의 작품에 나타나는 이러한 내용은 당시
유행했던 놀이에 대한 생생한 기록으로서 한 번 보고 그치고 말았을
놀이의 형태를 재현하는 데 크게 공헌을 하고 있는 셈이다. 그 가운
데 판소리 12마당의 서사를 적어 둔 부분을 들면 다음과 같다.[16]

錦瑟繁華憶會眞　　금슬의 다사함은 〈會眞記〉랄까
廣寒樓到繡衣人　　광한루에 수의사또 당도하였다.
情郞不負名佳節　　도령님 그전 다짐 어기지 않아
銷裏幽香暗返春　　옥에 갇힌 춘향이를 살려 내었네.

秋雨華容走阿瞞　　궂은 비에 화용도로 도망친 曹操
髥公一馬把刀看　　關雲長은 칼을 쥐고 말에서 볼 뿐
軍前搖尾眞狐媚　　군졸 앞서 비는 꼴 정녕 여우라
可笑奸雄骨欲寒　　우습구나, 간웅들 모골이 오싹.

燕子啣匏報怨恩　　제비가 박씨를 보답하는데
分明賢李與愚昆　　어진 이웃 못난 형 분명하구나.
瓢中色色形形怪　　박 속에는 형형색색 보배와 괴물
鉅一番時鬧一番　　톱으로 탈 때마다 매양 와르르.

一別梅花尙淚痕　　매화와 이별한 뒤 눈물이 홍건

---

16) 윤광봉, 『한국연희시 연구』에서 원문을 재인용하고 그의 해석을 따랐다.

歸來蘇小只孤憤　　와보니 임은 가고 외론 무덤 뿐
癡情轉墮迷人圈　　반한 정 어설켜 인정이 흐려
錯認黃昏返倩魂　　황혼에 반혼인가 착각을 하네.

官道松堠斫作薪　　큰 길 가의 장승 패서 뗄감 삼으니
頑皮嗔眼夢中嗔　　모진 상판 부라린 눈 꿈에도 호통
紅顔無奈靑山哭　　고운 얼굴 속절없어 산에서 우니
瓜圃癡禈有幾人　　벼슬에 어리미침 몇이란 말가.

遊俠長安號曰者　　유협은 장안에서 왈자라고 부르는데
茜衣草笠羽林兒　　붉은 옷에 초립을 쓴 우림아라네
當歌對酒東園裏　　동원 안에서 노래하며 술 마시는데
誰把宜娘視獲驪　　누가 의랑을 차지하여 뽐낼 것인가.

娥孝爺貧愿捨身　　효녀가 가난으로 몸을 팔아서
去隨商船妻波神　　상선 따라 가서는 물귀신 아내
花房天護椒房貴　　하느님의 가호로 왕비가 되어
宴罷明眸始認親　　잔치 끝에 아버님 눈 뜨시게 해.

慾浪沈淪不顧身　　애랑에 홀딱 반해 체통도 잊고
肯辭剃髻復挑齦　　상투짜르고 이빨 빼길 마지 않아
中筵負妓裹裨將　　술자리서 기생 업은 배비장이니
自是倥侗可笑人　　일로부터 멍청이라 웃음을 샀다.

雍生員鬪一芻偶　　옹생원이 하찮은 꼭두와 싸워
孟浪談傳盟浪村　　맹랑한 이야기 맹랑촌에 자자

丹籙若非金佛力　붉은 부적 부처님 영험 아니면
疑眞疑假竟誰分　진짜인지 가짜인지 뉘 분간하리.

光風癡骨願成仙　흰한 사람 못난 주제 신선되려고
路入金剛問老禪　금강산에 들어가서 노승을 찾아
千歲海桃千日酒　천년도와 천일주에 매이다니
見欺何物假喬佺　뭐라고 속였는고 王喬와 偓佺

東海波臣玄介使　동해의 자라가 사신이 되어
一心爲主訪靈丹　용왕 위한 단심으로 약 찾아 나서
生憎缺口儒饒舌　얄궂게도 토끼의 요설에 속아
愚弄龍王出納肝　간을 두고 왔다고 용왕을 우롱.

青鞦繡臆雌雄雌　푸른 종지 붉은 가슴 장끼 까투리
留畝蓬科赤豆疑　목밭에 팥이라니 의아하면서도
一啄中機紛迸落　한 번 쪼다 덫에 걸려 요절났으니
寒山枯樹雲殘時　싸늘한 마른 가지 눈이 녹는데

위의 자료를 통해 19세기 중반까지는 적어도 판소리 레퍼토리가 12마당 이상은 존재하고 있었음이 확인된다. 또한 윤달선이 1852년 작성한 〈광한루악부(廣寒樓樂府)〉에서도 12마당의 존재가 확인된다.[17] 그러나 이 자료에 기록되었다고 해서 각 작품이 동일한 인기

---

17) 淨丑場中十二腔 / 人間快活更無雙 / 流來高宋廉牟唱 / 共和春風花鼓撞 (소리판 가운데 열 두 마당은 / 세간의 쾌활함이 견줄 바 없어 / 高宋廉牟 불러온 노래 이래로 / 봄바람이 조화되어 북도 둥당둥)

를 누렸다고 단정 지을 수는 없다. 〈관우희〉는 송만재가 아들의 문
희연을 열어줄 형편이 못되어 대신 글로 그 광경을 묘사한 것이라고
했으니, 그 당시 존재했던 판소리 레퍼토리를 최대한 많이 기록했을
것이다.

그 후 이유원(1814~1888)의 〈관극팔령(觀劇八令)〉에서도 판소리
의 면모를 볼 수 있는데, 이유원은 신재효와 같은 시대를 살았던 인
물로 연희, 특히 판소리에 지대한 관심을 가졌다.

이 시기에 오면 〈관우희〉에서 12마당으로 나타났던 판소리 작품
이 〈춘향가〉〈흥보가〉〈심청가〉〈변강쇠가〉〈장끼타령〉〈수궁가〉〈적
벽가〉〈배비장타령〉 등의 8마당으로만 기록되어 있는 점이 특징적
이다. 여기에 기록되지 않은 나머지 4마당은 잘 불리지 않았거나 기
록자의 정서에 부합하지 않았던 것으로 짐작된다. 그리고 같은 시
기 신재효가 정리한 사설에서는 이유원의 기록에서 〈배비장타령〉과
〈장끼타령〉마저 제외되어 6마당만 기록되어 있다.

이상에서 우리는 판소리에 대해 언급하고 있는 문헌자료를 개략적
으로 살펴보았는데 가장 특징적인 점은 19세기를 거치는 동안 문헌
자료에 등장하는 판소리의 레퍼토리가 6마당으로 줄어들었다는 점
이다. 그리고 〈변강쇠가〉역시 이 시기 이후에는 불리지 않아 지금도
창이 전해지지 않는다. 곧 많은 인기를 얻으면서 활발하게 공연되었
던 전승5가가 두드러지기 시작하는 동시에 그 외의 작품들은 소리판
에서 불리지 않게 되면서 쇠퇴되는 쪽으로 향방을 보였던 것이다.

예술물로의 승화를 이루면서 적극적으로 전승되었던 5작품들 가
운데도 작품의 주제나 구성에 따라서 인기의 정도가 달랐던 것으로
보인다. 다음은 그러한 현상을 짐작할 수 있게 해 주는 증언이다.

옛날에 대갓집에서 소리할 적에는 첫 번에 이럽니다. 소리하러 딱 들어가잖아요, 광대가. 들어가면, 저 소리하러 왔습니다. 이럽니다. 지금은 레파토리를 짜 가지구 가지만, 어림없어요, 옛날에는. 적벽가를 할 줄 아시오, 이래 물어요. 적벽가 잘 못헙니다. 춘향가 헐 줄 아는가, 이래거든요. 말이 떨어지지요. 잘못하면, 심청가 할 줄 아냐, 이러고. 대번에 격수가 탁 낮아집니다.[18]

위의 내용을 통해서 우리는 특히 양반층 향유자들 사이에서는 〈적벽가〉가 수준 높은 작품으로 인식되었음을 짐작할 수 있다. 〈적벽가〉는 〈화용도타령〉이 그 초기 명칭이었을 것으로 추정되고 이에 따라 작품의 내용도 화용도 패주 장면을 보이고 있어 조조의 희화화가 두드러졌을 것으로 보인다. 그러나 향유층에 대한 고려가 작품 서사에도 작용되면서 적벽강에 불 지르는 장면이 주가 되는 〈적벽가〉로 내용과 제목이 변했을 것으로 짐작된다. 이것은 향유자들의 명분과 이념에 기반한 의식이 작용하면서 나타난 결과라 할 수 있다. 곧 이름 없이 사라져가는 병사들의 모습을 통해 수많은 인명의 희생으로 이루어지는 영웅들의 공명과 전쟁에 대한 부정적인 시각을 반영할 수 있게 된 것이다. 그러면서 모든 계층을 아우를 수 있는 국민 예술로 성장 할 수 있었던 것이다.

〈춘향가〉는 개인적이고 불완전한 형태로 제기된 주인공의 사랑, 정절, 신분갈등 등의 문제가 춘향이 고문을 받고 옥에 갇히는 사건

---

18) 박동진, 판소리 인간문화재 증언자료, 『판소리 연구』2, 판소리학회, 1997, 228면. 박동진은 비록 20세기 후반기의 명창이지만 여러 스승으로부터 구전심수로 소리를 연마했기 때문에, 그의 증언이 옛 시대의 판소리가 지닌 특징을 짐작하는 데 일정한 도움이 된다고 본다.

을 계기로 사람들의 정서적 일체감을 형성하는 시각을 확보하는 데 까지 확장된 작품이다. 이러한 시각은 변학도로 대변되는 관권의 횡 포에 대한 항거와 접목되면서 참사랑과 인간 해방의 의미로 격상될 수 있었기에 계층을 망라한 공감대를 형성할 수 있었던 것으로 보인 다.

〈심청가〉는 본격적인 판소리 형태에 앞서 민중층에 의해 구송되 었던 것으로 추정되는 작품이다. 그에 따라 심청의 신분이 하층민으 로 설정되어 심청의 비극적인 특성이 드러나는 한편으로 관념적인 효 이념의 표현에 초점을 맞추는 시각이 나타나기도 한다. 그러던 것이 중간층 이상의 식자층과 판소리 광대의 지속적인 개입으로 오 늘날의 형태로 전승되고 있는 것으로 이해할 수 있다.

〈수궁가〉는 다양한 이본이 현존하고 있으며 그만큼 작품의 결말 도 다양하게 나타나고 있어 주목된다. 그러나 어느 이본이든 '풍자' 가 구심점으로 자리 잡고 있는데, 이것은 근대의식의 각성이 당시 지식층에게는 실사구시의 학문연구로 나타나 병든 현실에 대한 해부 와 처방이 강구되었지만, 지적 능력의 결여와 사회 계층상의 신분적 제약에 매인 서민들에게는 뚜렷한 방법이 없던 차에 적절한 방편으 로 활용되었던 것으로 보인다.[19]

〈흥보가〉는 기록 우위의 전승과 창 위주의 전승, 두 갈래의 전승 양상을 보인 작품이다. 그 가운데 창 전승 〈흥보가〉는 신재효본 계 열을 근간으로 하면서 흥보와 놀보의 인물형상이 변화해가는 서사를

---

19) 인권환, 「토끼전의 서민의식과 풍자성」, 『판소리의 이해』, 창작과 비평사, 1978.
   (1993. 13쇄.)

보이면서 전승되어 왔다. 이는 흥보와 놀보의 직접적 대결로부터 사회를 매개로 한 간접적 대립의 양상을 취했던 것인데 사회의 구조적 모순이 실감나게 반영되어 갔던 것으로 보인다. 이러한 점은 결국 청중의 취향에 따라 또는 시대에 따라 그 모습을 바꾸어 가면서 지속적으로 향유될 수 있었음을 보여준다고 하겠다.[20]

  이상의 다섯 작품은 17세기 이래 오늘날까지도 전승되고 있는 판소리 작품들이다. 이상에서 간략하게 살펴보았듯이 각각의 작품들은 당대의 사회적 의미를 담지하는 동시에 그 의미가 특정한 계층 내에만 머무르지 않고 사회구성원 전반에게 유의미할 수 있었다. 다시 말해 변화하는 사회를 살아가는 청·관중들의 지향성을 어느 정도 반영하면서 발전적으로 의미가 확장된 것으로 볼 수 있는 것이다.

  한편 그 외 7작품은 19세기 이래 판소리사에서 그 자취를 감추게 되는데, 이러한 레퍼토리 축소현상에 대하여 기존의 연구자들은 양반청중의 가치관과 화합하기 어려운 작품이 탈락하게 된 것이라고 설명하였다.[21] 이러한 시각은 판소리의 향유층이 민중에서 양반으로 그 중심이 옮겨졌다는 전제를 깔고 있는 것인데, 곧 평민들을 기반으로 시작된 판소리가 18세기에 이르면 양반들의 관심을 받게 되면서 이들이 판소리 청중으로서의 비중이 커지게 되었다는 것이다. 이러한 양상이 19세기로 이어지면서 명창들의 계보가 확립되는 등 판소리는 세련된 창악으로 발전하게 되고 특히 양반층의 후원을 바

20) 판소리학회 엮음, 『판소리의 전승과 재창조』, 박이정, 2008.
21) 김흥규, 「판소리의 사회적 변모와 그 성격」, 『한국학보』10, 일지사, 1978.

탕으로 질적인 변화를 겪게 된다. 그러면서 양반층을 보다 중요한 기반으로 삼게 되고 이들의 정서에 맞지 않는 부분은 윤색되기도 했고, 맞지 않는 작품은 탈락되기도 했다는 것이다. 또 이 시기에 판소리의 향유층이 이동되는 것과 더불어 그 당시 시대 분위기와 부합하지 못하는 내용을 지닌 7작품이 중고제라는 음악적 특성과도 맞물리면서 실창된 것으로 보기도 한다.[22]

판소리의 향유층이 평민에서 양반으로 옮겨갔다는 주장은 이상에서 살핀 문헌자료를 가지고 내린 판단인데, 판소리에 관심을 보였던 일부 개인의 자료로 그 집단의 특성을 단언하기는 어렵다고 본다. 이것은 앞에서 간략하게 살폈던 바 전승5가 작품이 오늘날까지 불리는 이유로 양반층 정서와의 부합만을 전적으로 내세울 수 없는 것과 궤를 같이 한다. 또한 유진한의 경우만 하더라도 〈가사춘향가이백구〉로 인해 다른 사람들에게 비방을 받은 일화가 전해지기도 하기 때문에 개인의 기록에 나타나는 특징이 그 집단의 의식을 반드시 대변하는 것은 아니라는 점을 알 수 있다. 또한 구전으로 전하는 민간의 자료를 알 길이 없기 때문에 이상의 문헌자료만으로 향유층의 이동을

---

22) 인권환, 『판소리 창자와 실전판소리 연구』, 집문당, 2001. 이 논의는 기존의 다양한 시각을 정리하면서 판소리의 실창에 이런저런 면모가 복합적으로 작용했을 것이라고 보고 있어 일면 타당성을 지닌다. 그런데 '음악성 경쟁에서 새로운 기교를 개발하지 못하고 보수적인 고제 창법에만 의존했던 중고제가 경기·충청지방과 이 곳 출신의 창자들에 의해 주로 공연되었으며, 그들의 주된 레퍼토리가 대체로 失傳 七歌였으리라 보이기에 이들이 결국 중고제의 몰락과 함께 실전의 길로 접어든 것'(205면~206면.)으로 추측하는 부분이 그다지 설득력을 지니지 못한다. 〈장끼타령〉과 〈무숙이타령〉의 경우는 타당하겠지만(이 두 작품에 대해서는 서종문·김석배, 「판소리 中高制의 역사적 이해」, 『국어교육연구』24, 국어교육연구회, 1992.에서 세밀하게 다루었으며 인권환 역시 이 논의에 크게 의존하고 있다.) 이 두 작품이 7작품을 대표한다고 단정하기는 어렵다고 본다.

속단하기는 어려운 일이기도 하다. 이런 면에서 '또랑광대'의 면모에
관심을 가진 김현양의 논의는 주목된다.[23]

　손화중은 전라우도에서 도한(屠漢), 재인(才人), 역부(驛夫), 야장(冶
匠), 승도(僧徒) 등 평소의 가장 천류로만 한 접을 별도로 설치하였는데
그 사납고 용맹함이 누구도 대항할 수 없어 사람들이 가장 두려워하였
다.[24]

　김개남은 도내의 창우(唱優), 재인(才人) 천여 명으로 일군(一軍)을 만
들어 그들을 두터이 예우해서 그들의 사력을 얻음을 도모했다.[25]

위의 자료는 갑오농민전쟁(1894)에 관한 기록으로 19세기 후반
의 것이다. 손화중과 김개남이 창우나 재인 등의 천민으로 큰 무리
를 만들었다는 내용인데 이 무리 가운데 상당히 많은 수의 또랑광대
가 포함되어 있음을 알 수 있다. '또랑광대'는 명창과 대비적으로 쓰
이는 용어인데 언제부터 이 말이 쓰였는지 분명하게 알기는 어렵다.
소리하는 예술적 역량이나 특장 혹은 출신성분에 따라 창자를 구분
하기 시작하면서 '비가비광대' '재담광대' '사체광대' '명창' 등의 용어
가 사용되었던 바, 이러한 명칭의 분화는 판소리의 예술적 · 사회적

---

23) 김현양, 「19세기 판소리사의 성격」, 『민족문학사연구』3, 1993, 212면~225면.
　　인권환, 위의 책, 192면.
24) 황현, 『오하기문』, 제 2필의 97면. "孫化中在右道 聚屠漢才人驛夫冶匠僧徒平日
　　最賤之流 別設一接 寧悍無前 人尤畏之."
25) 황현, 『오하기문』, 제 3필 23면. "初開男 選道內唱優 才人千餘人 爲一軍 厚禮之
　　翼得死力."

위상이 강화되는 과정에서 생겨난 현상이다. 마을 골목을 흐르는 조그마한 물줄기를 이르는 데서 비롯된 '또랑'이라는 말은 중앙에 진출하지 못하고 지역에 거주하면서 마을에서만 활동하는 소리꾼으로 체계적·전문적 훈련을 받지 않아 소리의 기둥이 서 있지 않은 경우를 말했다.[26] 특히 이들의 성격이 사납고 용맹스러웠다는 점은 갑오농민전쟁의 역사적 의미를 첨예하게 인식하고 있었다는 것으로 받아들일 수 있으며 이것은 이들에 의해 불려 진 판소리야말로 민중적 세계관을 적극적으로 반영하고 있음을 짐작할 수 있게 해 준다. 이 점은 판소리의 기반이 평민층에 있음을 다시 한 번 확인시켜 주는 일이기도 하다. 또랑광대가 평민층 판소리 생산자들의 성격을 보여준다면 다음의 자료는 평민들의 판소리 수용 정도를 보여준다.

가.

春簇場場錦繡堆	무대엔 비단이 산처럼 쌓이고
聲聲動鼓且徘徊	소리 소리 북 울리며 춤을 춘다.
嫩粧倦睡慵針女	바느질 수놓기에 지친 아낙네
誰喚墻頭一字來	누가 불렀나 담장 너머 줄지어 섰네.

나.

宜笑含睇善窈窕	웃기고 울리는 재주 참으로 절묘한데
人情曲折左仰昻	인정 곡절이 그 속에 펼쳐지누나.
不知何與村娥事	아지 못할게라 무슨 일로 시골 아낙네

---

26) 김기형, 「또랑광대의 성격과 현대적 변모」, 『판소리연구』18, 판소리학회, 8면~10면 참고.

悲欲汎瀾喜欲狂   슬픔에 빠졌다가 또 기뻐 날뛰는지.

가.는 앞서 살펴보았던 신위의 시에 나타난 표현인데, 평민 아낙
네들이 판소리를 듣기 위해 몰려드는 장면을 보여준다. 이들은 양반
집에서의 판소리 연행을 담장 너머로 귀 기울여 듣고 있는 것이다.
나.는 송만재의 〈관우희〉에 보이는 표현인데 담장 너머에서 듣고 있
던 아낙네들이 판소리 속에 펼쳐지는 인정곡절을 듣고 슬픔에 빠졌
다가 기뻐 날뛰기도 하며 몰입하는 장면을 보여주고 있다. 평민 대
중은 판소리 서사에 상당히 공감하여 이와 같은 반응을 보였다고 할
수 있다. 이처럼 평민대중은 판소리에 대단히 적극적이었음을 알 수
있는데, 특별한 전문적 예술을 향유할 기회가 없었던 계층이었기에
이들은 자신들의 삶을 기반으로 하는 내용과 또 민속적 가락에서 출
발한 판소리에 특별한 관심을 가질 수 있게 되었던 것이다. 이를 통
해 우리는 19세기 평민 대중들이 지녔을 사회적 인식과 판소리 향유
양상을 함께 고려해 보아야 함을 알 수 있다. 곧 천민 출신인 광대집
단은 그들의 사회에 대한 저항의식을 판소리에 담아 생산 보급할 수
있었을 것이며, 판소리 향유층의 대다수를 구성하였던 일반평민들
역시 이러한 작품의 의미에 공감하면서 감상하기도 하였던 것이다.
   한편 이 시기 판소리 수용층으로서 중서층들의 역할을 빼놓을 수
없다. 이들은 판소리 향유자라기보다는 중개자로서의 성격을 강하
게 지녔는데 판소리가 점차 향유층을 확대해 가자 이 민속예술을 양
반층에 연결해주는 매개적 역할을 담당했던 것이다. 그러한 역할의
중심에 신재효가 놓여있다. 그는 중인층이라는 계층적 제약으로 인
해 신분상승 등의 현실적 욕구를 충족시킬 수 없게 되자 이를 판소

리를 통해서 대신 충족시키고자 했던 것으로 보인다. 뿐만 아니라
서울의 중인층들은 문희연과 같은 풍속이 없었기 때문에 판소리 창
자를 불러 바로 판소리를 향유하기도 했다. 이들은 부(富)를 기반으
로 서울의 유흥가를 주름잡고 새로운 예술 유통구조를 형성시키기
도 했던 것인데 이 시기는 예술에 대한 요구가 증대했기 때문에 판
소리 창자들도 서울의 유흥가에서 새로운 고객을 찾게 되고 이 과정
에서 예능인과 고객 사이에 새롭게 대두한 부류가 중개인이었던 것
이다.[27] 이는 곧 판소리 수용층으로서의 중개인의 의식과 그 지향성
역시 고려되어야 할 것임을 보여주는 것이다.

　이상의 검토를 통해서 우리는 19세기 판소리의 면모가 각계각층에
서 다양한 형태로 존재하고 있었음을 알 수 있다. 따라서 이 시기 판
소리의 향유층이 특정한 계층에서 다른 계층으로 이동한 것으로 이
해하기보다는 계층의 영역을 넘어서 확장된 것으로 이해하는 것이
온당하다. 이러한 시각은 이 시기의 문화 예술사 전반에 나타난 특
징과도 부합되는 이해라고 할 수 있다. 예술사에 있어서 19세기는
위로부터의 변화와 아래로부터의 상승이 전반적으로 일어나면서 두
문화권 사이의 상호 접융·침투가 그 어느 때보다 활발하게 나타났
던 시기이다. 이 시기는 어느 때보다 민란이 잦았는데, 이를 진압하
고 기존의 사회체계를 유지시키려는 집권층은 더욱 강고한 탄압으로
맞섰다. 그러나 그들 내부의 동요는 스스로를 불안하게 만들기도 하
였다. 그런가하면 사회의 중·하위 세력들이 경제적 토대를 기반삼
아 신흥사회세력으로 부상하면서 사회구성 내부를 역동적으로 해체

---

27) 김종철, 앞의 책, 107면~125면에서 자세하게 검토되었다.

하는 힘을 제공하기 시작했던 시기이기도 하다. 이러한 힘은 혼란과 격동으로 시대적 분위기를 형성시켰으나 동시에 개방된 사회와 의식을 형성시키는 계기도 마련하였다.[28] 이러한 시기에 판소리사에서 많은 명창이 배출되었다는 점은 그 뒤에는 배가 넘는 이류 혹은 삼류의 존재를 전제로 한 것이다. 이 시기는 전문적이고 세련된 고급 음악과 대중적이고 통속적인 대중문학이 공존했던 시기적 성격을 지니고 있다는 점도 유의해야 할 것이다.

요컨대 17세기 이래 판소리는 유흥과 풍자의 도구로 활용되었던 것인데, 이것이 19세기를 거치면서 그 가운데 몇 작품이 전계층적 공감대를 형성하는 동시에 음악적 성취를 이루게 되면서 예술물로 격상할 수 있었던 것이다. 그러나 예술적 성취를 이루지 못한 작품들 역시 엄연히 불렸으며 이러한 작품들 속에는 예술적 취향보다는 유흥과 풍자, 시정세태 반영 등의 판소리의 초기적 기능이 더욱 짙게 작용하고 있었던 것이다.

3. 20세기 판소리의 연행양상과 새로운 레퍼토리 등장

20세기 초의 판소리는 19세기의 향유기반을 바탕으로 대중예술로 급격하게 부상할 수 있었다. 판소리가 근대식 공연 장소인 극장을

---

28) 19세기에 우리 사회에서 나타난 상 · 하계층의 지향의식과 그것을 반영한 문학의 면모는 다음의 논문에서 다루어졌다. 서종문, 「19세기의 한국문화」, 『국어국문학』149, 국어국문학회, 2008, 159면~184면.

선점한 것을 통해서도 그러한 점을 짐작할 수 있다. 그러나 이 시기
는 식민지로의 전락을 앞 둔 위기의 순간이기도 했기 때문에 판소리
역시 그러한 시대적 고민과 동떨어질 수 없었다.

이러한 배경에서 판소리는 극장에서 창극으로 공연되면서 유흥성
을 지향하게 되어 풍속의 문제로 부각되기도 하였다. 이로 인해 일
제의 검열 대상이 되기도 했는데, 그것이 아니라 하더라도 전반적인
시대 분위기와도 맞지 않는 지향성이었다. 이러한 경향성은 판소리
사설에도 일정한 영향을 미쳤는데 다음의 예에서 그러한 면모를 알
수 있다.

> 근릭 스랑가에 정즈 노릭 풍즈 노릭가 잇스되 넘오 란흥야 풍쇽에 관
> 계도 되고 츈향 렬절에 욕이 되깃스나 넘오 무미흥닛가 대강대강흐던 것
> 이엇다.[29]

판소리가 풍속과 길항관계를 가지게 된 것은 이 시기에 와서 새삼
스럽게 나타난 현상은 아니었다. 하지만 국권회복이라는 시대적 과
제는 청·관중의 인식에도 영향을 미칠 수밖에 없었겠는데 이것은
판소리의 유흥성에 휩쓸려 간 부류가 있었던 반면으로 영웅적 주인
공을 요구하는 진취적인 청관중이 나타났던 점에서 알 수 있다. 이
들은 판소리가 민족적 영웅의 면모를 그려주기를 요구하면서 유흥에
치우쳐 있는 기존 공연에 투석까지 하며 적극적으로 비판하였다. 그
러니까 이 시기 진취적인 수용자들에게 있어서 전승 판소리 5마당은

---

29) 이해조, 「옥중화」, 『춘향전』, 교문사, 1984, 479면.

평범한 인간의 파란만장한 삶을 그린 작품에 지나지 않게 인식되면
서 민족적 위기를 겪는 시대를 사는 그네들의 욕구를 충족시키지 못
했던 것이다. 이 점은 판소리가 진취성을 지닌 관객들을 붙잡는 데
실패할 수밖에 없었던 요인을 보여주는 일이다. 뿐만 아니라 결국은
일반관객들마저도 신파극과 영화에 빼앗기게 된다. 이처럼 판소리
가 침체기를 겪게 되는 것은 표면적으로는 일본의 통제로 인해 창극
의 발전이 저지당한 것과 관련 있다. 하지만 이면적으로는 19세기에
비해 상황이 급격하게 바뀐 20세기에도 여전히 이전의 레퍼토리로
승부를 걸었기 때문에 초래된 결과로 이해된다.

  해방을 전후로 해서 〈열사가〉가 판소리 레퍼토리로 등장하게 된
것은 이러한 시대적 분위기와 관련성을 지닌다. 〈열사가〉는 단일작
품이 아니고 〈이준선생열사가〉〈안중근열사가〉〈윤봉길열사가〉〈유
관순열사가〉를 비롯해 때로는 〈이순신전〉〈권율장군전〉〈녹두장군
전봉준〉 등이 덧붙여지기도 한다. 이 작품들이 동시에 창작된 것은
아니고 정확한 작자 역시 알 수 없다. 이것이 1945년 전후로 박동실
에 의해 정리 및 보급된 것으로 보이는데 해방 이전에도 이미 다른
인물들에 의해서 판소리로 불렸던 것으로 보인다.[30] 전통 판소리 5
마당의 전승과는 다른 차원에서 나타난 이러한 시도는 19세기 후반
기에 좁아졌던 판소리의 레퍼토리를 다시 확대시키는 역할을 적극적
으로 담당하게 되었다.

  박동실(1897~1968년)은 근대 5명창의 뒤를 이어 1940년대 이후
판소리사의 중심에 있었던 인물로 평가받는다. 그런데 한국전쟁 후

---

30) 김기형, 앞의 논문, 참고.

월북한 사실[31]로 인해 판소리사에서 그리 비중 있게 다루어지지 못했다.[32] 그가 소리에 입문하게 된 계기는 아무래도 가계의 내력과 관련성이 깊은 것 같다. 그의 외조부가 소리꾼 배희근이었고[33] 아버

---

31) 박동실명창은 1950년대 들어 북한의 창극 변화에 있어 주도적인 위치를 차지하는 인물 중 하나였다. 북한에서 그는 〈춘향전〉〈이순신장군〉 등의 전통적인 창극을 제작하였지만, 북한의 전반적인 변화는 그로 하여금 새로운 창극의 정립으로 나아가게 하였다. 그러나 북한에서 기울인 그의 모든 노력은 김일성의 지시를 어떻게 효과적으로 반영할 것인가 하는 문제로 귀일되었다. 그가 참여해 새로운 모습의 극으로 나타난 것이 혁명가극의 전단계인 민족가극이다.(정병헌, 앞의 글, 68면.)

32) 박동실명창은 1990년대 후반에 와서야 본격적으로 논의될 수 있었다. 이러한 연구는 다음의 논문에서 이루어졌다.
최동현, 「분단에 묻힌 서편소리의 대부—박동실론」, 『판소리 명창과 고수연구』, 신아출판사, 1997.
김기형, 「판소리 명창 박동실의 의식지향과 현대판소리사에 끼친 영향」, 『판소리 연구』13, 판소리학회, 2002, 7면~23면.
정병헌, 「명창 박동실의 선택과 판소리사적 의의」, 『한국민속학』36, 한국민속학회, 2002, 211면~228면.
김진영, 「박동실 명창의 삶과 예술」, 『판소리 명창론』, 판소리학회엮음, 박이정, 2010, 281면~293면.

33) 배희근은 정노식의 조선창극사에 '전라남도 영광 출생으로 고종시대 인물이다. 호기가 있고 성음이 거대한데, 겸하여 비위가 늠름하여서 자기보다 상수인 선배나 동배라도 능가할 기상으로 불굴하고 병견능창竝肩能唱하는 것이 타인의 불급처不及處요, 청중을 능히 웃기는 것이 역시 장처였다 한다. 소리의 이면을 깊이 알지 못하고 제작범절制作凡節이 다소 허루한 데가 있으되, 그 당당한 풍채와 거대한 성량은 도처에서 환영을 받았다 한다. 『창의 명인이라기보다 광대 중 일종괴걸一種魁傑이라』고 볼 수 있다.'고 기록되어 있다.(정노식, 『조선창극사』, 조선일보출판부, 1940. 본 논문에서는 1994년 동문선에서 펴낸 복각본을 활용하였다.) 또 이건창이 배희근이 '심청이 인당수에 빠지는 대목'을 듣고 비장감개한 심사를 읊은 한시가 전한다. '裵伶一駒沈娘歌/ 四座無端喚奈何/ 楚岸帆回秋色遠/ 漢宮簾捲月明多/ 鼓聲驟急全疑雨/ 線影低垂半欲波/ 休道笑啼皆幻境/ 百年幾向此中過.'(배희근이 심청가 한번 부르면/ 온 사람들 '어찌할고' 부르짖네/ 초나라 물가에 배 돌아오니 가을 빛 아득하고/ 한궁의 주렴 걷으니 달빛 가득하도다./ 북소리 휘몰아 쳐 온전히 비 오듯 하고/ 부채 그림자 드리우니 물결이 이는 듯 하네/ 웃고 우는 것이 모두가 거짓이라 말하지 마오./ 인생 백년에 이 경지를

지 역시 소리꾼 박장원으로 송우룡의 제자였다. 어렸을 때부터 재능이 남달라 '애기명창'으로 이름을 날리다가 13세에 광주 양명사 무대의 창극 공연에 출연한 후 20년대 후반까지 매우 왕성한 창극공연을 했을 뿐만 아니라 판소리 교육가로도 활동하면서 민족고전음악을 현대적 미감에 맞게 계승·발전시키고자 노력하였다. 박동실이 창작판소리에 진지한 관심을 가진 것은 무엇보다도 그가 자유로운 의식과 완성된 예술을 추구하는 실험정신을 지니고 있었기 때문으로 파악된다.[34] 따라서 창작판소리 〈열사가〉[35]와 〈해방가〉[36]는 이러한 그의 의식지향을 일정하게 담아내고 있다는 점에서 의미를 지닌다. 동시에 식민지 시대를 겪은 대중의 의식지향 역시 작품 속에 갈무리되어 있는 것으로 볼 수 있다.

〈열사가〉는 해방직후 소리판이 열릴 때마다 빠짐없이 포함된 레퍼토리로서 대단한 인기를 누렸다. 이는 당시 반일적 사회분위기와 관련된 것이라고 할 수 있겠는데, 이 시기는 판소리뿐만 아니라 연극과 가요를 포함한 공연물 전반에서 애국지사, 독립군의 항일 투쟁

몇 번이나 맛보리.) (김진영, 위의 논문, 284면 재인용)

34) 이러한 박동실의 의식지향의 근거는 그의 소리가 서편제에 속했지만 뒤에 가서는 자가 독공으로 동편제 바닥소리를 섞어서 한 것에서 찾아지고 있다.(김기형, 위의 논문, 13면 참고.)

35) 〈열사가〉는 박동실이 지었다는 설도 있고 다른 사람이 작사한 것에 작곡만한 것이라는 설도 있다.(이 부분에 대해서 정광수와 김소희 명창의 증언을 채록한 자료가 김기형의 논문에 실려 있다. 김기형, 「창작판소리 사설의 표현특질과 주제의식」, 『판소리연구』5, 1994, 104면.) 두 경우 중 어느 것이라 하더라도 그가 〈열사가〉 사설에 관심을 가지고 곡을 만들어 널리 보급시켰다는 점에서 그의 의식지향을 엿볼 수 있다.

36) 〈해방가〉는 박만순이 작사한 것에다 박동실이 곡을 붙였다. 김기형이 한애순 명창과의 대담을 채록해 놓은 부분에서 확인된다. (김기형(2002), 위의 논문, 16면.)

을 소재로 한 작품들이 왕성하게 창작 보급되었던 것으로 보인다. 그러던 것이 1960년대에 들어오면서 군사 독재가 시작되고, 정부가 일본과 굴욕적인 수교를 추진하면서 공개석상에서 〈열사가〉를 부르는 것이 어렵게 되었다.

판소리가 전통성과 유행성을 아우르는 방향으로 전개되어야 부흥할 수 있다는 인식은 1960년대에 활발하게 나타났다. 그래서 정통적인 예술은 무형문화재로 지정되어 그 보존을 기하고, 당대 수용층을 위한 노력은 또 다른 방향으로 시도되었던 것으로 보인다. 이는 시속(時俗)의 변화를 반영하지 않는 예술은 자멸할 수밖에 없다는 인식을 바탕으로 나타난 것으로 볼 수 있다. 이러한 노력을 보인 인물 중 박동진의 실험정신은 주목할 만하다.

박동진(1916~2003)은 1973년 인간문화재 5호로 지정된 명창으로, 공주에서 태어나 17세에 소리를 배우기 시작했다. 조부는 줄광대였고 숙부는 또랑광대였으며 부친은 소리에 조예가 있는 귀명창이었다. 박동진은 여러 명창에게서 전승 5가의 도막소리를 배워 독공을 통해 자기만의 고유한 소리제를 만들었다. 오랜 기간 소리수련과정을 힘겹게 마치고 1968년 9월에 〈흥부가〉를 5시간에 걸쳐 완창한 것을 시작으로 1~2년 안에 판소리 12마당을 모두 완창해서 관심을 한 몸에 받았다.[37]

---

37) 신상섭, 「특별인터뷰 국창 박동진 옹-판소리 불러 55년」, 『통일한국』, 평화문제연구소, 1987. 4
판소리학회 특집, 「판소리 인간문화재 증언자료-판소리 명창 박동진」, 『판소리연구』, 1991.
송언, 「인물기행- 최후의 판소리광대 박동진」, 『한국논단』, 한국논단. 1997.
김기형, 「원로예술인에게 듣는다.-우리시대의 진정한 소리꾼 박동진의 소리 세

　박동진의 판소리 실험정신은 완창발표회 시도와 19세기 실창판소리 복원, 뿐만 아니라 사설과 창을 모두 새로 짠 〈예수가〉 등의 이른바 창작판소리의 시도로 나타났다. 그는 전통판소리를 고급예술로 계승하는 방안을 고심하는 한편으로 대중과 소통하면서 당대의 의식과 정서를 반영하는 창작 방향을 보이기도 했던 것이다. 그가 시도한 창작판소리 작업은 판소리가 전승 5가를 벗어나 '살아 있는 예술'로 존속해 나갈 수 있는 가능성을 보여주었다는 점에서 그 의의가 찾아진다. 그는 청중과의 교감을 무엇보다도 중요시했고 이를 위해서 판소리 사설을 한글화, 현대화 시키는 진전을 보여주었던 것이다.[38]

　이후로 판소리는 또 다른 방향성을 지향하기도 했는데, 억압된 시대 상황에 대한 항거와 저항을 표현하는 쪽으로 가닥을 잡았다는 점에서 그러하다. 산업의 발달과 더불어 소외되기 시작한 계층들의 입장을 대변하면서, 그러한 발달을 힘입고 자신의 이익을 챙기기에만 골몰했던 사회지도층들의 행태를 풍자하는 시선이 판소리에 담기기

　계」, 『문화예술』, 한국문화예술진흥원, 2001.

38) 현대인을 청·관중으로 하는 전통판소리 공연은 가사의 전달이 어렵다는 한계가 여전히 지적된다. 이를 해결하기 위해 팸플릿에 가사를 싣지만 객석의 조명이 밝지도 않을뿐더러, 창자의 표정과 발림을 보며 소리를 들어야 하는데, 가사를 이해하려 팸플릿의 사설을 본다고 많은 것을 놓쳐버린다는 문제점이 지적되고 있다. 이에 따라 극의 단락구성 및 사설을 모든 관객이 볼 수 있도록 스크린을 설치해 공연에 집중할 수 있도록 해야 한다는 의견이 제시되고 있는 실정이다.(김미선, 「판소리 공연 현황과 과제」, 『제57차 판소리학회 발표요지』, 93면.) 그러나 이에 대해 팸플릿 사설의 기록적 기능이나 스크린 사설의 연행자 집중 방해 요소 등이 검토되어야 할 일이라는 주장도 있다.(최정삼, 「'판소리 공연 현황과 과제'에 대한 토론문」, 같은 책, 96면.) 어떠한 방안이 효과적이든지 오늘날 판소리 공연에 있어서 사설전달이 어려움은 기정사실화 되어 있다. 이런 현실에서 박동진이 사설을 쉽게 전달하도록 노력했다는 점은 대중과의 소통을 중요시한 그의 지향성을 나타내 주는 사례로 읽힌다.

도 했던 것이다. 또한 이 시기 민주화운동은 전례 없이 확산되기도 했던 바, 이러한 일련의 현상들을 소리판에서 재생산함으로써 지배층에 항거하는 민중의 입장을 대변하기도 했다.

20세기는 미디어가 발달하고 문화의 향유 방식이 달라지면서 민속의 한 가닥인 판소리가 설 자리는 그만큼 좁아진 듯하다. 판소리는 그 안에 생산주체와 수용주체의 의식을 반영하는 유의미한 예술 장르로서의 위상을 잃게 된 것이다. 이것은 판소리가 '전통' 안에 묶이게 되면서 '보존'할 대상으로 전락했다는 점을 말한다. 이 점은 이 시기 판소리 담당층의 성격이 변모한 것을 통해서 알 수 있다. 우선 판소리는 그것에 특별한 관심을 가지면서 '판소리문화'를 누리며 사는 소수의 사람들에게로 좁혀진다. 이 시기 판소리의 공연주체는 판소리를 부르는 전문가 집단과 창극단 등의 단체나 사설 학원에서 판소리를 공부하는 사람들, 아울러 전문 판소리 창자가 되기 위해 교육받고 있는 초·중·고·대학생 등이 포함될 수 있다. 한편 판소리 수용주체로 기능하는 집단으로서는 우선 '귀명창'들을 들 수 있다. 이들은 창자가 부르는 소리의 대목을 알 뿐만 아니라 그의 스승과 바디, 목 성음과 소리 공력의 정도 등을 알아낼 수 있는 능력을 지닌 이른바 판소리 '마니아'들이다. 또 적극적으로 소리판을 찾아다니며 관심을 보이는 일군의 사람들이 있는가 하면, 다소 소극적이지만 텔레비전이나 라디오 등을 매개로 판소리를 접하는 사람들도 있다. 이들은 심정적으로는 판소리와 닿아있으나 그 관심은 초보적인 수준에 머무는 경우가 많다.[39] 이처럼 판소리를 향유하는 사람들은 극히 일

---

39) 20세기 말 판소리 향유의 특징적인 양상과 판소리 미래를 위한 방안 제언은 다

부에 지나지 않는다는 점을 인식하면서도 전통판소리의 좁아진 입지에 머무르지 않고, 판소리를 현대 대중과 밀착 시키려는 움직임이 20세기 후반에 나타나 주목된다. 요컨대 오늘날 판소리는 전통 5가를 중심으로 한 민속공연의 형태로 정형화 되어 나타나는 한편으로 창작판소리를 중심으로 현대적 재생산을 시도하고 있기도 한 것이다. 창작판소리를 부르는 창자들은 전통시대 판소리의 대중적 인기를 회복하기 위해 전통판소리의 전승에서 벗어나서, 오늘날 대중이 공감할 수 있는 작품을 내놓는 것을 목표로 하고 있다는 점에서 특징적이다. 이들은 17세기에서 19세기를 지나는 동안 판소리가 기본적으로 유흥의 장에서 공연되었다는 점을 인식하고 오늘날 대중에게도 유흥물로 향유되도록 노력하고 있는 것이다.

이상의 논의를 통해서 판소리는 17세기부터 평민층은 물론이거니와 양반층과 왕실에 이르기까지 두루 수용되었던 예술형태였음을 알수 있다. 이것은 18세기를 거쳐 19세기에 이르면 대단히 유행하게 되는데 이 시기의 판소리 매개자로 중간층의 개입이 있어 더욱 활발할 수 있었다. 그러던 것이 20세기에 들어와서는 대중적 인기를 점차 상실하게 되고 이 후로는 서서히 '전통예술'의 하나로 자리매김하게 된다. 그러나 이런 가운데서도 당대의 현실문제와 밀접한 관련을 지니는 작품들이 생산되어 판소리의 현대적 수용 가능성을 열어 놓고 있다.

음의 논문에서 이루어졌다.
채수정, 「향유층의 변동과 관련해서 본 판소리의 현재와 미래」, 『판소리연구』11, 판소리학회, 2000, 115면~132면.

III

19세기말 판소리 레퍼토리 축소와
실창판소리의 특징

판소리가 우리만의 독특한 극적인 형식을 구현한 것은 이미 그것이 전성기를 이루었던 19세기에도 그러했던 바이다. 이 시기의 판소리는 12마당으로 구성되었음을 문헌을 통해 확인할 수 있는 바, 그 중 5마당은 서사적 희곡성을 강하게 내비치면서는 판소리 공연물로, 동시에 서사적 재편을 이루면서는 판소리계 소설로, 그 후 희곡적 지향성을 강하게 내비치면서 창극으로 자리매김한 것으로 이해할 수 있다. 그런데 〈장끼타령〉과 〈옹고집타령〉의 경우는 판소리로 불리다가 소설 장르로만 남게 되었고, 〈무숙이타령〉과 〈강릉매화타령〉 역시 판소리로서는 자리를 상실하고 유사 서사의 소설본으로만 남게 되었다. 그런가하면 〈변강쇠가〉와 〈배비장타령〉은 판소리로서의 성격은 상실했으나 희곡적 지향성을 추구하면서 20세기에 창극으로 공연된 기록이 보인다.[1] 이것은 이상의 작품들이 정작 판소리

마당에서는 탈락하고 어느 한 쪽 장르로만 재생산되었다는 뜻이다. 이러한 현상의 원인으로는 여러 가지 요소가 작용했을 것이다. 그 가운데 하나로 반드시 고려해 보아야 할 점이 바로 '연행물'이라는 조건이다. 판소리는 기본적으로 연행현장에서 생산주체와 소비주체와의 상호작용 가운데 향유된다. 전승 5마당은 판소리 공연의 형태로 연행되면서 동시에 소설 장르로의 변모를 보이거나 창극으로 전환되기도 했으며 현재에도 그와 같이 분화된 양식으로 전승되고 있다. 그런데 실창 작품들은 이와 같은 길을 가지 못했고, 각 작품별로 변모 혹은 쇠퇴의 양상을 보였다. 오늘날 간혹 이들 중 몇 작품이 창극이나 마당놀이로 연행되기도 하지만 이것은 전승이라기보다는 복원으로서의 의미를 지닐 뿐이다. 19세기 후반이라는 같은 시 · 공간적 배경에서 연행되었던 작품들의 향방이 흥행과 쇠퇴라는 두 흐름을 보이게 된 것은 쇠퇴한 작품들이 흥행한 작품들과 다른 어떤 면모를 지니고 있었을 것임을 짐작할 수 있게 해 준다. 그 면모는 단일한 한 가지일 수 없으며 여럿이 복합적으로 작용한 결과로 보는 것이 타당하다.

판소리 작품이 판소리로서 전승되기 위해서는 판소리만의 독특한 예술 장르적 면모를 아우르고 있어야 한다. 판소리가 갖추어야 할 예술 장르적 면모는 이미 판소리 비평가이자 후원자였던 신재효의 〈광대가〉에서 엿볼 수 있는데, 그는 광대가 지녀야 할 요소로 인물치레, 사설치레, 득음과 너름새 등을 제시한 바 있다. 여기서 인

---

1) 이두현, 『한국연극사』, 민중서관, 1973, 148면.
   백현미, 『한국창극사연구』, 태학사, 1997. 217면, 392면 참고.

물과 너름새, 득음은 판소리 창자의 생김과 공연할 때의 표현능력을
말함이다. 이것은 창자에 따라 그 정도가 다르게 나타나며 인물과
소리가 좋고 너름새를 잘하는 창자가 인정받았음을 짐작해 볼 수 있
다. 사설은 문학적 짜임과 관계있다. 이것은 '정금미옥 좋은 말로 분
명하고 완연하게 색색이 금상첨화 칠보단장 미부인이 병풍 뒤에 나
서는 듯 삼오야 밝은 달이 구름 밖에 나오는 듯 샛눈 뜨고 웃게 하기
대단히 어렵구나.'[2]라는 데서도 짐작할 수 있듯이 작품 서사는 정확
한 표현으로 청·관중으로 하여금 극에 몰입할 수 있도록 해야 한다
는 점을 알 수 있다. 이 점은 창자가 아닌 각 작품마다의 서사적 특
성이다. 실창판소리 작품들은 각 작품을 잘 불렀다는 명창의 이름이
전해지기도 하나, 그 '인물'에 대한 자세한 정보를 얻을 수는 없다.
또 대부분 유성기 음반이 나오기 전에 연행이 단절되었기 때문에 창
자의 '득음'의 정도도 알기 어려우며, '너름새' 역시 볼 수 있는 자료
가 현재로서는 없다. 다만 연행되었던 창본이 정착된 것으로 보이는
정착본이 현전하고 있어 이를 통해 사설의 면모를 연구해 볼 수 있
을 따름이다. 그렇기 때문에 실창 작품들이 공연되었을 당시 복합적
으로 작용했을 여러 요인들 중 서사의 짜임에 국한해서 살필 수밖에
없다.

판소리가 '연행'의 형식을 지녔다는 점은 이것이 소통을 중요하게
여긴다는 점을 보여 주는 것이기도 하다. 곧 판소리는 창자와 청중
사이의 의미소통의 극대화를 위한 예술에 다름 아닌 것이다. 그런

2) 신재효 / 강한영 교주, 「〈광대가〉」, 『신재효의 판소리 여섯바탕집』, 앞선책, 1994,
293면.

연행의 현장에 적응하지 못한 작품들은 곧 판소리 창자와 청자 사이에 미적 소통이 이루어지지 않았음을 뜻한다. 그러므로 이 작품들이 연행물로서 인기를 얻지 못한 데에는 창자의 의식지향과 청자의 의식지향이 서로 어긋나고 있었음을 추측해 볼 수 있다. 바로 이 점으로 인해 판소리로서 성취해야 할 미학적 수준에 도달하지 못했던 것으로 볼 수 있는 것이다. 이처럼 판소리는 현장 연행 예술로서 청중의 선택에 의하여 전승되고 적층되어 온 예술이기 때문에 판소리 청중의 변화는 판소리 내부의 변모로 이어지기까지 한다.[3] 그러므로 판소리 사설의 면모를 통해 창자와 청관중의 의식지향을 살피는 일은 타당성을 지닐 뿐만 아니라 필요한 작업이라고 생각한다.

---

3) 최정삼은 〈심청가〉의 '심청이 밥 빌러다니는 대목'을 예로 들어 청중의 변화와 소리의 변모양상을 설명한다. 박순호본 〈동국심청전이라〉의 '넉살좃코 슉기좃코 염치없난 저 제집아야. 무신 세짓치간대 네 애비 심봉사도 쵸셕으로 단이던이 너 좃차 이대치나 밥달낫고 조로난야. 듯기실코 뵈기실타. 사정없이 좃차낼제'라는 표현으로 미루어 각박한 현실에 강한 정서적 공감과 반응을 보이는 서민들을 청중으로 추정하였다. 이와는 다르게 '주져하여 한엽폐 빗기셔 아미을 슈기고셔 애연이 간청하여 한숙밥을 애걸하니…귀찬타 오지만나 보기실타 나가그라 한술밥을 아니쥬고 모진말노 죠차내' 정도로 나타나기도 하는데 이는 판소리의 청중이 중류계급 이상으로 이동된 것과 관련이 있다고 보았다. 곤고하고 빈한한 밑바닥 층에서 사는 소위 그 복지적 책임을 사회에 물을 수밖에 없는 인간에 대한 가혹한 상황을 인정하는 데 다소 심리적 불편을 느끼는 부류가 청중 속에 포함되어 영향을 미친 결과로 파악한 것이다. 또 '맑은 내 나난 집을 찾아가서 비난말이 병신애비 집의 두고 밥을 빌러 왔사오니 댁의 한 술 덜 잡숫고 일반지덕 베푸시오.…네가 벌써 저리 커서 혼자 밥을 비난구나. 너의 모친 살았으면 네 정경이 저리되랴. 끌끌 탄식 서를 차며 담았던 밥이라도 아끼잖고 덜어주며 짐치 젓갈 건개 등물 고루고루 많이 주니 두 서 너 집 얻은 것이 어시 딸이 한 끼 생에 넉넉히 되난구나.'라는 표현은 사회적 비극의 현상에 대해 다소의 책임과 부담을 느낄만한 계층이 판소리에 다대한 영향력을 행사할 만큼 주요한 청중으로 포함되었음을 의미한다고 본다. 곧 중인 이상 양반계층, 준지배계급 이상 지배계급의 청중화의 증거로 보는 것이다.(최정삼, 앞의 논문, 100면~104면에 자세하다.)

1. 〈변강쇠가〉〈장끼타령〉에 반영된 사회저항의식

(1) 인물의 형상과 사회적 의미

청·관중이 판소리의 서사에 자아를 몰입시킬 수 있는 것은 작품 내용이 그네들의 인생사 전반을 아우르면서 그 가운데 동질적인 면모를 적절하게 추출하여 공감대를 형성해 내기 때문이다. 여기에 '울리고 웃기기'의 공연학적 면모가 보태지고, 인물의 양면성이 적절하게 연출될 때 연행으로서의 판소리는 성공하게 된다. 이러한 판소리 연행은 19세기에 들어 대단히 유행했던 것으로 보인다. 이것은 판소리가 청·관중이 속한 사회적 위치와 관련된 점들을 이야기하기보다 인간 보편성에 관련된 점들을 이야기했으리라는 짐작에 타당성을 실어준다. 그리고 이 점은 바로 전승되는 판소리에서 나타나고 있는 바이기도 하다.[4] 그런데 〈변강쇠가〉와 〈장끼타령〉의 경우는 유랑민이라는 특정한 사회적 존재들과 밀접한 관련성을 내비친다는 점에서 전승 판소리 작품들과 구별된다.

〈변강쇠가〉는 향촌사회에 소속되지 못하고 유랑하는 옹녀와 강쇠가 장승으로 상징되는, 당시 사회를 지배하는 힘과 벌이는 갈등을 다루고 있다. 옹녀는 상부살이 끼어 남편뿐 아니라 자신과 접촉

---

4) 우리는 〈춘향가〉에서는 사랑과 이별의 문제가 〈심청가〉에서는 효, 〈흥부가〉에서는 가난의 문제, 〈수궁가〉에서는 지혜와 기지, 〈적벽가〉에서는 전쟁과 희생의 문제를 다루고 있음을 알고 있다. 이러한 바탕은 시대성에 얽매이지 않고 오늘날의 청·관중까지도 공감할 수 있는 토대를 마련해준다.

한 동네 남자들이 모두 죽어 마을사람들에게 쫓겨나는 인물로 그려진다. 강쇠는 천하잡놈으로 불리는 자로, 빌어먹기 위해 양서로 가는 길에 옹녀와 만나게 된다. 두 인물은 만나는 즉시로 부부가 되기로 하고 서로의 성기를 자세하게 묘사하는 동시에 희극적으로 표현하는 이른바 '기물타령'을 부른다.[5] 특히 강쇠의 성적 탐닉은 이후로도 지속적으로 문제가 되는 것으로 나타나며[6] 다음에서 보는 바와 같이 장승을 패 때고 난 후 당대 지배력에 대한 항거의 표현으로 부각되기도 한다.

　밥상을 물인 후에 독치 들고 달여들어 쟝승을 쾅쾅 픠여 군불을 만이 너코 유졍 부부 훨셕 벗고 사랑가로 농장치며 기폐문 젼례판을 맛잇게 흥 엿쑤나[7]

정착하고 싶은 욕구를 지닌 옹녀에게 장승을 패와 넘겨준 강쇠는 그 스스로는 동티로 인해 비참하게 죽고 만다. 그런 강쇠를 치상하는 과정에서조차 정착에의 욕망을 쉽게 놓지 못했던 옹녀[8]는 결국

---

5) 이와 같은 부분에서 이 작품의 음란성이 거론되기도 하지만 그 이면에는 '유랑민들의 현실에 대한 인식이 리얼리티를 얻고 있는 현장'이 자리하고 있다는 점을 기억할 필요가 있다. (서종문, 「〈변강쇠가〉연구―유랑민의 비극적 삶의 형상화」, 『판소리사설연구』, 1984. 『판소리와 신재효연구』, 제이앤씨, 2008 재수록, 255면 참고.)
6) '강쇠의 평싱힝셰 일흥야 본 놈이냐 낫이면 잠만 즈고 밤이면 빗만 타니 녀인이 흘 슈 없셔 이근이 졍셜흔다.'는 부분에서 이러한 점을 짐작 할 수 있다.(김진영 외, 「신재효본 〈변강쇠가〉」, 앞의 책, 15면~16면.)
7) 김진영 외, 「신재효본 〈변강쇠가〉」, 『失唱판소리사설집』, 박이정, 2004, 19면~20면. 본고의 실창판소리 정착본은 위의 책을 활용했음을 밝혀둔다.
8) 옹녀는 강쇠를 치상하는 과정에서도 자신을 도와주는 남자와 치상 후 함께 살기로 마음먹고 치상할 남자를 구하는 점에서 이런 점을 알 수 있다.

좌절감만 지닌 채 작품의 말미에서 증발되고 만다.

　이러한 서사로 짜여진 〈변강쇠가〉는 19세기 송흥록과 장자백에 의해 동편제로 불렸으며 근대 5명창 중 역시 동편제 소리꾼인 전도성과 유공렬 등이 잘 불렀다고 하니 일제시대 까지는 미비하게나마 창이 전승되었을 것으로 여겨진다. 뿐만 아니라 같은 시기인 1930년에는 창극으로 공연되는 시도도 있었다.[9] 하지만 현재는 창이 전해지지 않으며 그 사설만이 성두본과 고수본으로 전해지고 있는데 뒷부분 내용의 유무차이가 있으나 모두 신재효본의 필사본이다.[10]

　현전하는 이 사설본은 〈변강쇠가〉의 서사가 담고 있는 의미를 파악해 보는 데 중요한 자료가 된다. 〈변강쇠가〉는 앞서 지적한 대로 특정한 사회계층 내에서만 공감을 형성하고 있다는 데서 일차적인 한계를 지닌다. 강쇠는 '방향성이 없고 맹목적인 저항의식이 몸에 배어 하나의 기질이 된 인물'[11]로 하층 유랑민의 극단적인 면모를 상징적으로 보여주고 있다. 옹녀는 강쇠와 동일집단에 속하는 인물이나 부단히 정상적인 삶을 소망한다는 데서 그와는 차이성을 지닌다. 하지만 정착생활이라는 일정한 목표를 지닌 옹녀라 하더라도 그렇지 않은 강쇠와 같이 엮어가는 서사에서 우리는 좌절로 일관되는 작품의 방향을 읽어낼 수 있다.

---

9) 이 후 1900년대 후반에는 박동진이 이 작품에 곡을 붙여 부르기도 하였지만, 이것은 박동진이 사설에 곡을 새로 짜서 불렀던 것으로 전승된 것과는 다르다.

10) 이 신재효본 사설은 다음의 자료집에 실려 있으므로 본 논문에서는 다음의 자료집을 이용하였음을 밝혀둔다.
　　김진영 외, 「신재효본 〈변강쇠가〉」, 『실창판소리사설집』, 박이정, 2004.

11) 김종철, 「창이 전승되지 않는 판소리의 종합적 연구」, 『판소리의 정서와 미학』, 역사비평사, 1996, 272면.

　다. 천싱음골 강쇠놈이 여인 양각 번듯 들고 옥문관을 구버보며 이상
이도 싱기엿다 밍낭이도 싱기엿다 … 만경창파 죠기던지 혀를 쎄쭘 쎄
여시며 임실 곡감 먹어썬지 곡감씨가 장물이오 만쳡순즁 으름인지 졔라
졀노 벌어젓다 연계탕을 먹어던지 듥긔 벼슬 비최엿다 파명당을 ᄒ엿썬
지 더운 김이 그져 난다 졔무엇이 질거워셔 반튼 우셔 두어쑤나 곡감 잇
고 울음 잇고 죠기 잇고 연계 잇고 졔스장은 걱졍업다[12]

　라. 져 녀인 반쇼ᄒ며 가품을 ᄒ노라고 강쇠 긔물 가ᄅ치며 이싱이도
싱기엿네 밍낭이도 싱기엿네 … 고쵸 씻턴 졀구쩐지 검불씌ᄂ 무삼 일
고 칠팔월 알밤인지 두 쪽 한틔 부터잇다 물방아 졀구ᄃ며 쇠곱비 걸낭
등물 셰ᄀ사리 걱졍 업ᄂ[13]

　다.와 라.의 밑줄 친 부분에서 나타나는 바, 두 인물이 처음 만나
는 장면에서 나타나는 제사상과 세간 살림에 대한 희구는 기존 사회
와의 갈등에서 패배한 인물들이 새로운 환경에서의 정상적인 생활을
갈망하는 것으로 이해된다. 그러나 이러한 소망은 강쇠와 옹녀의 불
일치한 방향성으로 인해 곧 좌절되고 만다.

　겨집년은 이를 써셔 들병장ᄉ 막장ᄉ며 낫불임 넉장질에 돈양 돈관
모아노면 강쇠놈이 허망ᄒ야 ᄃᆡ 냥 ᄂᆡ기 방쩌리기 두 량 픠에 가고ᄒ기
갑ᄌ쏠리 여슈ᄒ기 미골회픠 퇴기질 호홍호빅 쌍륙치기 장군 멍군 장긔
두기 맛쳐 먹기 돈치기와 불너먹기 쥬먹질 걸긔쩌기 윳놀이와 ᄒ 집 두
집 곤의두기 의복 젼당 슐먹기와 남의 싸홈 가로 맛기 그 즁에 무슨 비우

――――――――――
12) 김진영 외, 「신재효본 〈변강쇠가〉」, 13면.
13) 신재효본 〈변강쇠가〉, 같은 면.

강쇠암 겨집치기 밤낮으로 싸홈이니 암만히도 살 슈 업다[14]

이처럼 옹녀는 애를 써서 생활고에서 벗어나려 하지만 강쇠는 오히려 그런 그녀에게 방해만 될 뿐이다. 이에 옹녀는 '여간 가슨 짋어지고 지리슨 중 차져가니 쳡쳡흔 깁푼 골에 뷘집 흔 치 셔 잇시되' 그곳에 정착하여 다시 한 번 온전한 생활을 꾸리려 하지만 그러한 바람은 장승을 패온 강쇠의 죽음으로 또 다시 좌절되고 만다. 이후 강쇠의 치상과정에서 만난 중, 초란이, 풍각쟁이패 중 누구도 옹녀와 결합하지 못하고 모두 죽고 만다. 심지어 '가리질'로 치상에 성공한 뎁득이와도 화합을 이루지 못하고 옹녀는 결국 그 행방이 묘연해지게 된다

〈변강쇠가〉의 서사는 사회 부적응으로 인한 좌절에서 시작된 두 인물의 동거가, 옹녀의 정착에 대한 열망에도 불구하고 강쇠와의 상이한 방향성으로 인해 다시 한 번 좌절하는 양상으로 나타난다. 뿐만 아니라 이러한 양상은 후반부로 갈수록 더욱 짙어져 강쇠의 죽음으로 인한 좌절, 치상의 어려움으로 인한 좌절, 뎁득이의 떠남으로 인한 좌절 등의 일관된 좌절감만이 강하게 나타남을 알 수 있다. 이러한 좌절감으로 치우친 작품의 방향성은 〈장끼타령〉에서도 나타나고 있어 함께 살펴볼만 하다.

〈장끼타령〉은 우화의 형식을 취한다는 점이 〈변강쇠가〉와 다르기는 하지만 기본적으로 옹녀와 까투리가 놓인 사회적 상황이 유사하다는 점과 강쇠와 장끼가 방향성 없고 저항적인 인물로 표현되고 있

---

14) 신재효본 〈변강쇠가〉, 15면.

다는 공통점이 두 작품을 동궤에 놓일 수 있게 한다. 까투리와 장끼
의 삶 역시 옹녀나 강쇠와 다르지 않아 마땅히 정착할 곳이 없기도
하거니와 아래와 같이 사방에 위험이 도사리고 있는 환경에 내몰린
처지이다.

평생 수문 자최 조흔 경치 보랴 하고 백운 상상봉의 허위허위 올나가
니 몸 가뷔운 보라매난 예셔 썰넝 졔셔 썰넝 몽치 든 모리군은 예셔 위
여 졔셔 위여 냄새 잘 만난 난양개난 이리 쿨쿨 져리 쿨쿨 옥새포긔 썩
갈입흘 뒤적뒤적 차져드니 사라날 길 바이 업내 사이길노 가자 하니 부
지긔여수 포수덜이 총을 메고 둘너셧네 엄동설한 쥬린 몸이 어대로 가잔
말가 종일 청산 더운 볏테 상하평젼 너른 들에 간혹 콩낫 잇겟시니 쥬으
러 가자셰[15]

위에서 알 수 있듯이 까투리와 장끼가 '평원광야 너른 들에 줄줄이
퍼져가며' 나섰던 것은 마땅히 있을 곳을 찾지 못한 데서 기인한 것
이다. 이것은 곧 옹녀와 강쇠가 지리산 중의 빈 집에 찾아 들어가는
것과 같은 맥락으로 이해할 수 있다. 그런데 정착한 곳에서의 생활
을 위해 나무하러 보낸 강쇠가 장승을 패 와 결국은 죽음에 이르게
된 것과 같이, 위험을 피해 먹을 것을 찾으러 나온 넓은 들에서 콩을
찾은 장끼 역시 아래에서 나타나는 바와 같이 죽음을 맞게 된다.

쟝끼란 놈 거동보소 콩 먹으러 드러갈졔 열두쟝목 펼쳐들고 구벅구벅
고개 조아 조츰조츰 두러가셔 반달갓튼 셔부리로 드립더 꽉 찍으니 두고

15) 김진영 외, 「세창서관본 〈장끼전〉」, 『失唱판소리사설집』, 박이정, 2004, 285면.

패 둥그러지며 머리 우에 치난 소해 방낭사중의 조격시황하다가 버금 슈
례 맛치난듯 와직씬 쑥짝 푸드득 푸드득 변통없이 치엿구나[16]

까투리는 옹녀와 같이 상부살이 쌓인 인물로 나타나고[17] 그런 까
투리에게 장끼는 죽으면서도 억지 수절을 명령한다는 점에서[18] 강쇠
와 동일한 인물형으로 나타난다. 또한 강쇠의 치상과정에서 옹녀에
게 중, 초란이, 풍각쟁이패 등이 접근했다면 까투리에게는 갈가마
귀, 부엉이, 외기러기, 물오리 등이 접근한다. 이들은 상중인 까투리
와 혼인하기 위해 접근하지만 까투리는 오히려 그러한 이유로 인해
이들을 배척한다. 하지만 이미 여러 남편을 잃은 까투리라 하더라도
여전히 가정을 이루고 싶은 욕망을 지니고 있다. 이것은 장끼가 까
투리 앞에 나서며 '이내 몸 환거한지 삼년이 되엿스되 맛당한 혼쳐업
더니 오날 그대 과부 되자 나 조상 오자 텬정배필을 텬위신조하엿스
니 우리 둘이 짝을 지여 유자생녀하고 남혼녀가 시기여 백년해로 하
리로다'는 말에 다음과 같이 절절한 반응을 보이는 점을 통해 알 수
있다.

---

16) 세창서관본 〈장끼전〉, 291면.
17) 상부도 자쥬 한다 첫재 랑군 으덧다가 보라매게 재여가고 둘재 랑군 으덧다가
산양개게 물녀가고 셋재 랑군 으덧다가 살님도 채 못하고 포슈의게 마져 죽고
이번 랑군 으더스난 금슬도 조커니와 아홉아들 열두 쌀을 나아노코 남혼녀가 채
못하야 구복이 원슈로 콩 하나 먹으려다 져 차위의 덜컥 치여스니 속절업시 영리
별 하겟고나(세창서관본 〈장끼전〉, 위의 책, 292면~293면.)
18) 내 얼골 못보아 슬워말고 자내 몸 수절흐야 경렬부인 되압소셔 불상하다 불상하
다 이 내 신셰 불상하다 … 네 아모리 슬워하나 죽난 나만 불상하다(세창서관본
〈장끼전〉, 위의 책, 293면~294면.)

까토리 하난 말이 죽은 랑군 생각하면 개가하기 절박하나 내 나를 쏩
아보면 불노불소 즁 늙은이라 수맛 일고 살림할 나이로다 오날 그대 풍
신보니 슈절마암 전혀 업고 음난지심 발동하내 허한 호라비가 예셔 졔셔
통혼하나 왕상만리 갈실너니 녯말의 일으기를 류류상종이라 하엿스니
까토리가 장끼 실랑 싸라감이 의당당한 상사로다 아모커나 살어보세[19]

옹녀는 뎁득이와의 화합을 이루지 못한 반면, 까투리는 장끼와의
화합을 이루는 결말을 보이는 점이 두 작품의 또 다른 차이라 할 수
있다. 이처럼 〈변강쇠가〉와 〈장끼타령〉의 옹녀와 까투리는 끊임없
는 정착과 정상적인 삶에의 욕구를 지닌 인간상으로 그려진다. 그러
나 강쇠는 물론이거니와 장끼조차 그런 목적을 이루는 데 도움이 되
지 못하고 오히려 방해만 될 뿐이다.

까토리 슬픈 즁의 하난 말이 공산야월 두견성은 슬픈 회포 더욱 슬다
통감의 이르기를 독약이 고구나 이어병이요 츙언이 역이나 니어행이라
하엿스니 자네도 내 말 드러시면 져런 변 당할손가 답답하고 불상하다
우리 양쥬 조흔 금슬 눌더러 말할소냐 슬피 셔셔 통곡하니 눈물은 못이
되고 한심은 풍우된다 가삼의 불이 붓네 이내 평생 엇지할고[20]

위의 자료에서 까투리가 한탄하는 바와 같이 장끼는 까투리의 말
과 꿈을 철저히 무시했고 이로 인해 죽음에 이르게 된다. 이러한 장
끼의 목적 없는 저항행위는 궁극적으로 까투리의 희망을 좌절시키게

---

19) 세창서관본 〈장끼전〉, 300면.
20) 세창서관본 〈장끼전〉, 291면~292면.

된 것이다. 이상에서 살펴본바 장끼의 인물형은 상당히 뒤틀린 면모
를 지닌다고 할 수 있겠는데, 턱도 없는 억지를 부리는가 하면 그것
이 통하지 않을 때는 폭언과 폭력도 서슴지 않는다는 점에서 그러하
다. 이러한 난폭성은 직접적인 생산현장에서 오랫동안 유리된 채 떠
돌아 다녔기 때문에 띠게 된 무절제성 또는 기생성에서 비롯된 것이
라 할 수 있다. 또한 가부장적 사회구조의 침윤에 의한 것으로, 지배
층에 대한 저항이 미처 제 방향을 찾지 못하고 오히려 같은 처지의
힘없는 아내에게 행해지고 있는 것으로도 볼 수 있다.[21]

이에 따라 이 작품 역시 〈변강쇠가〉와 유사하게 좌절감을 반복적
으로 형성시키게 된다. 이는 곧 정착하여 생활할 곳 없는 까투리 가
족의 비애에서 시작하여 까투리를 무시한 장끼의 행동으로 인한 그
스스로의 죽음, 동시에 가정이 파탄된 까투리의 좌절을 내비치고 있
다. 장끼의 죽음 후 상중에 맏아들이 솔개에게 채여 가 구사일생으로
돌아 온 것 역시 까투리의 좌절감을 심화시킨 사건으로 기능한다. 뿐
만 아니라 상중에 끊임없이 찾아드는 구혼객들은 '과부를 만만하게
보는 것'으로 비쳐지면서 다시 한 번 까투리를 좌절시키게 된다. 이처
럼 작품에서 일관되게 나타나는 방향성은 까투리의 좌절이다.

이상의 두 작품에서 시종일관 나타나고 있는 방향성은 어디에서
기인한 것인가. 우선 신재효의 사설과 송만재의 기록으로 보건대
〈변강쇠가〉는 강쇠가 장승을 패온 일로 동티가 나 죽은 일화와 이로
인해 다시 남편을 잃게 된 옹녀의 면모를 그리고 있는 작품으로 이

---

21) 정출헌(1999), 앞의 책, 263면.
   김종철, 「19세기 판소리사와 변강쇠가」, 『고전문학연구』3, 한국고전문학연구회,
   1986, 104면.

해할 수 있다. 송만재는 간단한 한시 구절로 서사를 압축해 놓았다
는 점에서 초기 〈변강쇠가〉의 존재양태를 세세하게 짐작하는 데 어
려움이 있다. 또한 신재효는 스스로 개작하는 과정에서 서사의 내용
을 변모시켰을 것인 바, 역시 그 전에 존재했던 〈변강쇠가〉의 서사
양상과 완전히 일치한다고 보아서도 안 될 것이다.

　〈장끼타령〉은 까투리의 만류를 거부하고 콩을 먹어 덫에 걸려 죽
은 장끼의 모습을 그리고 있는 〈관우희〉의 양상과, 이 작품이 '새타
령'과 상관관계에 놓이면서 〈적벽가〉 등에 흡수된 판소리사적 흔적
을 고려해 보았을 때,[22] 현전하는 소설본들보다 짧은 형태였을 것으
로 생각할 수 있다. 이러한 점은 이 작품이 유랑민의 삶을 반영하는
형태를 보이다가 후대로 가면서 결말부분에서 까투리의 개가문제가
더욱 중요한 의미요소로 전환되었다는 것을 짐작할 수 있게 해 준
다.[23] 이것은 〈장끼타령〉이 판소리 생산층의 문화적 기반에 놓여있
었기 때문에 수용층의 다양한 기호를 만족시키지 못하고 다른 작품
과의 경쟁에서 밀린 것이라는 추정을 가능하게 해 주는 한 요인이기
도 하다.

　이 두 작품은 유랑하고 있는 하층민들과 그들이 처했던 사회에 관

---

22) 〈적벽가〉의 다음 부분이 이에 해당한다. … '새가 날아든다. 새가 새가 날아든다
　　온갖 새가 날아든다. … 五色彩衣 펼쳐 입고 아홉아들 열두 딸을 左右로 거느리
　　고 上坪田 下坪田으로 아조 펄펄 날아든다. 장끼 까토리가 울음 운다 꺾꾸루루
　　울음 운다.'
23) 정출헌은 장끼 가족의 생활형태에서 조선후기 유랑민의 삶을, 장끼의 죽음에서
　　는 세계의 횡포를, 까투리의 개가에서는 생명력과 꿋꿋함의 의미를 찾아내었다.
　　또 이러한 일련의 사건들은 조선후기 농민층의 분화를 여실히 드러내 준다고 보
　　았다.(정출헌, 「〈장끼전〉에 나타난 조선후기 유랑민의 삶과 그 형상」, 『고전문학
　　연구』, 한국고전문학연구회, 1991.)

한 보고서로도 충실한 작품으로 평가할 수 있다.[24] 유랑민으로 몰락
해 가는 과정과 좌절상이 강쇠와 옹녀의 생활 속에 그대로 나타나고
있고, 여기서 나아가 유랑민으로서 사회적 안식처를 찾지 못하고 떠
돌아다니다 비극적 최후를 맞이하는 면모가 장끼와 까투리의 생활상
에서 나타나고 있기 때문이다. 특히 〈변강쇠가〉에 등장하는 중, 초
라니, 풍각쟁이, 각설이 등은 가면극이나 〈흥보가〉 등에서도 나타나
고 있는바, 당시 하층민의 실상을 그대로 표현해내고 있다는 점에서
주목된다.

봉쇄적이었던 조선 사회에서 유랑민들은 정착하여 특수부락을 이
루기도 하고, 그렇지 못한 경우에는 걸인으로 떠돌아다녔던 것으로
보인다. 이 최하층의 유랑민들인 걸인들도 자신의 호구지책으로 '각
설이타령'을 불렀다. 〈변강쇠가〉도 그들의 독특한 문화의 표출양상
을 사설 속에 담고 있다.

　　썰을을 도라 왓쇼 각셜이라 멱셜이라 동셜이를 짊어지고 쓸쓸 모라
　장타령 안경 주관 경쥬장 최복 입은 상쥬장 이 술 잡슈 진쥬장 관민분의
　성쥬장 이라 치쳐 마슌장 펄쩍 쮜여 노리쏠장 명틱 엽폐 딕구장 순시 압
　폐 청도

'각설이타령'에는 걸인들의 유랑상이 희화적으로 묘사되고 있다.
그들은 구걸하는 방편으로 자신들이 겪고 있는 현실생활의 비참함

24) 〈변강쇠가〉에 대한 이러한 평가는 다음의 논문에서 내려졌다.
　서종문, 「〈변강쇠가〉연구」, 『신재효와 판소리 연구』, 제이앤씨, 2008, 235면.

을 오히려 재담거리로 만들어 호구지책을 마련해야 했던 것이다.[25]
따라서 〈변강쇠가〉에는 이러한 유랑민들의 애환이 그대로 표출되어
있다고 볼 수 있다.

〈장끼타령〉에서의 장끼와 까투리 역시 강쇠와 옹녀와 다르지 않
다. 실제로 유랑민의 대량 발생은 봉건해체기의 가장 특징적인 징
후 중 하나일 뿐 아니라 그 해체를 가속화시키는 요인으로 작용하였
는데, 판소리 생산을 담당했던 창자층이 바로 이 계층에 속했으므로
작품의 소재로 등장할 수 있었던 것이다.[26]

아홉 아달 열두 쌀년 압세우고 뒤세우고 어셔 가자 밧비 가자 평원광
야 너른 들에 줄줄이 퍼져가며 널낭 져 골 줏고 우릴낭 이 골 줏자[27]

장끼와 까투리 가족들이 먹이를 찾아 눈 덮인 밭머리를 헤매는 위
의 모습에는 토지로부터 유리되어 이곳저곳을 떠돌아다니는 조선후
기 유랑민의 형상이 담겨 있다. 이를 통해 이 작품의 담당층은 이러
한 꿩의 고단한 삶을 수탈당하는 하층민의 형상으로 인식했음을 짐
작할 수 있다.

---

25) 서종문, 앞의 책, 239면~240면.
26) 이러한 면모는 〈흥보가〉나 〈수궁가〉에서도 나타나고 있는바, 놀보에게 쫓겨난
   흥보가 浦口 道傍과 산중 등을 전전하다가 다시 고향 근처로 돌아오는 것이나 토
   끼가 자라를 따라 수궁으로 가는 것은 모두 조선 후기 하층 유랑민의 형상을 부
   분적으로 반영하고 있는 것이다.(토끼의 수궁행 모두를 유랑의 단초적인 형태로
   볼 수는 없겠지만, 신재효가 개작한 〈토별가〉와 이를 그대로 방각한 완판본에
   토끼의 이 같은 형상이 비교적 뚜렷하게 나타난다. 인권환, 「토끼전의 서민의식
   과 풍자성」, 『어문논집』14·15합집, 고려대학교, 1972 참고.)
27) 세창서관본 〈장끼전〉, 286면.

(2) 수용자들과의 정서적 불일치와 작품서사의 변모

판소리의 생산주체는 조선조 사회 피지배계급의 최하단에 위치한 광대였다. 또 이들이 판소리를 생산할 수 있었던 문화적 기반은 바로 그들의 삶이 터 잡은 기층문화였다. 그러므로 〈변강쇠가〉와 〈장 끼타령〉은 천민광대들의 유랑생활상과 밀접한 관련성을 지니는 형태로 나타날 수 있었던 것이다. 그런데 이 두 작품은 그들과는 다른 생활을 향유하는 청·관중에게 연행되었을 때, 심리적 몰입과 '정서적 관련'[28] 그리고 '신명풀이'[29]의 현장을 창출시키지 못한다는 점을 이상의 논의를 통해 알 수 있다. 두 작품의 서사는 비장과 골계의 교차로 인한 긴장과 이완, 곧 작중 세계에의 몰입과 거리감 유지와 같은 상태를 체험할 수 없도록 조직되어 있으며, 감상자들은 '좌절감'으로 점철된 비애감만 느낄 뿐인 것이다. 또 작품의 시작부터 마지막까지 희극적인 변화 한 번 없는 평면적인 주인공의 면모와 그 외에 등장하는 인물조차도 유쾌한 웃음의 마당을 마련해 주지 못한다는 한계를 지닌다. 이렇게 청·관중의 공감을 끌어내지 못하고 부정적인 미감만을 추구하는 작품이기 때문에 공연현장에서 인기를 얻지

---

28) 이 용어는 청중이 작중의 사태에 감정이입함으로써 겪는 동정, 공감, 반감, 원망, 만족, 실망 기타의 심리적 관련을 말하는 것으로 정의된다. (김흥규, 「판소리의 서사적 구조」, 『판소리의 이해』, 창작과 비평사, 1978,(1993. 13쇄.) 117면.)

29) 신명풀이연극은 적대적인 관계의 승패가 바람직한 방향으로 이루어지며, 패배자의 고통은 보여주지 않는다. 이에 따라 관중은 허위를 거부하고 진실을 되찾은 기쁨을 누리는 데 동참할 수 있다. 이야기에서 진행되는 싸움이 바라는 방향으로 진행되고 해결되는 것에서 관중은 더욱 흥겹고 신나기 마련이다. 여기서 관중들의 신명풀이는 최고조에 이른다.(조동일, 『카타르시스 라사 신명풀이』, 지식산업사, 1997, 110면 참조.)

못한 것으로 생각할 수 있다.

〈변강쇠가〉는 판소리의 생산주체와 밀접하게 닿아있는 것으로 보이는데, 특히 장승설화의 소재화 과정은 유랑연예집단의 생활상을 바탕으로 초기의 판소리 레퍼토리 하나가 생성되어 나오는 과정을 설명하는 연결고리로 파악될 수 있다는 점에서 더욱 그러하다. 판소리 생산주체인 소리꾼들은 소리를 팔기 위해 여러 곳을 돌아다니면서 이정표 및 경계표지의 장승을 많이 보고, 이를 중심으로 엮어지는 장승설화를 많이 들었을 것이다. 따라서 〈변강쇠가〉에 장승화소가 소재로 수용되는 것은 자연스럽게 이루어질 수 있는 일이다.[30] 특히 작품 내에서 이것이 '나무타령'과 결합되어 나타나고 있다는 점이 특징적인데 다음의 인용문에서 그러한 결합양상이 드러난다.

　　강쇠가 다 들은 후 계 신체를 제 보와도 어린 것들 한가지로 갈키나무 할 슈잇나 독치 쎄여 들어 메고 이 봉 져 봉 다니면셔 그 중 큰 나무는

---

30) 우리 민속에서 장승의 기능은 후대로 내려오면서 외래문화의 침윤과 실용적 목적에 따라 수호신의 기능에서 이정표의 기능으로 바뀌어 나갔다고 볼 수 있다. 그러나 민간에서는 여전히 하나의 신격으로 인식되었기 때문에 이 두 가지의 기능이 장승의 위치나 성격에 따라 선택적으로 전승되게 된다. 이러한 면모는 설화에도 어느 정도 반영되어 나타나게 되는데, 설화를 향유한 화중이 장승민속에 대한 신뢰를 보이는 태도를 반영하고 있는 것과, 그렇지 않은 태도를 반영하고 있는 장승설화가 그것이다. 장승민속의 주술력 자체를 설명하고 있는 설화에는 장승민속이 화소로 활성화되지 못하였지만, 장승이 경계표지로 나타나고 있는 설화에는 장승민속이 서사전개의 계기를 이루는 화소로 활성화되고 나타난다. 앞의 것이 진지하고 숭고한 미감을 조성하고 있다면, 뒤의 것은 골계적인 희극미를 표출하고 있다. 장승민속의 역사적 변모양상과 문학적 형상화에 대해서는 다음의 논문에서 자세하게 논의 되었다.
서종문, 「장승民俗의 文學的 形象化(Ⅰ)」, 『국어교육연구』17, 경북대학교 사범대학 국어교육연구회, 1985, 13면~35면.

한두 번식 썩은 후에 나무늬력 말을 ᄒ며 계가 져를 ᄭ우진는다 오동나무
벼즈하니 슌임군의 오현금 살구나무 벼자ᄒ니 공부즈의 강단 솔나무 죠
타마는 진시황의 오듸부 잣나무 죠타마는 한고죠 더푼 그늘어쥬축슈이
슌츈 홍도나무 사라옵고 위셩죠우읍 경진 버들나무 죠흘씨고 밤ᄂ무 신
쥬가음 젼나무 돗듸지목 가ᄉ목 각 영문 곤쟝가음 춤나무 곳곳ᄒ니 배
짓난 듸목가음 오시목과 슌유자 용목 검핑 목물방 쑥나무 긴흔 문목화
목되기 앗갑도다[31]

이처럼 〈변강쇠가〉에서 '나무타령'이 장승화소와 결합하여 나타날
수 있었던 것은 장승이 경계표시의 기능을 담당했다는 점과 이 장승
의 재료로 나무가 사용되었다는 사실을 들 수 있다. 곧 나무를 해야
하는 고달픈 나무꾼의 '신세타령'과 장승화소가 쉽게 결합될 수 있었
던 것이다. 이것은 전문적인 소리패나 판소리 소리꾼의 생활주변에
서 쉽게 찾아볼 수 있는 것이기에 두 작품의 특정한 서사적 계기에
수용되었다고 볼 수 있다. 이러한 현상은 판소리 초기단계에서는 자
연스럽게 이루어질 수 있었을 것인데, 초기의 판소리는 구비가창물
로 존재했으므로 구비전승물에서 그 생성의 토대를 마련했을 것으로
쉽게 이해되기 때문이다.[32]

한편 유랑민의 고단한 삶에서 우러나온 부정적인 힘이 형상화된
강쇠는 장승을 자신이 거처할 방을 덥힐 화목(火木)으로 인식하고
다음과 같이 그것을 뽑아낸다.

---

31) 신재효본 〈변강쇠가〉, 18면.
32) 〈적벽가〉에서도 조조가 장승을 관운장으로 알고 패는 장면이 있어 이러한 소재
   수용현상이 자연스러움을 말해준다.

엇더흔 쟝승 흐나 슌즁에 셔 잇거늘 강쇠가 반겨흐야 벌목정정 이 안
쓰고 죠흔 나무 거긔 잇다 … 강쇠가 호령흐야 네 이놈 뉘압페다 싀긔
흐야 눈망을 브릅드니 삼남 셜츅 변강쇠를 일홈도 못 드른다. 과거 마젼
파시평과 스당노름 슬음판에 이늬 솜씨 스름 칠 제 션뤼북장 후취덜미
가래쏜쥭 열 두 권법 범강 장달 허제라도 다 둑안에 쎠러지니 슈쪽 업ᄂ
너만 놈이 싱심이나 바올쇼냐 달여드러 불끈 안쇼 엇둘음 쑥 빅늬여 지
게 우에 짊어지고[33]

강쇠의 이러한 행동은 장승민속의 금제력이 유랑민들에게 끝까지
구속력을 행사할 수 없다는 점을 보여준다. 사실상 유랑민들은 생계
유지에 장애가 되는 사회적 규범을 파괴하는 일을 서슴지 않았다.
이들은 생계를 위하여 구걸도 하고 도적질도 하며 유괴도 일삼는 등
반사회적인 행동을 서슴지 않았다는 기록이 왕조실록에도 나타나고
있다.[34] 따라서 장승민속이라는 기존의 관습을 파괴했던 강쇠의 행
동은 반사회적일 수밖에 없다. 이처럼 〈변강쇠가〉는 유랑민들이 비
참한 생활을 계속할 수밖에 없도록 만드는 사회구조의 한 축을 상징
화하고 있는 것이며, 이러한 의미를 발생시킨 주체는 소리꾼들인 것
이다.[35]

그런 가운데 신재효가 전승되지 않는 판소리 중에서 유일하게 이

---

33) 신재효본 〈변강쇠가〉, 18면~19면.
34) 김동욱, 『한국가요의 연구』, 298면~299면.
35) 장승민속의 판소리 작품 소재화는 〈변강쇠가〉와 〈적벽가〉를 중심으로 다음의
    논문에서 자세히 논의되었다.
    서종문, 「장승民俗의 文學的 形象化(Ⅱ)」, 『국어교육연구』22, 경북대학교 사범대
    학 국어교육연구회, 1990, 81면~99면 참고.

작품을 선택해서 기록하고 있다는 점은 대단히 특징적인 일인데 이로 인해 작품의 서사양상은 어느 정도 변모되었을 것으로 본다.[36] 그 변모의 정도가 어느 정도인지 정확히 알 수는 없으나 신재효가 작업한 다른 작품 등을 통해서 그의 사고 기저를 짐작하여 그 양상을 추측해 볼 수 있다.

신재효의 아버지는 본래 서울에 살면서 고창현의 경주인(京主人)을 지냈으며, 그 뒤에 고창으로 옮겨와서 관약방(官藥房)을 차렸다. 경주인의 신분은 향리나 천예(賤隷)로 인식되고 있었으며, 신재효는 행정실무를 담당하는 하급지배신분층으로 광의의 중인층에 해당한다. 신재효가 속한 향리계층은 역사적으로 지방의 호족세력이 조선왕조의 강력한 중앙집권화 정책에 따라 계층적으로 하강하면서 통치력을 구체화하는 지방행정의 실무를 독점하고 이를 이권화(利權化)함으로써 사회적으로는 지배층의 가장자리에 놓였으며 주로 농민으로 구성된 피지배층과 대립하는 계층적 성격을 지니고 있었다. 그러므로 이들은 지배층으로서의 투철한 현실인식을 바탕으로 비판적 지식인의 기능을 수행할 처지도 못되고, 또 피지배층의 현실인식을 수렴해서 새로운 역사의 장을 여는 주동적 세력으로 등장할 수도 없었다. 이에 따라 이들은 조선왕조의 말기적 현상을 빚어내면서 그들을 제재하려했던 중앙정부의 통치력을 속속들이 썩게 만들어 이를 붕괴시켜 버리는 역기능을 수행하게 된다. 신재효의 판소리 지원활동은 이처럼 향리들이 부를 축적할 수 있었던 조선후기의 사회현실 속에

---

36) 현재 불리고 있는 판소리 창본의 사설 속에는 신재효의 판소리 사설이 부분적으로 수용되어 있는데, 상당한 변이가 진행되어 왔다는 사실이 확인된다.(서종문, 『판소리와 신재효연구』, 제이앤씨, 2008, 12면.)

서 가능할 수 있었다. 즉 고창이라는 한 지방의 향리에 불과한 그가 판소리 창단을 육성하고 판소리 창자들을 지원할 수 있는 힘을 획득했다는 사실은 조선후기의 사회·경제적 변화 속에서 가능했던 것이다. 또한 그의 판소리 사설의 개작과 정착 작업에 투영된 작가의식은 자신의 계층의식과도 일정한 관련성을 지닌다고 볼 수 있다.[37]

  우선 그는 〈광대가〉를 통해서 판소리의 예술성을 대단히 값진 것으로 평가하였다.[38] 이에 따라 자신의 재력을 바탕으로 당시 판소리 창자의 전문교육을 집단적으로 실시하기도 하였다.[39] 그와 함께 이전까지는 여창(女唱)으로 불리지 않았던 판소리를 진채선에게 부르게 함으로써 판소리사에 획기적인 시도를 감행하기도 하였다. 또한 〈춘향가〉를 동창(童唱)과 남창(男唱)으로 분류하여 창자에 맞게 사설을 개작하기도 하였고, 〈심청가〉에서 묘사된 심청이의 행동을 평가하며 서술자적 개입을 추가하기도 하였으며, 〈수궁가〉나 〈적벽가〉〈흥보가〉 등에 감상자적 비평을 첨가하기도 하였다. 나아가 창자의 입장으로 작품 내에 참여하여 창의 장단과 창조를 지시하는 내용까지 덧붙이기도 하였다. 이러한 일련의 작업들은 그가 판소리 감상자의 입장에서 비판적으로 관여하여 사설의 합리성을 추구했기 때문

---

37) 서종문, 앞의 책, 22면~26면 참고.
38) 이러한 면모는 〈광대가〉에서 송흥록을 이태백에, 모홍갑을 두자미에, 권삼득을 한퇴지에, 신만엽을 두목지에, 황해청을 맹동야에 비교하는 등 판소리 명창들을 당송의 유명한 문인들의 작품세계의 성격과 대비시키고 있다는 점을 통해서 나타난다. 당시 양반사대부들이 최고의 가치를 부여했던 한문학의 대가들이 이룩한 문학적 세계와 판소리 명창들을 나란히 견주어 평가했다는 점에서 그러하다.
39) 이날치, 박만순, 김세종, 전해종, 김수영, 정창업, 김창록, 진채선, 허금과 등의 창자가 그의 지원과 이론적 지도를 받았다.

으로 이해된다.[40]

  이러한 비판적 관여가 〈변강쇠가〉에서는 어떻게 드러나는가. 우선 우리가 주목할 수 있는 점은 강쇠의 행동이 장승들에 의해 처벌받게 되는데, 그 방법이 관원사회의 행위유형과 닮아있다는 점이다. 장승회의를 연다는 공문을 돌린다거나, 장승 위치를 '-관'으로 표현하는 방법, 강쇠를 처벌하는데 관할을 표시하는 방법 등이 그러한 예에 해당한다. 이는 강쇠를 통해 표출되는 반사회적인 행위를 징벌해야 기존사회체제를 유지할 수 있다는 지배계급의 일반적 통념이 장승 설화와 결합되어 나타난 것으로 이해할 수 있다. 동시에 장승 민속이 적극적으로 신뢰되고 있던 전통사회에서도 이를 파괴하고자 하는 강쇠의 행위가 부정적으로 평가될 수밖에 없다는 점도 내비친다. 이러한 장승의 징벌은 생산자층에도 수용된 것으로 보이는데, 문제는 장승에 의한 강쇠의 죽음과 치상과정이 상당히 기괴하게 나타나고 있다는 점이다.

  속옷 아구듸에 손질을 풀쑥 너어 녀인의 보지 쥐고 으드득 힘 쥬더니 불쏜 일어 웃둑 혀며 건즁흔 두 다리는 유엽젼을 쏘랴는지 비정비팔 빗드듸고 바위 곳튼 두 쥬먹은 시왕젼에 문직인지 눈 우에 놉피 들고 경쇠 성이 숫튼 눈은 홍문연 번쾌널지 씌어지게 불읍쓰고 상토 풀어 순발흐고 셔 쌰여 질게 물고 집동곳치 부은 몸의 피고름이 낭자흐고 주장군은 그져 쌧쌧 목궁긔에 숨쇼릭 쏠싹 코궁긔에 찬바룸 왜 싱문방 안을 흐고

---

40) 신재효의 사설개작에 관한 논의는 서종문, 『판소리사설연구』, 형설출판사, 1984. 에서 자세하게 이루어졌다.

쟝승 쥭엄 ᄒ엿ᄭ나[41]

인용문은 강쇠의 죽는 모습을 표현한 부분이다. 인용문의 바로 앞
부분에서 강쇠는 옹녀의 손을 잡고 온전한 가정을 이루지 못하고 헤
어져야 하는 점을 애통해하지만, 이내 '자기 따라 자결하라'하고 옹
녀에게 손대는 남자들은 모조리 죽을 것이라는 저주와도 같은 유언
을 남기고 위에서 보는 바와 같은 해괴한 행동을 하며 숨을 거두는
것이다. 이러한 분위기는 강쇠의 죽음 이후에 오히려 더욱 짙어지는
양상을 보인다. 옹녀는 강쇠의 치상을 위해 '듸로변에 안져 울어 오
입남ᄌ 맛나시며 치상을 홀 듯'하여 큰길가에 나가 남자를 기다리게
되는데, 어떤 목적으로든 그녀를 도와주기 위해 접근한 뭇 남자들은
강쇠의 예언대로 모두 죽는다. 처음 옹녀에게 접근한 파계승은 '문안
쥭엄으로 요만ᄒ고 열반ᄒᆡᆼ졔', 초라니는 고사죽음 풍각장이패들은
각각 숨이 딸깍 식었다. 이렇게 죽은 남자들을 방안에 감추는데 방
속에 동서편으로 차례로 시체가 앉은 모양을 팔상전(八相殿)에 빗대
어 표현하고 있다. 그러다 강쇠의 치상에 성공하는 뎁득이를 만나게
된다. 다음은 뻣뻣하게 서 있는 강쇠의 주검을 처리하는 뎁득이의
행동 중 하나이다.

그 놈의 눈구멍을 늬가 안이 보려 ᄒ니 고기를 숙이고셔 그 놈 눈 웃
시욱을 글거셔 덥풀테니 마노릭ᄂ 밧게 셔셔 갈키가 웃이욱에 닷커든 닷
다 ᄒ오. 이놈이 갈키 들고 시체방에 들어셔셔 고기를 썩 숙이고 두 손

---

41) 신재효본 〈변강쇠가〉, 27면.

으로 갈키 들어 숑장 눈에 다이면셔, 웃시욱에 다앗쇼? 여인이 뒤에 셔
셔 죠금 올니시오. 드앗쇼? 죠금 닉리우시오. 드 웃쇼? 드 웃쇼. 쪽 잡아
글근 거시 손이 쥭금 밋그러져 아릭시욱 글거노니 눈이 쑥 불거져셔 앙
흐고 호랑이 지죠를 흐느구나.

갈퀴로 시체의 눈을 감기는 상황을 웅녀와 뎁득이의 대화를 통해
자세하게 묘사하고 있는 부분인데 강쇠의 시체가 취하고 있는 기괴
망측한 상황을 보여주고 있다. 이러한 면모는 각설이패와 함께 시체
여덟 구를 짊어지고 가다가 땅에 붙게 되는 장면으로 이어지고 결국
에는 뎁득이의 등에서 떨어지지 않는 강쇠의 시체를 세 동강낸 후
마지막 하나마저 갈아버린다는 다소 잔혹한 장면으로까지 확장되어
나타난다. 여기에 '가리질 스셜이 드를 만흐여'라는 평가를 내리고
있는 신재효의 인식은 무엇에 기반한 것인가. 시신을 갈면서 노래하
고 또 그 노래가 들을 만하다는 것은 일종의 가학적 쾌락의 추구라
고 할 수 있다. 공포로부터의 탈출행위 자체가 또 다른 괴기함을 낳
고 그 과정에서 어떤 미적 쾌감을 느낄 수 있다는 것은 기괴미의 수
용과 관련하여 특히 주목된다.[42]

기괴미는 부조화, 희극적인 것과 끔찍스러운 것의 공존, 지나침과
과장, 비정상성 등의 요소로 형성되는데, 대체적으로 '양립할 수 없

---

[42] 뎁득이는 강쇠의 시체를 갈아버리고 훨씬 시원한 마음으로 떠나갔지만 이 과정
을 본 독자들의 마음은 꼭 그렇다고 할 수 없다. 물론 갈이질 사설이 들을 만하
다는 발언은 뎁득이의 참회를 두고 한 말일 수도 있다. 이것이 작가가 작품의 끝
에서 색에 대한 경계를 한 것과 연결되기 때문이다. 그러나 색에의 탐닉을 경계
하는 단순 명백한 도덕률의 강조를 위한 결구로는 그 과정에서 유발한 미적 정서
가 너무 복잡하다. 강쇠를 세 번씩이나 죽여서 기껏 색에 탐닉하는 것을 경계한
다는 결론에 이른 것은 너무 값비싼 결구라고 하지 않을 수 없다.

는 것들의 작품과 반응 속에서의 해결 안 된 충돌' 혹은 '양면성이 공존하는 비정상성'으로 정의된다. 다시 말해 아주 혐오스러운 내용을 대단히 정중하고 차분하게 이야기한다든지, 희극적으로 이야기 한다면 그것이 독자에게 환기하는 정서는 이상하고 불쾌하고 그러면서도 우스꽝스러워서 쉽게 사라지지 않는다. 즉 이야기되는 내용과 이야기하는 방식이 서로 불일치하거니와 그것에 반응하는 독자들의 정서도 복합적인 것이다.[43]

〈변강쇠가〉에 나타나는 이러한 비정상적인 기괴미는 그가 정리한 다른 작품의 사설에서도 나타나고 있어 이 작품을 이해하는 데 참고가 될 만하다. 다음에 인용하는 사설은 그가 정리한 〈적벽가〉의 한 대목인데, 대단히 혐오스러운 장면을 묘사하고 있다.

"조총수 한눈감이." "예" 저놈은 들어오며 항문에 손 받치고 울면서 하는 말이, "애고 똥구멍이야." 조조가 불러 "너 이놈, 앓을 데가 오죽 많아 똥구멍은 왜 앓느냐." 저놈이 대답하되, "적벽강서 아니 죽고 오림으로 도망터니, 한 장수가 쫓아와서, 내 벙치 썩 벗기고, 내 상투 썩 잡으며, 어허 그놈 어여쁘다. 죽이자 하였더니 중동해소시켜볼까. 갈대 숲 깊은 데로 끌고 들어가서 엎어지르며 하는 말이 전장에 나온지가 여러 해 되었기로 양각산중 주장군이 참것 맛을 못보아서 밤낮으로 화를 내니 옥문관은 구지부득, 너 지닌 항문관에 얼요기시켜보자. 침도 안 바르고 생짜로 쑥 디미니 생눈이 곧 솟는데 뱃살이 꼿꼿하여 두 주먹 아드득 쥐고 앞니를 뽀득 갈아 반생반사 막 견디니, 그 옆에서 굿 보는 놈 걸음 차례 달려들어 일곱 놈을 치렀더니 항문 웃시울, 망건 당줄 조른 것이 뚝 끊어져

43) Philip Thomson / 김영무 역, 『그로테스크』, 서울대출판부, 1986, 36면.

벌어지니 뱃속까지 훤하여서 걸림새가 아주 없어 그래도 그 정으로 총은
아니 뺏어가고 옆에다 놓았기에 간신히 정신차려 온몸을 주무르고 총대
짚고 일어서서 일보일게 오옵는데 제일 극난한 게 밥 먹어도 그대로, 물
먹어도 그대로, 쉬지 않고 곧 나오니 밖에서는 못 막아서 안으로 막아볼
까 포수에게 석 냥 받고 총을 팔아 화육사서 종자만큼 떼어넣어도 수르
르 도로 나와 주먹만큼 목침만큼, 아무리 떼어 넣어도 도로만 곧 나오니
어찌하여 살 수 있소." 조조 또 의사 내어, "쇠살을 가지고서, 사람살을
때우려거든 암만 한들 될 것이냐. 길가에 쌓인 송장 사람 살을 베어다가
착실히 막아보라."[44]

포로로 잡힌 병사가 상대군사들에게 성폭행당한 일을 묘사한 장
면인데 그 과정과 결과가 상당히 혐오스럽게 그려지고 있다. 조학
진 바디, 김연수 바디, 정응민 바디, 박봉술 바디 등에서는 보이지
않는 이 부분은 신재효의 미적의식이 반영된 부분으로 이해된다.[45]
다른 〈적벽가〉에서는 거의 나타나지 않는 부분을 그가 이것을 수용
한 것은 이 부분이 가지고 있는 기괴미와 관련이 있다고 할 수 있다.
이 외에도 〈흥보가〉와 〈오섬가〉의 부분에서 성적인 표현을 매개로
한 희극적 부조화의 추구가 나타나고 있다는 점에서도 그러한 인식
이 드러난다. 이러한 기괴미의 추구는 공격적이고 과격한 측면을 내
포하고 있다. 이것은 판소리 장르가 지닌 대항문화(對抗文化)로서의

---

44) 신재효 / 강한영 교주, 앞의 책, 228면.
45) 이 부분은 신재효가 독자적으로 창조해낸 것은 아니고 당시 창으로 불리고 있던
것을 적극적으로 수용한 것으로 보인다. 김종철 소장 〈華容道〉(40장본, 1902년
필사)에서도 이와 유사한 내용이 나온다. 이에 따라 김종철은 이 부분이 실제 창
으로 불렀을 가능성이 높다고 보고 있다.

성격과도 관련성을 지니는 바, 조선후기사회를 지배하던 세계관에
대한 공격성을 내포하고 있는 것으로 이해된다.[46]

　　요컨대 〈변강쇠가〉는 판소리 생산집단이 기본적으로 지니고 있는
사회적 저항의식이 장승소재의 서사형태로 마련되어서 연행되었던
것인데, 이것이 희극적 표면구조를 덧입고 나타났다고 하더라도[47]
판소리 수용자들의 지향의식과 부합하지 못했을 뿐만 아니라, 수용
자들의 다양한 변화양상에도 발맞추어 변화해가지도 못했던 것으로
이해된다. 곧 판소리 생산자들이 지니고 있는 사회에 대한 저항의식
만 지속적으로 표출되는 것 이상의 의미를 지닐 수 없었던 것이다.
그러던 것이 신재효본 〈변강쇠가〉에 이르러서는 이상의 서사적 특
징을 지닌 작품에, 지방 향리집단의 일원으로서 지배집단의 문화에
항거했던 신재효의 저항인식이 덧입혀지게 된 것으로 이해된다. 그
는 이 작품에서 짙은 기괴미를 추구함으로써 양반문화에 대한 공격
성과 과격성을 추구했던 동시에 강쇠와 같이 사회질서의 바깥에 있
는 존재 역시 공격함으로써 자신의 계층의식을 드러내고 있는 것으
로 이해된다.

　　다음 〈장끼타령〉은 기본적으로 우화의 형식을 지니고 있다는 점
에서 특징적이다. 이것은 이 작품이 어떤 사람이, 어떤 상황에서, 어
떤 사람에게 전달하는가에 따라 상이한 의미를 지닐 수밖에 없다는
점을 말해주는 동시에 그만큼 이 작품이 기반으로 삼고 있는 당대

---

46) 〈변강쇠가〉가 추구하는 기괴미에 대한 논의는 다음의 논의에서 자세하게 다루
　　어졌다.
　　김종철, 「〈변강쇠가〉와 기괴미」, 『판소리의 정서와 미학』, 1996, 47면~82면.
47) 서종문은 〈변강쇠가〉가 비극적 내면구조가 희극적 표면구조에 싸여 있는 것으
　　로 보았다.(『판소리사설연구』, 1984.)

현실과 굳게 결합될 수밖에 없다는 점도 말해준다.[48] 그렇다면 판소리 생산층의 문제와 긴밀하게 연결된 이 작품은 판소리 청·관중에게 어떤 의미를 내비췄을 것인가. 〈장끼타령〉은 '새타령'의 형태로 다른 판소리 작품에 일정한 영향을 끼치고 있는바, 그 본래의 형태는 현전하는 소설형태보다는 짧았을 것으로 짐작된다. 이는 곧 전승 유통과정의 특수성으로 인해 장터나 관아 주변같이 열려진 공간에서 판소리로 불리던 것이 기록문학의 형태로 전환되는 과정에서 일정한 변모를 겪은 것으로 이해할 수 있다. 따라서 이 작품 역시 판소리의 놀이판으로서의 성격과는 일정한 거리를 지녔던 것으로 이해할 수 있다. 곧 판소리 생산자들의 의식과 긴밀한 관련성을 지니면서 그들 계층 이외의 수용자들에게는 공감을 얻지 못한 것이다. 이것이 다른 형태의 문학 장르로 변화되면서 까투리의 '개가'문제가 집중적인 관심을 받게 되고 이에 대한 임의적인 개작과 변용이 활발하게 나타났던 것으로 이해된다. 특히 까투리 해몽 구절은 한송학의 더늠으로 소개되기도 하는데,[49] 이러한 점은 19세기에 들면서 판소리 담당층의 구성과 성격이 크게 확산됨에 따라 수용층의 취향에 맞게 작품의 내용이 새롭게 추가되거나 변질되었을 가능성도 고려될 수 있는 부분으로 기능한다.

　요컨대 〈변강쇠가〉와 〈장끼타령〉은 판소리 생산층인 창자집단의 사회적 위상과 긴밀한 관련을 가진다고 할 수 있다. 따라서 이 작품

---

48) 정출헌(1999), 앞의 책, 26면.
49) 한송학은 새타령과 흥보가를 잘 불렀으며 제일 잘하기로는 장끼타령이었다고 한다. 그러면서 그의 더늠으로 장끼타령 중 까투리 해몽 일절이 소개되어 있다. (정노식, 『조선창극사』, 조선일보사 출판부, 1940, 82면~93면.)

에는 이들 집단의 비극적인 삶이 반영되어 나타나게 된 것이다. 그러나 이것이 판소리 마당에서 다양한 수용층의 공감을 두루 얻지 못하면서 소리판에서 인기를 얻지 못한 것으로 볼 수 있다. 이에 따라 이 작품은 판소리로서의 연행은 중단된 채, 수용자들의 개인적인 취향에 맞게 부분적으로 선택되어 서사의 변모를 나타내게 된 것으로 이해된다.

2. 〈배비장타령〉〈강릉매화타령〉에 나타난 유흥지향성

(1) 웃음의 성격과 웃는 주체

Ⅱ장에서 우리는 판소리 광대가 어디서 유래했는가에 대해 개괄적으로 살핀 바 있다. 그러면서 박남의 경우를 예로 들었는데 그는 꼬장꼬장한 사대부를 웃기는 것을 내기로 걸어 즉흥적인 연기로 김상헌을 웃기는 데 성공했던 인물이다. 그가 김상헌을 웃긴 방법은 인조반정의 공신 이귀(1557~1633)의 버릇을 흉내 낸 것이었는데 이것은 그 당시 서울 사대부라면 누구나 알고 있는 것이었기에 능히 웃길 수 있었고 내기에서 성공하게 되었던 것이다. 이러한 수법은 광대소학지희와 밀접한 관련을 보인다. 소학지희는 그 소재를 당대 현실에서 구하여 현실을 풍자하는 것이 보편적이었던 것이다.[50] 판소

---

50) 사진실, 「소학지희의 공연방식과 희곡의 특성」,『국문학연구』98, 서울대학교 대학

리 광대는 이러한 소학지희와 일정한 계승관계에 놓인다.[51] 뿐만 아
니라 벼슬아치를 능히 웃길 수 있는가를 두고 내기를 건 일화는 송
흥록과 이날치의 경우에도 나타난다.

〈배비장타령〉에서 나타나는 내기의 양상은 이러한 판소리 광대의
역사적 성격과 일정한 관련성을 지닌다. 판소리는 이미 17세기부터
그 초기적 면모를 내비쳐왔는데 이 시기는 특히 관료들 사이에서의
'신참례'가 문제로 부각되고 있었고 연산군 때는 기악(妓樂)의 문제
가 두드러지기도 하였다.[52] 이에 따라 당대의 시기적 분위기와 초창
기 판소리의 소학지희적 성격이 맞물리면서 〈배비장타령〉이 공연될
수 있었던 것으로 이해할 수 있다. 배비장이 보여주는 면모는 단순
히 여색을 경계하는 선비적인 행동을 의미하지 않는다는 점에서 문
제가 되는 것이다. 〈강릉매화타령〉의 골생원 역시 관료집단의 신참
례와 일정한 연관성을 지닌다고 할 수 있다. 다만 그의 인물형은 배
비장과 상반된 면모를 보이고 있는데, 지나치게 색에 빠져 일상적인
생활을 할 수 없을 정도라는 점에서 문제가 된다. 이를 교정하기 위
해 나선 사람은 다름 아닌 강릉사또이다. 곧 이 두 작품은 색에 대한

원 국문학 연구회, 1990.

51) 조동일은 문희연에서의 광대들의 유희를 소학지희의 연장으로 추정했다.(조동
일, 『한국문학통사』2, 지식산업사, 1994, 477면 참고.)
서종문 역시 판소리 공연방식의 성립과 독자적 분화 현상은 광대 소학지희 즉 조
희의 행방에서 단서를 찾을 수 있다고 하였다. 그것은 우리의 전통연희 가운데
배우가 가면이나 인형을 매개로 하지 않고 자신의 얼굴 표정을 통하여 연극적 표
현을 하는 경우는 소학지희 외에 찾을 수 없다는 점에서 그러하다. 또한 판소리
명창이 등장하는 시기가 되면 소학지희의 연희형태에 대한 보고를 찾기 어렵다
는 점도 이러한 주장을 반증한다.(서종문, 「판소리사와 장르」, 『판소리의 역사적
이해』, 태학사, 2006, 19면~20면 참고.)

52) 성현 / 홍순석 역, 『용재총화』, 지식을 만드는 지식, 2009.

경계 혹은 탐닉으로 치우친 양 극단적인 인물을 관료집단의 수장이
나서서 교정한다는 점에서 일정한 관련성을 지닐 수 있는 것이다.

　마. 배비장이 차질예 불러 분부하되 네 만일 자금이후로 기생년들을
내 안전에 비춰였다가는 엄곤하리라 분부할 제. 여차곡절을 삿도가 잠간
들어시고 일등명기를 다 부르신다.… 삿도 분부하시되
　사) 너의 중에 배비장을 혹하게 하야 웃게 하는 자 있으면 중상을 줄
것이니 그리 할 기생이 있너냐.⁵³⁾

　바. 이딋 江陵使道 骨生員을 소기야고 산 미花을 감초오고 五里程의
虛葬ᄒ여 주근덧시 무덤 뭇고 무덤 아프 목비 ᄒ여 셰웟고 木碑 ᄒ여싯
되 江陵 名妓梅花之墓라 ᄒ여 셧워더 骨生員 송별 후의 限不見之愁心닷
가 사후 원혼 水思碑라 ᄉ여시 셰워 노코 ○外村의 傳令ᄒ되 너의 빅성
덜이 毋論男女ᄒ고 骨書房任보거덜낭 梅花 주거다오 듸답ᄒ되 만일 사
야다고 ᄒ 놈이 니다가는 한사 엄곤ᄒ이야 밀밀 단솟ᄒ야어라⁵⁴⁾

　마.는 제주목사가 기생을 뽑아 배비장의 경직성을 무너뜨리기 위
해 공모하는 장면이다. 제주목사의 이러한 행동은 이 작품의 배경을
통해서 설득력을 얻을 수 있겠는데, 지방관이 새로 부임하여 관아에
속한 기생과 질탕하게 놀고 수청을 들이는 것은 당시의 관례였다.⁵⁵⁾

53) 김삼불본 〈배비장전〉, 위의 책, 116면~117면.
54) 이영규 소장 〈梅花歌라〉, 앞의 책, 214면.
55) 정약용도 "창기들과 방탕하게 노는 것은 三代의 先王의 풍속이 아니다. 후세에
　　이르러 오랑캐의 풍속이 점차 중국으로 물들어가서 드디어 우리나라에 미친 것
　　이다."고 한 바 있다. (정약용, 『역주 목민심서』 I , 창작과비평사, 1978.)

이 작품 역시 목사의 제주부임 후 기생들을 뽑아 노는 장면이나 한라산으로 유람을 가는 장면 등이 나타나고 있어 당시 관인사회의 분위기를 십분 반영한 것으로 이해된다. 배비장도 이런 분위기 가운데 동참하고 싶었겠으나 자신이 한 약속이 있어 참았던 것으로 볼 수 있다. 배비장의 바로 이러한 태도가 당시의 관례에 비추어 보았을 때는 경직성을 지닌 것으로 이해돼 깨뜨려야 할 대상이 되는 것이다. 특정한 집단 내에서 한 개인의 성격이나 정신, 나아가서는 신체가 갖는 모든 경직성은 경계되어야 할 것이 된다. 왜냐하면 그것은 마비되고 고립되어 가는 행동, 즉 관료집단이 그것을 중심으로 회전하는 공통적인 중심으로부터 일탈하는 행동, 한 마디로 중심 이탈을 나타내는 징표이기 때문이다.[56] 더욱이 이들 집단의 관행은 떳떳한 것이 아니기 때문에 목사 이하 비장들은 더욱 배비장의 경직성을 경계하는 것이며 이를 무너뜨리기 위해 합심하게 되는 것이다. 배비장의 경직성은 제도적인 장치를 동원해서 타파해야 할 성질의 것은 아니다. 따라서 집단 구성원 역시 간단한 어떤 것으로 대응하게 되는 것인데, 여기에 웃음이 동원되게 된 것이다.

바.는 골생원을 속이기 위해 강릉사또가 매화를 죽은 듯이 꾸미고 백성들을 단속시키는 〈강릉매화타령〉의 한 장면이다. 작품에서는 사또가 왜 이런 행동을 하는지 나와 있지 않지만, 골생원의 지나친 여색에의 탐닉을 교정시키기 위한 목적을 지닌 것으로 추측해 볼 수 있다. 매화에 빠져 정상적인 삶을 유지하지 못하는 골생원의 면모는

---

56) 앙리 베르그손/김진성 옮김, 『웃음-희극의 의미에 관한 시론』, 종로서적, 1983, 14면 참고.

아버지로부터 온 편지를 받고 과거에 응시하기 위해 서울로 돌아가
게 되는 사건을 시작으로 전면적으로 부각되게 되는데, 시험지에 매
화 이름을 적어대다 과장에서 쫓겨나올 지경에 이르렀던 것이 그 한
예이다.[57] 이러한 골생원의 비정상적인 면모를 공동체 안으로 수용
하려고 한 주체 역시 지방관이라는 점에서 〈배비장타령〉과 다르지
않다. 다만 앞의 작품은 부정적인 관행에 편입시키고자 했다면, 뒤
의 작품은 부정적인 인물을 올바르게 교정하고자 했다는 데서 차이
점을 지닌다. 어쨌든 이 두 인물의 방향성을 전환시키기 위해서 사
용된 방법은 동일한 것이었다. 곧 벗은 몸으로 관중 앞에 나서서 웃
음거리가 되도록 한 것이다.

사. 함정같이 잠긴 금거북쇠를 툭 처 여러노니 배비장이 알몸으로 썩
나서며 그래도 소경 될가 염려하여 두눈을 잔득 가무며 이를 악물고 왈
칵 냅다 짚으면서 두손을 헤우적헤우적 하여 갈 제 한 놈이 나서며 이리
헤자. 한참 이 모양으로 헤여 갈제 동헌 대뜰에다 대궁이를 딱 부디치니
배비장이 눈에 불이 번쩍 나서 두눈을 뜨며 살펴보니 동헌에 삿도 앉고
대청에 삼공형이며 전후좌우에 기생들과 육방관속 노령배가 일시에 두
손으로 입을 막고 참는 것이 웃음이라. 삿도 웃어면서 하는 말이
    사) 자네 저것이 웬 일인고.
    배비장 어이 없어 고개를 숙이고 여짜오되
    소인의 친산이 동소문 밖이옵더니 근래 곤손풍이 들어 이 지경 되얏나

---

57) 그져 단이다가 글 두져을 지어시되 春字울을 다아 지어더아 比時無梅花ᄒᆞ이 春
    來不似春이라 不知太平春이라…領見梅花春이라 詩官前의 드이니 上詩官 보
    고… 싀 내더지이 해이 멉셔 그프 나와 梅花나 보오 가쟈(이영규 소장 〈梅花歌
    라〉, 위의 책, 213면.)

이다.[58]

아. 우이난 먹거도 世上사암 모오나이다 骨生員 連蓮日不食 쥴인 낫
주욱을 실거 먹고 陽지긋티 안즈던이 使道 分付ᄒ되 미화을 상각ᄒ어
魂엉이덜 아이 조을손아 온갖 풍류다할 적의 미花 骨生員다여 하는 말이
우이道 함그 놀고가사 미화 춤츄며 지아즈 조을싯고 한창 이니 로일저긔
骨生員 흥이낫쪄 미함긔 되무할 졔 읏닷이 쭈드이며 곰배팔 늬둘으며
쥬적거이 노일적의 使道 담빅잔을로 밧삭 지지이 骨生員 감작 놀늬야 본
이 인간이 分明ᄒ다[59]

사.는 〈배비장타령〉의 부분인데 배비장이 벌거벗은 채로 동헌 마
당에서 사또 이하 여러 관속들의 웃음거리로 전락하는 바로 그 장
면이다. 아. 역시 벌거벗고 매화를 따라나선 골생원이 자신이 죽은
존재로 알고 놀다가 사또와 다른 관속들 앞에서 망신당하는 장면이
다. 인물의 비속화로 인해 이 작품이 유발시키는 것은 웃음이다. 이
웃음의 성격은 어떤 것이며 웃는 주체는 누구인가? 〈배비장타령〉
은 경직된 인물로 설정된 배비장을 웃기려는 목적을 지니고 있는 것
은 아니다. 마찬가지로 골생원 역시 웃음의 주체가 될 수는 없다. 다
만 웃기는 대상이 될 뿐이다. 곧 이들로 인해 웃는 주체는 작품 내에
서 지방관 이하 관료들로 이들의 비속화를 즐기는 인물들인 것이다.
결국 당대 관료집단 내에서 볼 수 있었던 인물형의 극단적인 전형을
선택하여 웃음거리로 전락시키고 있는 것이다.

---

58) 김삼불본 〈배비장전〉, 145면~146면.
59) 이영규 소장 〈梅花歌라〉, 223면.

여기서 웃음을 수단으로 경직성을 무너뜨리는 역할을 광대들이 담당했던 사실을 다시 기억할 필요가 있다. 앞서 살핀 대로 광대들은 현실의 경직된 인물을 웃게 함으로써 그들을 공동체 안으로 화합시키는 데 일정한 역할을 담당했던 것이다. 그런데 〈배비장타령〉에서는 경직성을 지닌 인물인 배비장을 웃기는 것을 목적으로 하지 않고, 이를 보고 있는 목사 이하의 관료들의 웃음을 목적으로 하고 있다. 다시 말하면 이 작품이 그것을 수용하는 청관중의 웃음과 유흥을 위해서 연행되었다는 것이 된다. 요컨대 〈배비장타령〉의 연행은 관행으로 굳어져 있던 신참례에 동화되지 못하고 이탈하려고 하는 배비장을 웃음의 도구로 전락시킴으로써, 이 이야기의 주 수용층으로 짐작되는 관료집단 내에서 유흥물의 하나로 향유되었던 것이다. 〈강릉매화타령〉의 골생원은 배비장과 대조적인 면모를 보이고 있기는 하지만 결국은 동일한 웃음의 도구로 전락되고 만다. 그는 당대 관료들의 지나친 색에의 탐닉 행태를 반영하면서 역시 비속화되는 가운데 웃음을 유발시키는 것이다. 이러한 웃음의 성질 역시 동일 집단 내에서 형성될 수 있는 것이기 때문에 이 작품도 〈배비장타령〉과 마찬가지로 관료집단의 유흥물로 수용되었음을 짐작해 볼 수 있다.

(2) 수용층의 확산과 작품서사의 변모

이상의 두 작품은 19세기에 이르러 판소리와 관련된 문헌에서 그 존재가 더 이상 나타나지 않게 된다. 그리고 바로 그러한 이유로 인해 작품의 한계성이 자주 지적된다. 곧 이 작품이 전승5가에 미치지 못하는 어떤 점을 한계로 지녔을 것으로 보는 시각인데, 이는 창을 잃었다는 것을 부정적으로만 인식한 결과이다.

  판소리는 이른 시기부터 평민층을 아울러 양반층 · 왕실에까지 수
용되고 있었다. 그러던 것이 19세기에 이르러 각 계층에의 더욱 적
극적인 개입과 수용이 다양하게 전개되어 나타나게 된 것이다. 또
이러한 수용양상은 19세기라는 시대적 특징과 맞물리면서 중세적 계
급의식을 초월한 양상으로 전개되기도 한다. 바로 이러한 시대적 분
위기와 실창판소리의 쇠퇴는 연관성을 지닌다. 곧 관료계급을 주 대
상으로 삼고 바로 그들의 내부문제를 소재로 취해 연행되었던 〈배비
장타령〉과 〈강릉매화타령〉이 관료계급 이외의 대상으로 확대되는
양상이 19세기에 나타나기 시작했던 것이다. 이러한 변모는 작품 내
부의 서사진행에도 일정하게 영향을 미치게 된다.

  자.
  방) 그리하오면 황송하오되 소인과 내기 하옵시다.
  배) 무신 내기를 하랴너냐.
  방) 나리께서 올러 가시기 전에 저 기생에게 눈을 아니 뜨시오면 소인
의 다솔식구가 댁에 가서 든안밥을 먹삽고 만일 저 기생에게 반하시오면
타신 말을 소인 주기로 하십시다.[60]

  차.
  저 아흐 이운 말니 兩班아 무어실 사아시오 설짐 되짐 만효볘가을 사
야시오 소횐다오 사오 울산 절편둥치 둥物을 사아시오 말 안장은 입사
後梁이 鞍甲 도듬을 사아시요 唐茱 蓮雲皮 서皮 돈皮 羊皮 갓오실 사아

---

60) 김삼불본 〈배비장전〉, 113면~114면.

요 벼자을 사아오 아이 그거도 아이 사 저 무어실 사아오 왜물 조총 진한 도며 銀鐵 병조 銀칼이며 白紋席 ○紋席 전비 자담요을 사아시요 달 덧다 月光丹 해 덧다 日光丹 雲紋 甲絲 항나 快子을 사아시요 黑公 靑公 小公丹을 사아시요 아이 그거도 아이 삿것다 저 아의 이보소 아무 거도 아이 사면시 이전 전전 단이언가 흐고 쌤을 흔번 닥 치이 긔 兩班이 부긔 여라고 다라나셔[61]

자.는 〈배비장타령〉에서 방자가 배비장에게 내기를 거는 장면이다. 배비장의 경직성이 관료집단 내부의 문제로 인식되었을 때는 목사와 이하 비장들에 의해서 그것이 깨뜨려져야 할 대상으로 기능했지만, 방자에게는 인간 본연의 본성을 부정하는 태도로 인식되면서 또 다시 깨뜨려져야 할 대상이 되고 있는 것이다. 이러한 방자의 시각에는 확대된 수용층의 생각이 일정하게 반영되어 있음을 우리는 알 수 있다.

이에 따라 방자는 의도적으로 배비장이 애랑의 목욕하는 장면을 목격하도록 하고 그 후로부터 애랑에게 빠져 허우적대는 배비장을 희화화하며 망신시킨다. 그는 편지 전달을 구실로 돈 백 냥을 받아내기도 하고 '개가죽 두루맥이에 노평거지'를 씌어 배비장을 애랑의 집으로 데리고 가는 등 배비장 희화화를 충실히 성취해 낸다. 이것은 배비장이 인간적인 욕구에 대한 자신의 절제성을 과대평가 한 점에서 방자에게 희롱당한 것인데, 앞서 살펴 본 바 이 점은 관인사회에 어울리지 못하는 경직성으로서 제주목사와 관속들의 눈초리를 받

61) 이영규 소장 〈梅花歌라〉, 213면~214면.

고 있는 부분이기도 하다.[62] 제주목사의 분부로 인한 애랑의 계획적
인 접근과 방자의 적극적인 도움으로 비속화되기 시작하는 배비장은
벌거벗은 채로 자루 안에 들어가 거문고도 되었다가[63] 몸집보다 훨
씬 작은 궤 속에 갇히기도 한다. 이렇게 궤 속에 갇힌 배비장은 궤가
바다에 버려진다는 거짓 정보를 듣고는 사공으로 짐작되는 사람들
에게 소리 질러 구사일생으로 벗어나지만 궤 밖은 바다가 아닌 동헌
마루인 것이다.

　차.는 〈강릉매화타령〉의 한 부분인데 시장아이를 등장시켜 골생
원을 비속화시키고 있다는 점에서 특징적이다. 이 작품은 골생원을
교정하려는 강릉사또의 뚜렷한 의도가 나와 있지 않다는 점 이외에
매화의 역할 역시 상당히 소극적으로 그려지고 있다는 점[64]에서 〈배

---

62) 이런 짜임은 서사의 진행을 중층적으로 엮어 작품이 이면성을 지니도록
　　기능하는 데 까지 나아간다. 이 작품의 이면성과 그 구조에 대해서는 다음의 논
　　문에서 다루었다.
　　김영주, 「〈배비장전〉의 풍자구조와 그 의미망」, 『판소리연구』25, 판소리학회,
　　2008, 111면~136면.
63) 저놈이 눙치는 체하고/저놈) 옹 거문거여 그러면 좀 처보세/하며 대꼭지
　　로 배부른 통을 탁 치니 배비장이 질색하여 아푸기 측량 없이되 참 거문고인 체
　　하고 자로 속에서/배) 둥덩 둥덩/저놈)그 거문고 소래 장이 웅장하고 좋다 대현
　　을 첬으니 소현을 또 처보리라./칩다 코를 탁 치니 둥덩 지덩(김삼불본 〈배비장
　　전〉, 138면~139면.)
64) 이것은 매화가 골생원이 강릉에서 생활하는 동안 함께 지내다가 헤어질 때 서운
　　해 하는 감정을 표현한 부분 외에는 직접적인 심리상태나 감정의 표출이 나타
　　내지 않는다는 점을 통해서 알 수 있다. 뿐만 아니라 강릉 사또의 명령에 따라
　　골생원이 자기를 죽었다고 여기도록 묵인해 주고, 나아가 자신이 죽은 혼령으
　　로 둔갑해 골생원을 속이라는 명령에 충실히 따르는 면모를 통해서 그렇게 생각
　　할 수 있다. 매화는 강릉사또의 개입이 있기 전 골생원과 개인적인 친밀함을 형
　　성하고 있었음에도 이렇듯 소극적인 역할을 하고 있다. 이에 반해 애랑은 제주
　　목사의 공모가 있은 후에야 배비장과 관련성을 지닌다. 그녀는 배비장의 훼절에
　　성공해야만 제주목사가 약속한 상을 받을 수 있기 때문에 더 적극적인 역할을 담

비장타령〉에 비해 허술한 서사구조를 보이고 있다. 이는 차.의 인용
문에서 나타나는 바 시장아이의 등장에서도 다시 한 번 드러나고 있
다. 서울에서 다시 강릉에 가기 전 매화에게 줄 선물을 사려고 여기
저기를 기웃거리던 골생원에게 아무 물건도 사지 않으면서 이전 저
전 다닌다며 뺨을 때린 이 아이는 골생원을 비속화시키는 데 일정한
역할을 담당한다. 그러나 차.부분 외에는 나타나고 있지 않아 〈배비
장타령〉의 방자와 같이 인물을 지속적으로 희화화시키는 기능을 하
는 데까지는 확장되지 못하고 있는 것으로 이해된다. 요컨대 〈강릉
매화타령〉 역시 관료집단 내부에서 유흥의 수단으로 골계적인 웃음
을 추구하며 연행되었던 작품인데, 19세기 판소리의 수용층이 확장
되는 현장에서 그 서사가 발전적인 확장을 이루어내지 못하고 도태
된 것으로 이해된다. 이는 〈배비장타령〉과 유사한 구조를 지니고 있
다는 점에서 〈배비장타령〉과의 경쟁에서 어느 정도 밀린 것으로도
이해할 수 있다. 곧 〈배비장타령〉은 방자의 등장으로 인해 피지배계
급의 수용층을 확보 할 수 있었을 뿐 아니라 배비장과 애랑의 화합,
그리고 제주 목사가 배비장에게 정의현감을 내리는 결말부분까지 첨
가되기도 하여 이야기의 완결성을 통한 수용층 확보를 꾸준히 이루
어 나갔던 것이다. 이러한 현상은 이 작품이 비록 판소리 레퍼토리
에서는 탈락되었으나 20세기 창극의 무대에 다시 오를 수 있었다는
점에서 일정한 의미를 지닌다고 본다. 이에 비해 〈강릉매화타령〉은
서사적 구조가 그리 탄탄하지 못하고 그로 인해 수용층의 확대도 실
현시킬 수 없었던 탓에 경쟁에서 밀리게 된 것으로 볼 수 있다.

당할 수 있었던 것이다.

또 한 가지, 18세기 중반에 기록된 유진한의 〈가사춘향가이백구〉
에 배비장이 이를 뽑아주는 이야기가 나타나는 점을 앞 장에서 살펴
보았다. 이 점으로 미루어 우리는 이 시기 배비장의 이야기가 꽤 유
명해져 있었다는 점을 짐작할 수 있다. 이 점은 이상에서 살폈던 바
배비장의 이야기가 관인사회의 현실을 일정부분 반영하면서 그것을
연행하기도 했던 분위기로 어느 정도 자리 잡고 있었을 것이라는 추
측에 근거를 제공한다. 또 이 두 작품이 골계미로 일관되는 면모를
보인다는 점에서 유흥물로서의 성격을 지녔으며, 예술물로의 승화
를 이루어내지 못한 채 소리판에서 인기를 상실해갔던 것으로 파악
할 수 있다.

〈강릉매화타령〉과 〈배비장타령〉은 구체적인 사건 진행 양상이나
인물의 성격, 외적 갈등의 양상은 다르나 기생의 성을 수단으로 한
관료내부의 공모 행태를 적나라하게 표출한다는 점에서 동궤에 놓인
다. 이에 따라 〈강릉매화타령〉은 〈배비장타령〉과 견주어서 그 의의
가 논의될 수 있는 것이다.[65] 〈강릉매화타령〉과 〈배비장타령〉은 이
상에서 살핀 바와 같이 인물의 비속화로 인한 익살스러움이 지속적
으로 심화되면서 나타나고 있다는 점에서 동질성을 지닌다. 두 작품
의 이러한 면모는 초창기 주된 청관중에게 유머러스한 웃음을 주었
을 것으로 추측되며, 시간이 흐르면서 청관중의 성격이 변함에 따라
작품의 서사 역시 그에 맞게 어느 정도 변해가는 양상도 보였다. 그
렇다 하더라도 지나치게 현실적인 소재를 취해 골계적 웃음을 추구

65) 박일용, 「구성과 더늠형 사설 생성의 측면에서 본 판소리의 전승 문제」, 『판소리
연구』14, 판소리학회, 2002.

했던 탓에 예술물의 경지에까지 이르는 데는 실패한 것으로 여겨진다. 이것은 계급적 구분에 얽매이지 않고 두루 수용될 수 있는 소재들이 전승 5가에 나타나고 있는 점이 반증해 주고 있다.

3. 〈무숙이타령〉〈옹고집타령〉에 수용된 시정세태

(1) 인물의 유형과 시정세태의 반영

무숙이와 옹고집은 타자에 의해 자신의 성정이 교정된다는 점에서 골생원이나 배비장과 유사한 상황을 겪지만, 교정되는 내용이 당대 중간계층의 문제를 다루고 있다는 점에서 특징적이다. 김무숙은 여러 뛰어난 재주를 지니고 있지만 마음이 허랑하여 옳고 그른 바를 잘 구분 못하고 여색에 밝은 인물로 그려진다. 특히 돈 쓰기를 무척이나 좋아하여 가산이 기울도록 돈을 허비하는 문제의 인물이다. 무숙이가 본처의 집에서 나온 것도 이러한 그의 행동을 아내가 탐탁찮게 여겼기 때문이었는데 의양과 사는 동안에도 방탕함은 그칠 줄을 몰라 의양이 아무리 알뜰하게 살림을 하여도 '하로 즁간 놀고 ㄴ도 금천 금식 탕탕 쓰고' 다니는 무숙이로 인해 신혼살림이 다 파탄될 지경에 이른다. 이런 김무숙은 중촌(中村)의 왈자로 그가 주최하는 왈자놀음판에는 서울의 각 지역에서 온 왈자들이 몰려들어 질탕하게 즐길 정도로 상당한 재력가이다. 그들 중에서도 특히 무반계열의 인사들을 불러 모은 자리가 바로 〈무숙이타령〉의 왈자놀음판이다. 이 작품 역시 사설과 창이 전해지지 않고 〈관우희〉에만 이것을 불렀다는 기록이 있었는데, 〈게우사〉가 바로 그 정착본임이 밝혀진 상태이다.

우선 송만재의 〈관우희〉에 나타나는 다음의 구절로 인해 우리는 〈무숙이타령〉이 곧 왈자들을 주 인물로 다루고 있음을 짐작할 수 있고, 기생을 차지하여 질탕하게 노는 그들의 유흥문화를 서사로 설정하고 있다는 점도 알 수 있다.

遊俠長安號曰者　유협은 장안에서 왈자라고 부르는데
茜衣草笠羽林兒　붉은 옷에 초립을 쓴 우림아라네
當歌對酒東園裏　동원 안에서 노래하며 술 마시는데
誰把宜娘視獲驪　누가 의랑을 차지하여 뽐낼 것인가.

위의 〈관우희〉는 유협(遊俠)이 서울의 시정에서 통상적으로 '왈자'라고 불렸다는 사실을 전달해 준다. 그렇다면 유협은 어떤 인물들인가. 이들은 협객(俠客)과도 유사한 의미를 지니면서 호방하고 의로운 사람을 이르는 의미를 지닌 듯하다.[66] 협객에 대한 정보는 이옥의 장복선전(張福先傳)에서 얻을 수 있다. 이옥은 이 글에서 달문(達文)의 일화를 소개하는데, 이 인물은 연암 박지원의 『방문각외전(放璚閣外傳)』에 실린 광문자전(廣文者傳)의 주인공 광문으로 조수삼의 『추재기이(秋齋記異)』에도 등장하고 있어 당시 서울 시민들 사이에서 명성을 날리던 존재로 보인다.[67]

---

66) 박희병, 「조선후기 民間의 遊俠崇尙과 遊俠傳의 성립」, 『한국한문학연구』, 9 · 10, 한국한문학회, 1987, 309면~313면 참고.
67) 이 인물이 세 자료에 등장하고는 있으나 그 구체적인 내용은 다르게 나타난다. 가령 연암의 광문은 일생 독신이었으며 또 자신의 독신주의를 여성의 인격을 긍정하는 논조로 합리화하고 있는데, 『추재기이』의 광문은 과년하도록 결혼을 못

구달문은 여항의 점잖은 사람이지 협객은 아니다. 협객에 있어 소중한 바는 능히 재물을 가볍게 여겨 남에게 잘 베풀고, 의기를 숭상하여 남의 곤란하고 다급한 처지를 주선해 주되 보답을 바라지 않는 데 있다. 이런 사람이야말로 협객이 아니겠는가.[68]

이러한 이옥의 평가는 무엇보다도 '협객'이라는 존재의 정체에 대해서 말해주기에 중요하다. 굳이 달문을 '여항의 점잖은 사람이지 협객은 아니다.'라고 한 이유는 그가 협객으로 불리고 있었던 사실을 짐작할 수 있게 해 준다. 협객이 아니면서 협객으로 불렸던 인물들에 대해 이옥은 대단히 회의적인 평가를 내리고 있는데 다음의 인용문에서 그러한 인식이 나타난다.

우리나라는 자고로 협객이 없다. 가끔 협객이라 일컬어지던 사람은 모두 기생방에서 떼를 지어 노닐며 검술에 맡겨 옛날 청릉계(靑陵契)와 같은 자들이었다. 혹은 집안살림을 돌보지 않고 술을 마시며 마작이나 하는 자들이다. 이들이 어찌 참된 협객이겠는가.[69]

송만재의 기록과 이옥의 기록에서 우리는 이 시대에 기생을 끼고

한 남녀들에게 베풀어진 정부의 시책에 힘입어 늦게 장가를 들고 그 은택에 감사의 눈물을 흘리는 것으로 끝난다. 연암은 이 소재를 자기 집안의 옛 겸인(傔人)들로부터 '여염집의 기이한 일'로 제보 받은 것이었다.(이우성·임형택, 『이조한문단편집』下, 일조각, 1978, 269면.)

68) 具達文 閭巷之長者也 非俠也 所貴乎俠者 能輕財重施 尙義氣周困急 而不望報 斯其爲俠人乎 (실시학사 고전문학연구회 역주, 〈장복선전〉, 『이옥전집』2, 소명출판, 2001, 264면.)

69) 三韓古無俠人 其往往稱俠者 皆朋游花房 以身許劍 若古靑陵契者 或無顧家貲 飮酒業馬弔者也 是豈眞俠人也哉(위의 책, 263면.)

유흥을 즐기던 왈자들이 스스로를 협객이라 칭하며 시정의 유흥문화
를 주도하고 있었다는 점을 알 수 있다. 이러한 왈자들의 행태는 한
양가(漢陽歌)에서도 보인다.

> 화려가 이러홀 졔 노린들 업슬소냐/장안소년 류협긱과 공조왕손 지상
> 조졔
> 부상티가 젼시졍과 다방골 졔갈동지/별감무감 포도군관 졍원슈령 나
> 장이라
> 남북촌 한냥드리 각식노름 장홀 시고/션빅의 시츅노름 한량의 셩쳥노름
> 공물방 션류노름 포교의 셰찬노름/각슈셔리 슈유노름 각집겹죵 화류
> 노름
> 장안의 편슈노름 장안의 호걸노름/지상의 분부노름 빅셩의 쥼포노름
> 각식노름 버려지니 방방곡곡이 노리쳘다/노리쳐 어듸멘고 누듸강산
> 조흘시고[70]

이 작품에는 조선후기 서울지역의 다양한 모습이 묘사되어 있는
데, 특히 위의 인용한 부분은 당시 서울지역의 유흥공간과 그 안의
왈자들을 생생하게 그려내고 있는 내용으로 이옥이 회의적으로 지적
했던바 집안 살림은 돌보지 않고 유흥에만 지나치게 집착하는 자들
의 '각색 놀음' 양상이 나타나고 있다.

그런가하면 서울지역에서 유통된 세책본일 것으로 보이는 〈춘향
전〉의 이본 〈남원고사〉에도 춘향이 옥에 갇혔다는 소식을 듣고 남원
의 왈자들이 찾아가는 부분이 묘사되어 있어 왈자의 인물상에 대한

---

70) 민창문화사 영인필사본 〈漢陽歌〉, 민창문화사, 1994, 53면~54면.

정보를 제공해 준다.

　　이쩍 남원 수십팔면 왈즈드리 춘향의 미 마즌 말 풍편의 어더 듯고 구
름 곳치 모힐 젹의 누고누고 모혓던고. 한슉이 티슉이 무슉이 티평이 걸
보 쳬등이 도질이 부듸치기 군집이 펄풍헌 쥰반이 회근이 츔 등물이, 그
져 뭉게뭉게 모혀드러 겹겹이 둘너밧고 수면으로 져희 각각 인수ㅎ며
위로ㅎ 졔[71]

　　이 자료에서 특징적인 점은 왈자들의 이름이 나열되고 있다는 점
이다. 이것은 〈흥보가〉의 놀보를 징치하는 대목에서 왈자들의 이름
이 '이듁이 져듁이 난듁이 횃듁이 모듁이 ㅂ금이 쏙졍이 거졀이 군
평이 털평이 티평이 여슉이 무슉이'[72] 등으로 나타나는 것과 관련
을 지닐 뿐만 아니라, 〈무숙이타령〉의 정착본인 〈게우사〉의 주인공
이 '무숙이'로 설정되어 있는 것에 대한 단서도 제공해 준다. 곧 여기
서 나열된 이름들은 왈자들의 실명이라기보다는 별명일 것이며, 이
는 일종의 은어적(隱語的) 명명법에 의해 붙여진 것으로 생각할 수
있다. 은어는 원래 특정 집단의 구성원끼리 암호와 같이 쓰는 언어
이며, 특별히 공식적인 사회의 제도를 다소 비껴가는 집단에서 주
로 사용되어 그 집단 구성원들의 소속감을 잘 보여주는 특징을 지닌
다.[73] 요컨대 〈무숙이타령〉은 당대 왈자들이 시정의 유흥문화를 주

---

71) 김동욱 외, 〈남원고사〉, 『春香傳比較研究』, 三英社, 1979, 306면.
72) 김동욱 편, 경판 25장본 〈흥부전〉, 『景印古小說板刻本全集』3, 연세대출판부,
　　 1973, 583면~586면.
73) 이태화, 「조선후기 왈자 집단의 구성과 성격」, 『한국학연구』22, 고려대학교 한국
　　 학 연구소, 2005, 165면~198면.

름잡던 복잡다단한 성격[74]을 작품에 반영하면서 이름하여 〈무숙이타령〉 혹은 〈왈자타령〉으로 소리판에서 불렸던 것이다. 따라서 〈무숙이타령〉에 등장하는 주인공 '무숙이'는 조선후기 시정의 유흥문화를 주도했던 왈자에 다름 아니며, 작품의 서사 역시 그러한 유흥문화의 양상을 담아내고 있는 것으로 이해할 수 있다.

> 셰숭의 늬가 느셔 여흔읍시 죠흔 힝낙 죵니목지쇼호ᄒ니 니졔 죽어 흔니 읍다 가쇼롭다 니 셰숭을 허숭셰월을 흐올숀냐 화기필유즁기일 쇼 슨 다시 피련니와 인노죵무깅쇼연을 우리 인싱 늘거 쥬거 묵망슌쳔 도 라갈 졔 일편 단졍 압셰우고 힝싁니 쳐량홀 졔 쳐ᄌ식니 짜러오며 부귀 영화 무더올가 쳔불싱무 록지인 옛ᄉ람 니른 말을 ᄌ네 일졍 모로난가 셜마 굴머 쥬글숀가[75]

위의 인용문은 무숙이의 가치관이 드러나는 부분으로 인생은 한 번 살고 떠나면 그만인 것이기에 즐기는 것이 제일 중요하다는 다소 허황한 사고를 지닌 인물임을 알 수 있게 해준다. 무숙이의 이러한 사고방식은 어디에 기초한 것인가. 우선 그를 일컬어 중촌에 사는 장안갑부라고 했으므로 중서층이거나 평민, 혹은 무반계통으로 그의 신분을 추측할 수 있다. 이는 작품 속에서 모여 노는 왈자들이

---

74) 왈자는 물산의 유통이 활발했던 서울지역에서 특히 왕성하였던 집단이라 할 수 있다. 이들은 권력에 밀착되어 상당한 위세를 부릴 수 있었던 사회적 위치와 다양한 직책을 지녔지만 자신들의 재력을 기반으로 하여 자주 무리를 이루어 놀음판을 즐겼다. 왈자 집단은 비교적 상층에 속하는 무반 관리에서부터 시정의 상인들에 이르기까지 매우 다양한 부류의 사람들로 구성되며 그에 관련된 명칭이나 관형적 표현 또한 여러 가지로 다양하게 나타난다. (이태화, 위의 논문 참조.)
75) 김진영 외, 「박순호 소장 〈게우사〉」, 331면.

무반과 중서층 및 시정의 대상인들이 주축을 이루었다는 점에서도
드러난다. 곧 조선후기 왈자가 특정한 사회적 부류로 범주화 되었던
동시에 그들이 유흥적 생활을 즐길 수 있는 경제력을 공통으로 지니
고 있었음을 알 수 있는 것이다. 그런 가운데 무숙이는 경주인 계통
이거나 국가에 필요한 물품을 납부하던 공인(貢人)부류로 볼 수 있
다. 그가 의양에게 호사스런 놀음을 보여주며 벌이는 선유놀음은 공
물방(貢物房)의 대표놀음이라는 점도 이러한 추측을 가능하게 한다.

> 평안도 황히도 무곡션인 십여칙을 영남 충원 마슌포로 치인군더리 ᄂ
> 려가셔 슈만셕을 팔고난니 뒤 듸너라고 돈니 말너 즘간 취듸할가 슘촌
> 임게 습ᄉ온니 웃지 ᄒ와냐 올ᄉ온지 당연ᄒ게 말을 ᄒ니[76]

　인용문은 무숙이가 의양을 소실로 삼느라고 선전(線廛)에 진 빚
을 갚기 위해 외삼촌에게 돈을 빌리러 가서 꾸며댄 거짓말이다. 내
용은 거짓이나 외삼촌이 이것을 사실로 믿었다는 점에서 본래 무숙
이의 집안이 상인계층임을 알 수 있다. 이러한 집안내력을 바탕으로
무숙이는 건실하게 부를 축적해 나가지 않고 예의 그 방탕한 가치관
으로 부모의 재산까지 탕진하고 마는 왈자로 나타나고 있는 것이다.
즉 상인의 건실한 삶이 아닌 소비생활에 편집광적인 노예가 된 인물
인 것이다. 뿐만 아니라 그가 당시의 흥행예술에 상당히 정통하다는
점에서 단순한 부랑방탕패라기보다 18세기 이래의 여항부호들의 향
락적 예술 향유의 추세 속에서 배태된 소비형 인물로 볼 수 있게 해

---

76) 위의 책, 335면.

준다.[77]

　뿐만 아니라 앞서 〈관우희〉에서 '누가 의랑을 차지하여 뽐낼 것인
가'라는 표현이 나타나는 점으로 미루어 〈무숙이타령〉이 왈자들이
기생을 차지하는 것을 두고 서로 경쟁하며 놀았던 시정세태를 반영
하고 있다는 점 또한 알 수 있다.

　　요시 드른니, 평양기싱의 의양이가 화기동 경쥬인 집 안사랑을 치우
　고 드리여 실페신ᄒ다 소문니 낭ᄌ흔듸, 얼골은 소군니요 틱도은 귀비
　라. 만호 즁안 연소더리 밋쳐 발광 다 단니되 인의예지 노푼 마음 고결
　ᄒ기 쪽니 읍셔 종시 셔방 안니 웃고 탁인탁신ᄒ랸단니 게 가 ᄒ번 노라
　보면 웃더ᄒ냐[78]

　이로 미루어 보건대 〈관우희〉에 나타나는 〈무숙이타령〉은 당시 유
흥의 장을 주름잡았던 왈자들의 향락적인 생활방식과 특히 기생을
차지하기 위해 왈자들끼리 경쟁하는 서사로 형성되어 있다는 점에
서 박순호본〈게우사〉와 상당히 밀접한 연관성을 지닌다고 결론지을
수 있을 것이다. 하지만 철종(1849~1863) · 고종(1863~1907) 연간
에 김정근이라는 광대가 〈무숙이타령〉을 잘 불렀다는 기록[79]을 고려
해 보았을 때 〈무숙이타령〉은 1860년대에 한창 불렀던 것으로 볼 수
있다. 그리고 박순호본 〈게우사〉가 1890년대에 필사된 것으로 추정
되고 있는 상황에서 우리는 김정근이 창으로 불렀던 〈무숙이타령〉이

77) 김종철, 「〈무숙이타령〉(왈자타령)연구」, 『한국학보』68, 일지사, 1992, 70면~73면.
78) 김진영 외,「박순호 소장 〈게우사〉」, 317면~318면.
79) 정노식, 『조선창극사』, 조선일보사출판부, 1940, 94면~95면.

박순호본 〈게우사〉에 비해 보다 단순한 내용 곧 왈자패의 와자지껄한 주연(酒宴)을 내용으로 하는 짤막한 판소리 정도로 추정해 볼 수 있다.[80)]

실제로 영조 무렵에는 왈자타령이 유행했고, 이러한 세태가 박지원의 〈광문자전〉에 나타나고 있어 참고가 된다.

서울 안의 이름 난 기생이 제아무리 얌전하고 아름답게 생겼어도 광문이가 떠들어주지 않으면 한푼어치의 값도 나가지 못했다. 어느 날 우림아, 별감, 부마도위 등이 한 패가 되어 운심이를 찾아왔으니 운심이는 당시의 명기였다. 마루 위에 술상을 벌려 놓고 가야금을 뜯으면서 운심이더러 춤을 추라고 했건만 운심이는 머뭇거리면서 춤을 추려고 하지 않았다. 밤이 되어 광문이도 운심이를 찾아왔다. 광문이가 마루 아래에서 한참을 서성이다가 자리로 뛰어들어가서 윗자리에 앉았다. 광문이가 비록 떨어진 옷은 입었을망정 조금도 꺼리는 바가 없이 태도와 행동이 태연하였다. 그러나 눈가에는 눈꼽이 달렸고, 취한 채 개트림을 하였고, 곱슬머리를 땋아서 뒤통수에다 몰아 끌어 올리었다. 그 자리에 앉았던 사람들이 모두 어이가 없어 눈짓으로 광문이를 가리키면서 때려주고자 하던 때였다. 광문이는 더욱 앞으로 나가 앉더니 무릎을 쳐서 장단을 맞추면서 콧노래를 부르기 시작하는 것이다. 그제야 운심이도 일어나서 옷매무새

80) 〈왈자타령〉이 원래 짤막한 내용을 가지고 있었을 것이라는 추정은 다음의 논의에서 그 가능성이 제기되었다.
윤광봉, 『한국연희시연구』, 박이정, 1997.
여운필, 「이춘풍전과 판소리의 비교 연구」, 『부산여대 논문집』24, 부산여자대학교, 1987.
최원오, 「〈무숙이타령〉의 형성에 대한 고찰」, 『판소리연구』5, 판소리학회, 1994, 299면~322면.

를 고치고 광문이를 위해서 칼춤을 추었다. 모두들 즐겁게 놀았으며 서로 친하게 지낼 것을 약속하고 흩어졌다.[81]

이 글은 우림아 등의 왈자들이 기생 운심의 환심을 사기 위해 술자리를 마련하였다는 점을 말해주고 있다. 뿐만 아니라 그러한 자리에 별감, 부마 등의 왈자까지 나오고 있어 〈관우희〉에서 묘사한 인물, 상황과 유사함을 알 수 있다. 요컨대 판소리 〈무숙이타령〉은 술자리에서 부를 수 있는 흥겨움 위주의 노래로서 유흥적 성격을 강하게 지녔던 것으로 이해된다. 이것은 당시 유흥문화에서 주도적인 역할을 담당했던 여항부호들 곧 왈자집단이라는 특정한 수용층과 긴밀한 연관성을 지니고 있었던 것으로 이해할 수 있는 것이다.

한편 〈옹고집타령〉은 조선후기 경제적으로 성장해나간 특정한 사회집단인 요호부민(饒戶富民)의 사회적 동태를 반영하고 있다는 점에서 당대의 시정세태와 일정한 관련성을 지닌다고 할 수 있다. 이것은 이 작품의 각 이본이 그의 부의 규모를 표현하는 데 별 차이가 없다는 점을 통해서도 짐작할 수 있는 바이다. 이 점은 곧 조선후기에 향촌사회에서 경제력을 바탕으로 지배체제에 편승해 들어간 집단의 동향과도 같다고 할 수 있다. 그런 점에서 이 작품은 조선후기 농민층의 분해와 부농층의 등장이라는 역사적 현실과 관련된 것으로 이해할 수 있다. 그런 가운데 옹고집은 '성벽이 고약하야 풍년을 좋와 아니하고, 심술이 맹랑하야 매사를 고집으로' 관철시키려 하는, 마치 놀보와 견줄만한 심술을 지닌 인물이다. 이에 따라서 놀보의

---

81) 박지원, 「광문자전」, 이우성·임형택, 앞의 책, 1978, 274면.

신분과 그 경제적 성장의 배경을 바라보는 시각이 옹고집에게도 유효하게 적용될 수 있다고 본다.

조선사회는 18세기를 거치면서 사족들이 그 약한 쪽부터 점차 경제적으로 몰락해 가는 한편으로 농업 및 상·수공업의 발전을 배경으로 새롭게 성장하는 세력들이 지주 또는 부농으로 성장하는 현상이 나타났다. 이 시기 사족들은 더 이상 국가가 상대할 경제적 능력을 지니지 못하였다. 따라서 왕권의 입장에서 볼 때 신분제와 같은 사족들의 보편적 지배원리 역시 더 이상 보호해야 할 대상이 못 되었다. 대신 관치보조기구화 되어있던 향회를 통해서 요호부민층이 국가의 새로운 상대자로 자리 잡아 가게 된 것이다. 이러한 양상은 19세기에 들어서 전면적으로 문제화되기 시작하는데 〈옹고집타령〉은 이러한 시대의 문제적 인물상을 다루고 있다는 점에서 〈무숙이타령〉과 동궤에 놓인다고 할 수 있다.

요호부민은 임노동에 기초한 상업적 농업을 영위하여 생산력을 발전시키고 소득을 증대시켜 부농이 된 사람들이다. 이들은 스스로의 부로 인해 중세적인 사회체제의 해체에 동력으로 기능하는 사회세력으로 대두될 수 있었다. 그런 과정에서 이전의 지배체제 즉 사족지배체제의 무능력화를 위하여 생겨난 수령과의 관계에서 당착을 일으켰다. 이 시기 수령은 중앙에서 파견된 신분으로 지방의 이서나 향임층과 불건전한 결탁관계를 형성하기도 하였던 바, 곧 사족의 지배체제 대신 수령이 이·향층과 결탁하여 지배존재로 군림하게 된 것이다. 이러한 과정에서 요호부민은 그 지배세력 안으로 편입되어 중간수탈층을 형성하는 양상을 보이는 한편으로 지배세력과는 대립적 위치에서 오히려 수탈대상으로 남는 층으로 나누어지기도 하였다.[82] 〈옹고집타령〉은 바로 이러한 요호부민의 역사적 성격을 담지하고 있다는 점에서 의미를 지닌다.

이 작품이 〈관우희〉에 기록되어 있는 것으로 미루어 보건대 판소리로 불렸던 작품임은 확실하다. 현재 그 이본으로 11종의 본이 전해지고 있는데, 각 본들이 지니는 동적인 의미편차에 따라 박순호20장본이 초기형태, 곧 판소리로 연행된 서사에 가까운 형태임이 밝혀진 상태이다. 이 본은 〈관우희〉에서 송만재가 표현한대로 옹고집이 생원으로 명명되어 있고, 옹고집의 심술을 표현하는 부분이나 그것을 징치하기 위해 옹고집을 찾아가는 도승이 산천경개를 노래하며 가는 부분, 진가쟁투에서 패한 뒤 강원도 월출암을 찾아갈 때 나타나는 다소 희화화된 그의 모습 등이 판소리 〈옹고집타령〉과 가장 가까운 형태로 추측할 수 있는 단서가 된다.[83]

옹고집은 이 시기 등장한 요호부민의 성격을 어느 정도 지닌 인물

---

82) 이러한 점은 18세기 이후 요호부민층에 내재되어 있는 양면성이었다. 이들은 기존의 생산관계 속에서 지배계급에 서서 지배집단에 편입되고자 하는 속성을 지니는가 하면, 새로운 생산양식의 맹아로서 특수한 경제적 우크라드를 대표하는 세력으로 존재하기도 하였던 것이다. 이러한 측면에서 중간계급의 이중적 측면이 언급되기도 한다. 이에 대해서는 다음의 저서에서 자세하다.
고석규, 『19세기 조선의 향촌사회연구』, 서울대학교출판부, 1998, 254면.

83) 송만재가 표현한 〈옹고집타령〉부분이 당대 〈옹고집타령〉의 전모(全貌)가 아닐 가능성도 있다. 하지만 문헌상 확인되는 면모는 〈관우희〉뿐이어서 여기에 의존할 수밖에 없다. 따라서 이 본이 판소리 사설과 꼭 같다고는 단정할 수 없지만 대강의 형태는 유사한 것으로 볼 수 있다. 이 작업은 정충권, 「〈옹고집전〉 이본의 변이양상과 그 의미」, 『판소리연구』4, 판소리학회, 1993, 317면~347면.에서 자세히 논의되었다. 또한 이러한 연구 성과를 받아들여 김진영외, 『실창판소리 사설집』, 박이정, 2004.에서도 박순호15장본이 판소리적 색채가 짙게 나타난다는 해제를 달고 있다.

로 볼 수 있겠는데, 이 점은 진가쟁투 과정에서 '영남 거부 이늬 세간을 엇던 놈이 모도 탈취ᄒ랴 ᄒ니 니거시 웬일이요'[84]라고 표현하는 부분과, 송사하러 가서도 헛옹이 '민의 셰간을 탈취ᄒ오니' '엄치ᄒ와 준민으로 숭명과 셰간 보죤ᄒᆞᆸ기을 천만망양ᄒ살지위라'[85] 등의 표현을 통해서 짐작 할 수 있다. 옹고집에게 헛옹의 등장은 오로지 자신의 재물을 갈취하려는 목적을 지닌 것으로 밖에 인지되지 않은 까닭이다. 또한 헛옹과 실옹의 진위를 가려내기 위해 등장한 수령은 두 옹고집에게 '너희집 셰간을 각각 외여 밧치라'는 문제로 진위를 구분하고자 한다. 이 점은 당시 스스로 축적한 '부'를 수단으로 수령과 결합관계를 맺기도 했던 요호부민의 부분적인 면모를 내비친다. 옹고집이 축적한 부는 실로 막대한데,[86] 다음 질문인 'ᄉ죠를 강ᄒ랴'는 물음에 '종죠 고죠 부지요 죠 부지요 부모 더욱 부지로쇼이다'라고 답함으로써 그는 대단한 재력을 지녔으나 신분이 높지 않은 존재임을 드러내준다. 따라서 우리는 판소리 〈옹고집타령〉이 조선후기 나타나기 시작했던 요호부민의 인물군상을 소재로 취하고 있음을 알 수 있다.

이렇게 조선후기 요호부민의 한 형태로 설정된 옹고집은 성정이 고약한 것이 문제가 된다.

---

84) 박순호 소장 〈용생원전〉, 276면.
85) 위의 책, 277면.
86) 천지의 일등 답은 혜오면 일빅 여든 닷셥지기요 구실은 마련ᄒ오면 일빅여든 셰 먹이요 … 셔른 두 슬 먹은 연과 열 아홉슬 먹은 종은 젼연 졍월 쵸잇튼날 도망ᄒ고 스나의 막남이는 술만 먹고 쥬졍ᄒ여 장는니 심ᄒ기로 져근너 박좌슈의 집의 일곱 양의 미미ᄒ고 (후략) 277면~279면.

용싱원이 심수가 불칙ㅎ여 남을 히코자 ㅎㄴ지라 남의 송아지 쏠리
쎼기 호박의 말둑굴기 쵸샹ㄴ 듸 춤츄기며 화직ㄴ듸 치질ㅎ기 히슌ㅎ
듸 쎠젹 들고 달여들기 원두밧틔 비암 죽기기며 물 니ㄴ 기집 응둥이 차
기 이웃ㅅ룸 이간 부치기와 심수가 이러ㅎ 즁의 즁을 보면 미워ㅎ고 즁
이 오면 동양도 아니쥬고[87]

위에서 보는 바와 같이 옹고집이 지니고 있는 성정은 놀보의 그것
과 상당히 닮아있다. 이러한 그의 못된 성정을 고치기 위해 그를 찾
아 간 사람은 다름 아닌 도승이다. 그러나 옹고집은 중을 결박하여
'네 놈이 즁을로셔 부쳐님 졔ㅈ되야 산문을 직키고 쥬야로 염불 공
부할 쩨 숑엽일죵 달게 먹고 팔만듸장경을 쥬야로 일거 부쳐님의 도
을 비오미 올커든 네 방ㅈ이 도승이라 일컷고 속가의 단이면셔 목
탁을 두달이고 이 집 져 집 셰쥬ㅎ라 ㅎ고 아히 보면 어엿부다 ㅎ고
기집 보면 입맛쵸자 얼너 보고 고기 보면 입맛 다시고 슐 보면 늣침
흘니고 흉악ㅎ 일을 모도 ㅎ니 네 죄ㄴ 염치ㅎ리라'[88]하며 내쫓는
다. 이러한 옹고집의 비난은 관점에 따라서는 일면 일리가 있다. 그
럼에도 불구하고 옹고집은 그들에 의해서 징치된다. 이것은 학승이
라는 다소 관용적일 수 있는 죄목을 넘어서서, 당대 인물로서의 사
회적 존재 규정이 강화되어 더욱 현실감이 부여된 옹고집의 면모가
문제되기 때문에 그러한 것이다. 결국 매 맞은 후 향촌사회에서 배
척당한 실옹은 강원도 기골슨 월출암을 찾아가 부적을 받아 자신의
지위를 회복하지만 '셰간이 탕픽ㅎ여 의직이 구간ㅎ고 굿집이 젼혀

---

87) 박순호 소장 〈용생원전〉 267면.
88) 박순호 소장 〈용생원전〉, 276면.

읍더라'는 결말을 통해 세계와 화합하지 못하는 면모를 보이게 된다.

앞서 살핀 바 당대에 요호부민층과 대립될 수 있는 계층은 두 경우로 생각할 수 있다. 요호부민은 실제로 양면성을 지닌 부류들인데 수령과 결탁하여 향권을 행사하는 이서·향임층을 형성한다는 점에서 중세지향적인 성향을 보였다면, 소생산자적 농민계층의 분화 속에서 형성되어 사회 경제적 발달의 원동력을 이루는 동시에 오히려 수령들의 일방적인 수탈대상이 되었다는 점에서 소빈민층과 더불어 체제변혁을 시도하는 근대지향적인 성향을 보이기도 했던 것이다. 옹고집의 심술행위를 비도덕적 수탈의 부분적 표현으로 보는 경우는 앞의 시선에 해당하는 것으로 이 경우 그와 대립하는 계층은 피수탈층이 된다. 그러나 이러한 피수탈층의 면모는 작품 내에 나타나고 있지 않다. 한편 부를 축적하였으나 그것으로 중세적 질서에 화합하지 못하고 오히려 하층민의 처지와 같은 수탈을 당한 처지에 선다면 뒤의 시선을 가질 수 있다. 그러나 이러한 소시민적 면모 역시 나타나고 있지 않다. 옹고집과 대립되는 계층들은 모두 도승이라는 초월적 존재를 매개로 한 간접화된 대결 양상을 취했기 때문에 그 실체가 분명이 드러나지 않고 있다. 그러면서 옹고집 계층의 유동성만큼이나 그들의 가치관도 변화를 겪어가는 과정에 처해 있었을 것으로 보인다. 이러한 면모는 〈옹고집타령〉의 이본 존재양상을 통해서 엿볼 수 있다.

(2) 판소리 수용층의 확산과 작품의 향방

고관 양반들 못지않게 유흥계에서 행세할 수 있었던 왈자들은 일견 풍류 혹은 예술에 대한 조예가 매우 깊었을 것 같기도 하지만 대개의 왈자들은 고급예술을 충분히 향유할만한 수준을 갖추었다기보다는 한 판 흥청거리는 유흥의 분위기 자체만을 즐겼던 것으로 여겨진다. 이것은 유우춘의 일화를 통해서도 알 수 있는 점이다.

> 춘풍이 태탕하고 복사꽃 버들개지가 난만한 날 시종별감(侍從別監)들과 오입장이 한량들이 무계(武溪)의 물가에서 노닐 적에 침기(針妓), 의녀(醫女)들이 높이 쪽찐 머리에 기름을 자르르 바르고 날씬한 말에 홍담요를 깔고 앉아 줄을 지어 나타납니다. 놀음놀이와 풍악이 벌어지는 한편에 익살꾼이 섞여 앉아서 신소리를 늘어놓지요. 처음에 요취곡(鐃吹曲)을 타다가 가락이 바뀌어 영산회상(靈山會上)이 울립니다. 이 때에 손을 재게 놀려 한 새로운 곡조를 켜면 엉켰다가 다시 사르르 녹고, 목이 메었다가 다시 트리지요. 쑥대머리 밤송이 수염에 갓이 쭈그러지고 옷이 찢어진 꼬락서니들이 머리를 끄떡끄떡, 눈깔을 까막까막하다가 부채로 땅을 치며 '좋다, 좋아!'하며, 그 곳이 가장 호탕한양 여기고 오히려 하잘 것 없는 것임을 깨닫지 못합니다.[89]

유우춘은 왈자들의 놀음판에 악공으로 참여하였던 인물로 그들이 음악을 제대로 이해하지 못함을 불평하고 있다. 이를 통해 우리는 예술의 깊이는 알지 못한 채 노는 것 자체에만 몰두했던 왈자들의 향락적 취향을 다시 한 번 엿볼 수 있다. 이러한 수용집단의 수준 낮은 향유양상과 아울러 19세기 판소리 수용층이 탈계층적으로 확산된 점은 이 작품의 성격이 변모될 수밖에 없는 조건을 제공하게 된다.

---

89) 이우성 · 임형택, 앞의 책, 217면.

이에 따라 왈자집단의 흥겨운 유흥을 노래하던 서사에서 바로 이들의 불건전한 삶을 교정·비판하는 내용으로 변모되는 양상이 나타나게 된 것이다.

무숙이의 허랑방탕한 행실을 교정하고자 한 인물은 다름 아닌 '인의예지 노푼 마음 고졀ᄒ기 쪽니' 없는 의양으로 나타난다. 의양은 우선 무숙의 본처에게 서찰을 보내 무숙이로 하여금 '풍진고락 치스ᄒ 일 북그럼도 만니 당코 비고푸 흔심ᄒ고 몸 치워 스름 날제 니런 일을 뉘우치고 ᄀ과츤션ᄒ올 거신니 이기씨도 본 체 말고 의양니도 박듸ᄒ면 그 가온듸 셔방임니 흔심ᄒ기 층양 읍셔 회과ᄌ쵝 ᄒ오리다'며 동의를 구한다. 그런 후 모든 재산을 수양부께 맡겨두고 빚 갚을 돈이 없다며 무숙을 다그친다.

무슈긔 거동보소 즌당 즙핏 쵸셕쳐름 아릭목의 우둑컨이 안저 싱각ᄒ니 즘쎨 홰쎨의 한 일리 망지불ᄉ 늬 일리야 입을 거시 읍서논니 막덕기 큰 저고리를 허리 나게 입고 의양의 써러진 가릭바다을 입고 안저 허리가 몹시 실린즉 ᄀ가족을 두루고 화리쏠만 쐬고 안저신이 더벙머리 눈을 각금 가리운이 듸강이를 늬두르며 손까락으로 가리믜를 타고 밀지름으로 지고 듸자 단임으로 즌득 동여쏘ᄂ 빅가 곱파 안저신이 쳔ᄒ 즙놈의 으른이라[90]

이 부분은 여기 저기 빚 갚는 데 쓰라며 의양에게 돈을 내어주고 상투까지 잘라준 무숙이의 초라한 행색을 표현한 부분이다. 이렇듯 무숙이가 지닌 재력을 모두 압수한 후부터 의양의 속임은 본격적으

---

90) 박순호 소장 〈계우사〉, 338면.

로 시작된다. 무숙이는 의양의 집에서 나간 뒤 본가로 가지만, 본가
의 형편은 이미 무숙이가 집을 나갔을 적부터 어려워진 터라 빈털터
리 무숙이가 오히려 처자식을 먹여 살리기 위해 '품팔기로 ㅈ싱흔
다.' 이런 무숙이는 막덕이로 인해 다시 의양의 집에 들어가게 되고
그 곳에서 종노릇하며 지내게 되는 것이다. 이러한 의양의 계획적인
속임에 강한 모욕감과 질투심을 느낀 무숙이가 사생결단을 내리려는
찰나에 의양은 모든 비밀을 털어 놓게 된다.

무숙이는 삶에 대한 건강한 가치관을 지니지 못한 인물이다. 그는
생산이나 노동을 통해 결실을 얻는 행위를 허송세월하는 것으로 여
기고 오로지 유희와 환락만이 인생의 본질이라 여겼다. 이런 점에서
는 강쇠와도 어느 정도 닮아있다. 이런 무숙이의 사고방식은 의양에
의해 여지없이 교정되며 그런 과정에서 벗에게도 한심하게 여겨져
지탄받는다.

에라 너 그만 쥬거라 너 ㅅ러 쓸 곳 인나 널노 두고 글짓기을 게우ㅅ
라 노릭지여 쇼리 명충의게 전ㅎ리라.[91]

위 인용문에서 그의 벗이 그를 질책하며 '너 ㅅ러 쓸 곳 인나'는 표
현에서 무숙이의 비참한 생활상이 드러나고 그것을 노래로 지어 명
창에게 전한다는 표현에서[92] 무숙이가 받을 모욕감을 알 수 있게 해
준다. 이처럼 〈무숙이타령〉은 유흥에 지나치게 경도된 인물의 가치

---

91) 박순호 소장 〈게우사〉, 348면.
92) 여기서 '게우사'를 지어 명창에게 전한다는 부분으로 인해 〈무숙이타령〉의 다른
　　이름이 〈게우사〉로 밝혀진 바이다.

관을 명백하게 잘못된 것으로 규정하고 그것을 교정시키는 가운데
굴욕감과 비참함을 부여함으로써, 왈자들의 놀이문화를 보여주는
데서 그치지 않고 깊이 있는 교훈을 전달하는 양상으로 변모된 것
이다. 이러한 변모양상은 앞서 지적한 바와 같이 이 작품의 주 수용
층이었던 왈자집단의 향유의식이 이것을 예술의 경지로 끌어올리는
데 일정한 한계로 작용했던 것에서 일차적인 원인이 찾아진다. 나아
가 이 시기 판소리의 수용층이 확산되면서 건전한 인간상과 어긋나
는 무숙이의 방탕아적인 기질이 교정되는 쪽으로 변모되었던 것으로
여겨진다. 이러한 인물교정의 중추적인 역할은 의양뿐 아니라 막덕
이에게서도 확장적으로 나타나고 있는바, 그는 의양의 노복으로 무
숙이를 개과천선시키기 위해 계교를 쓰는 데 중요한 역할을 담당한
다.[93] 결국 '흐른 틱도 버신 물식 남즁호걸 분명'하던 무숙이는 의양
의 계교와 막덕이의 활약으로 처량한 몰골로 전락하고 만다. 이 점
에서 보면 막덕이의 역할은 〈배비장타령〉의 방자와도 유사하다고
할 수 있다.[94]

　이상의 논의에서 우리는 〈무숙이타령〉이 왈자집단의 유흥을 서사

---

93) '무슉긔 거동 보소. 즌당 즙핏 쵸쎠처름 아릭목의 우둑컨이 안저 싱각ᄒ니 즘
　셜 해셜의 한 일리 망지불ᄉ 닉 일리야' 여기서 '즘셜 해셜의 한 일'이란 모두 막
　덕이의 격동에 의해 세간등물을 팔아치운 일이다. 막덕이는 주로 한밤중을 넘겨
　새벽에 무숙을 깨워서는 집안 살림의 어려움을 호소하는 수법을 써, 단잠을 깬
　무숙이가 상황을 제대로 파악하지 못하고 홧김에 재물을 온통 내놓게 만들었던
　것이다.
94) 그러나 막덕이와 방자의 성격이 동일한 것으로 나타나는 것은 아니다. 〈
　배비장타령〉의 방자는 거의 주도적인 위치에서 배비장을 희화화하고 있고 그 정
　도도 대단히 심화되어 있으나 막덕이는 의양의 계교에 충실할 뿐이며 희화화의
　정도도 심하지 않을 뿐 아니라 무숙이를 도와주려고 하는 인물이기 때문이다.(
　김종철, 앞의 논문, 80면 참고.)

로 하여 곧 그 유흥의 장소에서 연행되었던 작품이었던 것을 알 수 있었다. 그러던 것이 19세기 이후 판소리의 예술적 지향성과 왈자집단의 경향성이 불일치함으로써 예술물로 도약하는 데 일차적으로 실패하였던 것으로 보인다. 뿐만 아니라 이 시기 계층적 구분을 넘어서 확산되었던 근대 시민적 성향을 지닌 수용자들의 의식은 작품 내 '무숙이'라는 인물을 교정하는 쪽으로 그 서사를 변화시켜나갔던 것으로 이해할 수 있다. 이것은 특별히 소설 〈이춘풍전〉이 이 작품과 유사한 서사를 보이면서도 더욱 탄탄한 구조를 취하고 있다는 점과도 연결선상에 놓인다.

다음 〈옹고집타령〉의 경우를 보자. 이 작품은 앞서 살핀 대로 요호부민적인 성격을 띠는 옹고집이 가옹의 출현으로 위기에 처하고, 그것이 해결된 후에도 결국 파탄으로 치닫는 결말을 보이고 있다. 이렇게 옹고집을 징치하는 시선은 '도승'을 매개로 간접적으로 설정되어 있어 다소 불명확한 의미를 내비친다고 볼 수 있다. 그러나 작품의 이러한 양상은 필사본으로 정착되는 과정에서 뚜렷한 의미지향을 보이게 된다. 우선 이 작품의 이본군은 세 가지로 나눌 수 있는데, 옹고집의 학승(虐僧)과 그에 대한 징치를 주 내용으로 하는 본, 여기에 옹고집이 모친 혹은 부친을 구박하는 대목이 첨가된 본, 나아가 장모와 조강지처 학대로까지 서사가 확대되어 나타나는 본 등이 그것이다. 이는 곧 옹고집의 패륜행위가 '학승'→'학승+부모학대'→'학승+부모학대+장모와 조강지처 학대'로 점차 확대되었음을 보여준다. 이러한 옹고집의 패륜적 행동이 확대되어 나타나는 양상과 더불어 그의 신분이 변화되어 나타나는 점도 특징적인데 불명료한 상태의 양반에서 후대적 면모로 갈수록 확실한 양반인 안동좌수로 나타나고 있다는 점에서 그러하다. 또한 작품의 배경 역시 불특정한 장소인 영남의 이상동 맹랑촌으로만 표시되다가 점차 안동이라는 구체적인 지명으로 전환되어 나타나고 있다는 점에서도 동일한 변모양상을 확인할 수 있다.[95] 이러한 점은 이 작품이 판소리 〈옹고집타령〉으로 불리던 과정에서 혹은 점차 소설화되는 과정에서 일어났을 변모로 짐작된다. 그러면 이 작품의 초기적인 면모를 보이는 이본이 지니고 있는 요호부민에 대한 다소 불명확한 시선은 어디에서 기인한 것인가.

18세기 이래 성장해 온 요호부민층은 향촌사회의 부세제도 운영에서 차지하는 비중이 커지고 이와 같은 조건을 이용해 자신들의 사회적 지위를 상승시키며 사족지배체제의 해체를 촉발시켜 나갔던 것이 사실이다. 그렇다고 해서 이들을 주축으로 한 새로운 사회세력이 구체제를 타도하는 새로운 사회이념을 갖고 자신들의 권력구조를 창출할 수 있는 근대적 향촌질서로의 변혁을 이루었던 것은 아니었다. 때문에 이들 중 일부는 수령과의 결탁을 통해 중간수탈층으로 편입되기도 했는데, 이것은 수령—이·향지배체제를 형성시키면서 중층적 수탈체계를 이루어 사회모순을 심화시켜 나갔다. 이러한 면모는 19세기에 이르러 그 부정적인 측면이 전면적으로 드러나게 되었고 이들의 무절제한 수탈행위가 거리낌 없이 자행되게 되었는데 특히 영남지방이 더욱 심했다.[96] 부력(富力)을 바탕으로 신분을 상승시켜

---

95) 이 작품의 이본 분류와 그것이 순차적으로 보여주는 양상에 대해서는 다음의 논문에 정리되어 있는 것을 참고하였다.
　　김종철, 「〈옹고집전〉과 조선후기 요호부민」, 『판소리의 정서와 미학』, 195면 ~211면.
96) 정조실록, 권45, 정조 20년 11월 경신.

향권에 참여하게 된 이들은 토지매득의 주체가 되는가하면 고리대행
위 등으로 더욱 자신들의 부를 축적시켜 나갔던 것이다.

그런가하면 이들의 면모와는 반대로 지배세력과 대립적 위치에서
오히려 수탈대상으로 남는 부민들도 나타났다. 바로 이런 점에서 요
호부민층의 양면성이 나타나는 것인데 이행기에 나타나는 중간계급
은 대립하는 기본계급의 중간에 위치하는, 내적으로 불안정한 주변
적 계급이었다는 데서 이러한 모순된 면모가 나타날 수 있었던 것이
다. 이들 부류는 소생산자적 농민계층의 분화 속에서 형성된 층으로
서 사회 · 경제적 발달의 원동력을 이루었다. 때문에 이들은 변동기
의 사회를 발전적 각도에서 계승하고 개혁해야 할 입지에 서게 되었
지만, 수령제도의 정립 후 그 지배세력들에 의해 일방적인 수탈대상
이 됨으로써 자체 성장이 가로막히게 되었던 것이다. 따라서 자신들
과 계급적 이해를 함께하는 소빈민층과 더불어 체제변혁을 시도하여
농민항쟁의 주도적인 역할을 하는 데 까지 나아가게 된다.[97]

옹고집이 형성하고 있는 인물형은 바로 이러한 양면성을 지녔던
요호부민층의 면모를 반영하여 이루어진 것으로 이해된다. 이 부류
의 인물형이 18~19세기에 새롭게 등장하게 되었던 바, 이들은 왈자
들의 경우와 마찬가지로 판소리의 관심대상이 될 수 있었다고 본다.
특히 이들이 막대한 부력을 지니고 있었다는 점에서 당시 흥행예술
이었던 판소리와 밀접한 관련을 지니면서 그 향유의 한 양상을 만들
어 갈 수 있었을 것이다. 바로 이러한 사회적 배경을 반영하면서 〈옹

---

97) 1862년 농민항쟁은 수령-이 · 향 중심의 지배세력을 한 편으로 하고 그들에 의
해 수탈대상이 되고 있던 토호, 요호부민, 소빈민의 연합세력이 다른 한편이 되
어 대립전선을 형성했을 때 일어났다. (고석규, 앞의 책, 237면~294면 참고.)

고집타령〉이 불렸던 것으로 짐작된다. 그러나 이상에서 본 바와 같이 새롭게 등장한 중간계층인 요호부민층이 지향했던 성격이 양면성을 지녔기 때문에 작품에서도 다소 불명확한 관점으로 나타나고 있는 것으로 볼 수 있다. 또한 바로 이런 점에서 이 작품이 소리판에서 향유되는 데 일정한 제약이 있었을 것으로 본다. 소리판의 기본적인 성격이 유흥에 있다고 했을 때 이 작품은 다소 모호한 관점을 지님으로써 수용층의 공감확보를 전제로 한 판짜기 전략에 실패했던 것이다.

다만 작품내의 이러한 관점은 후대 필사본으로 확장되면서 양반의 신분으로 부자이면서 반인륜적이고 반사회적인 인물의 행위를 문제삼는 쪽으로 변모해 갔던 것으로 보인다. 양반이 오히려 병든 노모와 가난한 장모를 봉양하지 않는 반인륜적 행위를 하고, 부자이면서 그 부를 자기 개인의 향락에만 쓰고 사회적인 기여를 하지 않는 것에 대한 부정적인 시각을 확보하게 된 것이다. 따라서 이 작품에 대한 이해는 이러한 변모양상을 염두에 두면서 이루어져야 한다고 본다.[98]

---

98) 이런 측면에서 이 작품이 '서민들의 적대세력인 실세양반층에 대한 저항의식의 구현에 의미가 있다'고 보는 논의(정상진, 「옹고집전의 서민의식과 판소리로서의 실전고」, 『국어국문학지』, 문학어문학회, 1986.)는 비교적 후대에 나타난 이본을 통한 고찰이라 여겨진다.

Ⅳ

20세기 이후 판소리 레퍼토리 확대와
창작판소리의 특징

　판소리는 19세기의 흥행에 이어 20세기 초 내용과 형식의 측면에
서 새로움을 보여주며 대단히 유행하게 된다. 사설은 대상의 총체성
을 지향하는 서사 갈래 중 소설에 가깝고, 음악은 긴장과 이완이 반
복 교체되는 새로운 양식이어서 새로움의 측면에서 본다면 당시로서
는 유행의 첨단격이었던 것이다.[1] 그러나 앞장에서 살핀 바 판소리
레퍼토리는 19세기 후반을 거치면서 상당히 축소되는 경향을 보였
다. 이러한 현상은 창자의 의식과 향유층의 수용의식이 이상의 작품
과는 일정한 거리를 유지하게 되면서 나타난 것으로 이해된다.

---

1) 판소리는 실제로 조선 후기 음악을 그 전시기 음악과 구분하여 독립된 시대로 설
　정하는 중요한 근거로 여겨지기도 한다.
　김종철, 앞의 논문, 1993, 75면.
　송방송, 『한국음악통사』, 일조각, 1984, 443면.

20세기는 19세기 말에 소리책으로만 전해지던 소리가 1907년 유성기음반으로 처음 녹음되기 시작하면서 사설을 볼 수 있게 되었을 뿐만 아니라 소리까지도 음반을 통해 들을 수 있게 되었다. 그러나 이러한 유성기 음반의 발달은 시장의 원리와 맞물리면서 '도막소리'가 대단한 흥행을 얻는 특징을 가지고 왔다. 또 협률사 등의 극장을 무대로 가지게 되었는데, 이는 곧 근대적 흥행제도를 갖게 된 것을 의미했다. 이에 따라 공연되기 시작한 창극은 전통적인 판소리 공연 방식과는 다른 새로운 시도였으나 신파극과 근대극, 영화에 밀려 예술사에서 주도적 위치를 차지하지 못했다. 창자들은 창극의 공연형태에 적응하지 못했고, 수용자 역시 서구에서 들어온 연극이나 영화에 더 많은 관심을 보였던 것이다. 이에 따라 20세기 초 판소리의 대단했던 인기는 지속적인 근대 예술로 성장하지 못하게 된다.[2] 이러한 경향성은 급격한 시대적 변화뿐만 아니라 일제의 식민지 정책에 기인한 것이겠는데 일제는 우리 전통문화에 대한 조직적인 탄압을 자행했으며 이것은 판소리에도 그대로 적용되었다. 식민지로의 전락은 우리 국민들의 심리적 불안상태를 가지고 왔으며 이러한 현상은 문화·사회의 제 현상에 상당한 영향력을 미치게 되었다. 판소리 역시 이런 사회적 상황과 맞물리면서 한동안 깊은 침체기를 맞게 된 것이다.

이러한 사회 전반적인 변화와 억압의 분위기 속에서 해방을 전후로한 시기에 박동실에 의해 〈열사가〉라는 창작판소리가 만들어져

---

2) 다만 소설 부문만은 성공적이었다고 할 수 있다. 20세기 초 구활자본 소설 중 〈춘향전〉은 대단한 인기를 누렸다.(김종철, 앞의 논문, 81면.)

판소리가 시대적 요소를 담을 수 있는 예술임을 확인시켜 준 시도
는 주목할 만하다.[3] 이러한 시도는 20세기 후반에 이르러 박동진
이 〈예수전〉을 만들어 공연하는가 하면, 임진택의 판소리 창작 등으
로 이어졌다. 또한 20세기 말의 젊은 소리꾼들이 시도한 판소리 창
작 역시 이러한 작업과 같은 맥락에서 이해될 일이다. 이러한 일련
의 시도들은 19세기 후반을 거치면서 축소된 판소리의 레퍼토리를
다시 확장시키고자 했던 점에서 판소리사적으로 대단히 중요한 작업
으로 인정된다.[4] 따라서 본장에서는 20세기 중·후반에 들어서 등
장한 창작판소리의 사설을 면밀하게 살펴 이 가운데서 드러나는 판
소리 생산층과 수용층의 의식지향을 알아보고자 한다.

1. 〈열사가〉류에 나타난 민족주의

(1) 〈이준열사가〉〈안중근열사가〉〈윤봉길열사가〉에 반영된
민족주의

해방을 전후로 해서 판소리사에는 민족적 영웅을 주인공으로 내세

---

3) 배연형은 1940~1960년에 이르는 시기를 판소리에 있어서 전승의 단절이라는
절박한 상황이라 설명한다.(배연형, 『판소리 소리책 연구』, 동국대학교 출판부,
2008, 15면~17면.) 그러나 이러한 시각은 전통판소리에만 국한된 시각이다. 이
시기는 '창작판소리'의 효시가 되는 〈열사가〉가 창작된 시기이기 때문에 판소리
전승의 새로운 전환으로 보아야 할 것이다.
4) 20세기 들어서 나타난 창작판소리 작품 목록은 다음의 논문에서 정리되었다.
서우종, 「창작판소리연구」, 인천대 교육대학원 석사학위논문, 2006.
김연, 「창작판소리 발전과정 연구」, 『판소리연구』24, 2007.

운 창작판소리들이 많이 등장했는데 이러한 창작활동은 박동실에게서 집중적으로 나타났다고 볼 수 있다. 이 작품들은 일제 때 민족의 독립을 위해 활동한 이준, 안중근, 윤봉길, 유관순 등의 면모를 그리는가하면, 김유신, 이순신, 전봉준 등 이전 시대 호국영걸들까지도 다루고 있어 〈열사가〉로 통칭된다.[5] 뿐만 아니라 〈해방가〉로 해방의 기쁨을 노래한 작품이 등장하기도 하였다.[6]

〈이준열사가〉는 고종의 명으로 밀서를 가지고 화란(和蘭, 네덜란드)으로 떠나는 이준 열사의 비장하고도 괴로운 심정을 나타내면서 시작한다. 이상설, 이위종과 함께 '화란 해아(헤이그)'에 당도한 후 장대한 풍경을 보고 놀라는 한편 '대한에 대한 이해가 부족하고 다만 고려조'만 아는 각국 대표들을 겪으면서 정치외교의 부족함을 한탄한다. 그때 '일본은 영국과 일영조약이 있어 한국의 참석권을 거절'하게 되고 이준은 다시 진정서를 제출하여 간신히 참석권을 얻어 고종의 밀서를 전달한다. 밀서를 받아든 대표들은 진위를 밝히기 위해 조선으로 전보를 보내지만, '우리나라에서는 과학문명이 어두워

---

5) 〈열사가〉를 다른 이름으로 〈역사가〉라고 하기도 하는데, 이는 해방 후 김연수가 이은상의 사설을 토대로 만든 '이순신전'이 포함되면서 일제에 저항한 '애국열사가'라는 〈열사가〉범주가 이순신 등 역사적 인물의 행적을 노래하는 〈역사가〉로 의미가 확대되거나 왜곡되는 과정을 거친 것으로, 유영대는 '역사가'가 적확한 명명은 아니라고 주장한다.(유영대, 음반 「창작 판소리 열사가」, 킹레코드, 1993. 사설집 작품해설부분.)
6) 〈해방가〉는 박만순이 가사를 짓고 박동실이 곡을 지은 작품으로 해방을 맞이한 기쁨을 노래하며 앞으로 건실한 국가를 함께 만들어가자며 당부하는 내용이다. 그런데 그 가운데 신분에 의한 구분에서 벗어나자는 의식을 드러내고 있어 특징적이다. 이 작품은 〈열사가〉를 비롯한 다른 판소리작품과 비교했을 때, 인물, 사건, 배경이 지정되어 있지 않고 그로 인해 전개되는 서사도 없는 점에서 단순한 노래로서의 의미밖에 지니지 않는다. 〈해방가〉의 사설은 김기형, 앞의 논문, 2002, 18면~19면에 전문이 실려 있다.

전보를 어떻게 치는 줄도 모르는 판에 또한 전보는 이완용이 앞으로 떨어지니' 문제가 심각해졌다. 고종은 '사랑하는 내 신하를 수만리 타국에 보내고 이제 와서 이런 일이 없다 전보를 칠 수 없으니 경들이 알아서 하라'하니 송병준, 이완용 등이 이등박문과 더불어 그런일 없다고 전보를 띄운다.

> (자진모리) 이준선생 분한 마음, 모골이 송연, 피 끓어 턱에 차고, 분함이 충천, 회석 앞으로 우루루루루루루루루. 이놈 왜놈들아 너희들 침략국이 대한을 위협하여 짓밟고 각국 대사들을 속이느냐. 우리 대한은 동방예의지국이다. 간사한 너희놈들 하늘이 두렵지 않겠느냐. 오천년 역사가 씩씩한 배달민족의 충혈을 봐라. 품안에 든 칼을 번듯내여 가슴을 콱찌르니 선혈이 복받쳐오르고 왜놈 낯에다 선혈을 뿌리며 이놈 왜놈들아! 앞니를 아드득, 태극기 번듯내여, 대한독립 만세 만세 만세 삼창을 부르시더니 명이 점점 지는구나.

위의 대목은 예측된 전보 답신을 받아들고 회석 앞으로 달려 나가 할복을 자행하는 이준선생의 모습이다. 실낱같던 희망마저 빼앗아버린 일제의 만행에 바로 이어 이준선생의 극단적인 항거를 배치하고 만세를 유도함으로써 수용자들의 공감과 동참을 이끌어 낼 수 있게 하였다. 이러한 서사전개는 함께 간 두 사람이 이준선생의 시신을 수습해 조사(弔詞)지어 올리면서 '어웅 어웅 울음'을 우는 것으로 마무리하여 수용자의 슬픔을 한층 고조시켜 마음이 북받치는 것을 느끼게 해 준다.

〈안중근열사가〉는 앞의 작품과 구분되어 불러지기는 하지만 그 사설을 보면 두 작품이 서로 연결되어 있음을 알 수 있다.

  (아니리) 이렇듯이 슬퍼하며 고향으로 돌아오시고, 왜적은 일로 인하
  여 고종을 양위시켜 융희년으로 고치고 … (하략)

  위의 부분은 〈안중근열사가〉의 시작부분인데, 여기서 '슬퍼하며
고향으로' 돌아온 주체는 이상설, 이위종이다.[7] 그리고 일본이 고종
을 양위시킨 것은 앞 작품에서 서술한 '일'로 인한 것이다. 따라서 이
작품의 서두는 안중근의사의 의거 앞뒤 배경을 설명하고 있는 부분
으로 이해된다. 그러면서 일본이 경찰권을 손에 쥐어 조선을 장악하
고 '만주를 손댈 양으로 노국대신과 할빈에서' 만나기로 한 설명을
첨가해 이준선생의 사건과 이후 안중근선생의 사건이 자연스럽게 연
결되도록 배치해 두었다.[8] 안중근은 황해도 출신으로 러시아 망명생

7) 서우종은 이 부분을 뒤에 오는 문장과 전혀 연결되지 못한 채 의미 없는 문장으로
  존재하고 있다고 본다. "고향으로 돌아오시고"라고 표현했지만 이 문장에서 돌아
  오는 주체는 그 누구도 아니라고 보는 것이다. 따라서 이 부분의 사설은 의미보다
  는 기능에 초점이 맞춰져 있으며 그것은 세 편의 작품을 한 번에 이어 부르게 되
  면서 청중의 혼란을 줄이기 위해 한 삽화에서 다음 삽화로 바뀌는 지점을 표시해
  주는 기능만 담당하고 있다고 주장한다. 이를 통해 〈열사가〉의 세 작품은 각기
  독립된 작품으로 창작되었고, 〈이준열사가〉와 〈안중근열사가〉는 해방 직전에,
  〈윤봉길열사가〉는 해방 이후에 창작된 것으로 본다. 이것이 해방 후 한 편의 작
  품으로 묶여 연행되면서 사설의 부분적인 개변과 첨가가 이루어졌다고 주장한다.
  (서우종, 「창작판소리연구」, 인천대 교육대학원 석사학위논문, 2006.) 필자 역시
  이 부분이 의미상으로 큰 역할을 담당하지 않는다는 데 같은 생각이다. 하지만
  이것은 앞 뒤 작품의 전환을 표시해 준다기보다는 오히려 각 작품이 순차적인 연
  관성 아래 놓여 있다는 점을 보여주는 부분으로 이해된다. 실제로 이위종과 이상
  설은 7월 14일 헤이그에서 순국한 이준을 묻어주고 프랑스, 영국, 미국을 순방한
  다음 러시아로 돌아갔다.(大韓民國獨立有功人物錄, 國家報勳處, 1997.)
8) 이러한 면모는 〈안중근열사가〉 다음에 이어지는 〈윤봉길의사가〉에서도 동일하

활 중에 '이등박문 할빈에 온다'는 소식을 듣고 '옳다 내가 이놈을 죽여 나라에 원수 갚고 침략정책 반대함을 세계에 알리리라.' 다짐한다.

> (전략) 이등박문 호기있게 할빈역에 당도헌다. … (엇모리) 뜻밖에 어떤 사람이 권총을 손에 들고 번개같이 달려들어, 기세는 추상같고 심산맹호 성낸듯 왜진중으 헤치고 이등 앞으로 우루루루루. 이등을 겨누워 쾅, 쾅. 또다시 쾅쾅. 이등이 총을 맞고 섰던 자리 쓰러질 제, 흐르는 피는 물결같이 땅으로 흐르고 사지만 벌벌 떤다. 감추었던 태극기를 번듯 내여 휘두르며, 나는 원수를 갚었다. 이천만 동포들 쇠사슬에 얽궈놓은 우리 원수 이등박문, 내손으로 죽였오. 대한독립만세.

안중근은 위에서 나타나고 있는 것처럼 우리 민족의 원수로 대표되는 이등박문을 죽이고, '자 이제 나 할일 다 하였으니 나를 잡고자 하는 놈이 있거든 날 잡아라'하고는 일본 형법아래 사형을 받게 된다. 집행 전에 어머니를 만나지만 어머니는 '오 내 아들 장하도다. 국민의 의무를 지켰으니 늙은 어미 생각말고 부데부데 잘가거라.'하며 당당한 면모를 내보인다. 그러나 돌아나와 '옥문밖을 나갈 적에

게 나타난다. 〈윤봉길열사가〉 역시 '이렇듯이 슬퍼하며 고향으로 돌아오시고'라는 문구로 시작되는데, 이 표현에서 고향으로 돌아오는 주체는 앞 작품의 말미에 서술되었던 안중근의 어머니로 볼 수 있다. 또 바로 이어지는 '그때여 안중근씨는 여순 감옥 교수대 아침이슬이 되니'라는 표현도 두 작품이 선후관계에 놓여있음을 알 수 있게 해 준다. 이것은 역사적으로 이준열사의 의거가 1907년, 안중근의사의 의거가 1909년, 윤봉길의사의 의거가 1932년에 시도된 것에 맞추고 있음을 알 수 있다. 곧 〈이준열사가〉〈안중근열사가〉〈윤봉길열사가〉는 각 의거가 거행된 시기에 따른 순차적인 구성을 보이고 있는 것이다.

어간이 먹먹, 흉중이 꽉 차오르고, 하늘이 비빙 돌고 땅이 툭 꺼지는 듯' 섰던 자리에 주저앉아 통곡한다. 이처럼 인물의 슬퍼하는 모습을 보여주면서 작품이 마무리되는 것은 앞의 〈이준열사가〉와 동일한 면모이며 이 부분 역시 이 작품 뒤에 이어지는 〈윤봉길열사가〉와 자연스럽게 연결될 수 있도록 기능한다.

〈윤봉길열사가〉도 앞 작품에 바로 이어 안중근열사의 죽음을 먼저 내세워 '우리나라 배달민족, 단군의 자손 다 같은 혈통, 반만년 역사여든, 어찌 위국열사가 없을소냐.'는 당위성을 내세우면서 독립을 이루기 위한 '해외각국 방방곡곡'에서의 노력들을 열거하여 보여준다.[9] 그런 가운데 김구선생이 '일본 백천대장을 죽여 일본의 기를 꺾고 중국정부와 오해를 풀 양으로 암살계획'을 세웠다고 했다. 이에 '끓는 피를 참지 못하야' 나선 인물이 바로 윤봉길이다. '일본 변또'와도 같이 생긴 폭탄을 마련하여 일본 천장절 행사에 참석한다.

---

9) 이러한 표현은 다른 두 작품에 비해 상당히 길게 표현되고 있다. '(전략) 소위 일한합방되니 민충정공 의분자살 표충혈죽이 완연하고 시위일대 우리장병 의분기창이 일어나서 그 어찌 총과 칼을 두려워하리. … 우리나라 배달민족, 단군의 자손 다같은 혈통, 반만년 역사여든 어찌 위국열사가 없을소냐. (자진모리) 강산이 으근으근 혼돈천지가 되니 피끓던 지사들은 후일기약 굳은 맹세 가슴 속에다 못을 박고 해외로 망명하고 … 서로 연락 독립운동, 임시정부 수립되니 조국 찾을 근본이라. 우리국민 사관학교 게뉘라 수립턴고. 위분기창 우리용사 세계대전에 참가하여 청산리 좁은 곳에 일군낙담 가소롭다. 비조불입 일본황실 엄하만 폭탄산에 새겨 만국의 경탄이요, 국제지사 지하운동 철창고통이 몇몇이요. 민족자결 높은 소리 해외로 건너가고 손병희씨 선두로서 삼일운동 투사로다. 태극기 높이 들어 대한독립 만세, 강산이 우근우근 천지가 뒤끌을 제 … (후략)' 이 부분은 앞 작품에서 서술되었던 1909년 안중근의사의 의거이후 윤봉길의사의 의거가 있었던 1932년 사이에 일어난 역사적 사건을 대략적으로 기술하여 보여주는 부분이다. 그것은 밑줄 친 부분 '일한합방되니'(1910), '임시정부수립되니'(1919), '청산리 좁은 곳에 일군낙담 가소롭다'(1920), '손병희씨 선두로서 삼일운동 투사로다.'(1919)등의 표현에서 드러난다.

(휘모리) 군중속에서 어떤 사람이 번개같이 일어서서 백천 앞으로 우루루루루. 폭탄을 던져 후닥툭탁 와그르르르 불이번뜻, 백천이 넘어지고 중광이 꺼꾸러지고 야촌이 쓰러지고 시종관이 자빠지다 혼비백산. 오합지졸이 도망하다 넘어지고 뛰어넘다 밟혀죽고 오다가다 우뚝서서 꼼짝없이 타서 죽고 불에 탄 숯덩이가 더럽게 직살케 죽을 적에, 호기있던 깃발들은 편편이 떨어져 기폭만 펄렁펄렁펄렁 수라장이 되었구나.

위의 부분은 천장절 행사 중에 시도된 윤봉길의 의거를 표현한 부분이다. 윤봉길은 계획한대로 행사장을 아수라장으로 만든 후 '왜놈 헌병'에게 붙들리지만 '허나 아무렇든 나 할일 다했으니 네놈들 맘대로 하여라'하며 '만족한 웃음을 씩씩하게 웃고 기운차게 대한독립만세'를 부른다. '바쁜 걸음으로 기자들은 이 사실을 초월하야 신문이 분분, 세계로 흩어지니 우리 의사 윤봉길 선생님은 죽엄인들 어찌 헛되랴. 국외국내 우리 선배, 동지가 자유와 해방을 위하여 싸워나갔고, 이차대전 연합군이 승리하니 일본이 패망하야 을유 팔월 십오일날 대한이 해방'되는 것으로 작품의 서사는 마무리 된다. 그러나 그 후에 소리판의 청·관중들에게 당부하는 말을 첨가하고 있다.

어둡던 금수강산 동방에 광명이 밝아오니, 삼천만 우리동포 태극기 높이들어 새 건설을 힘씁시다. 지난일을 생각허면 어이아니 한심한가. 삼십육년 노예생활, 어쩌어쩌 지냈던고. 극형형벌 갖은 고통, 철창생활 조금도 두렵없이 일을 해온 우리 열사, 장하고 감사하오. … 우리 높은 그늘 아래 삼천만 자유얻어 화기가 일어나니 무궁화 이강산에 새건설에 힘씁시다.

위의 자료에서 보는 바와 같이 〈윤봉길열사가〉는 윤봉길의 영웅적인 면모를 중심으로 일제시대 독립투쟁자의 행적을 보여주는 부분인 동시에, 〈열사가〉에서 다룬 인물들 곧 이준, 안중근, 윤봉길 등의 의거를 교훈삼아 해방조국의 미래를 주체적으로 건설하자는 민족주의적인 시각을 드러내면서 연결된 세 작품이 대단원의 막을 내리는 부분이기도 하다.

이상에서 살펴본 〈이준열사가〉〈안중근열사가〉〈윤봉길열사가〉는 세 인물이 보인 독립운동의 영웅적인 면모를 민족주의적인 시각으로 서술하고 있다. 우리민족에게 있어서 이 20세기 전반기는 가히 '민족주의의 시대'라 할 만하였다. 이 시기 한국의 민족주의는 한국 독립운동의 기본 이념과 밀접한 관련을 갖고 있었다. 한국의 근대 민족주의는 국망의 위기에서 국권을 지키기 위한 이념으로 출발하여 독립운동의 토대를 이루는 이념으로 성장하였고, 궁극적으로는 민족국가 수립을 그 목표로 삼고 있었기 때문에 민족주의와 독립운동은 깊은 관계에 놓여 있었다. 바로 이러한 점에 토대를 두고 성장할 수 있었던 부르주아민족주의, 사회주의, 진보적 민족주의, 아나키즘 등의 사상체계는 이 시기 한국 사회의 독립을 지향하는 각각의 운동으로 평가 할 수 있는 것이다.[10] 박동실이 정리한 이상의 작품에서 당시 민족주의의 색채가 짙게 나타나고 있다는 점은 그의 사상이 사회주의 이념과 밀접한 관련을 지니는 동시에 민족주의를 바탕으로

---

10) '민족주의'의 의미와 그 범위에 대해서는 다음의 논문에서 다루어진 것을 참고하였다.
    김영한, 「국제화 시대 한국민족주의의 진로」, 『한국독립운동사연구』15, 한국독립운동사연구소, 2000.
    박찬승, 『민족주의의 시대−일제하의 한국 민족주의』, 경인문화사, 2007.

형성되어 있었음을 보여주는 일이기도 하다. 이러한 현상은 특정 개인이나 계층, 집단에서만 나타났던 것은 아니었다. 당시의 농민과 노동자, 지식인, 부르주아, 지주 등 모든 계층이 민족주의에 견인되어 있었던 것이다.[11] 따라서 박동실의 이러한 의식지향은 당시 대중들의 지향의식과 상당부분 부합될 수 있었을 것으로 여겨진다.

19세기의 판소리는 수용자와 밀접한 관련을 지니면서는 유흥의 기능을 지니면서 나타났고, 생산자의 면모와 관련을 지니면서는 저항의 기능을 지니면서 나타났던 것을 알 수 있었다. 그에 따라 당대 사회가 내비쳤던 새롭고도 예리한 문제들을 지나치지 않고 작품에서 표출시켰다. 이것은 생산자와 수용자의 지향의식이 어느 정도 닿아 있었음을 내비치는 일이기도 하다. 이러한 양상은 비록 식민지배로 전락하고 그로 인해 판소리가 전체적으로 침체되기도 했던 20세기에도 이어졌다. 곧 식민지라는 특수한 상황으로 인해 부각된 민족주의가 그 중심적 기능을 하게 된 것인데, 판소리 역시 이러한 사상을 중심으로 생산자와 수용자간의 소통이 가능할 수 있게 된 것이다. 이 시기 판소리 생산자는 천한 광대에 머물러 있지 않고 예술인으로 승화되었으며 판소리 수용층은 19세기부터 확산된 면모가 더욱 짙어지기도 하였다.

---

11) 박동실은 〈열사가〉를 해방 전후에 정리하여 음반으로 발매하였지만 그 이전부터 판소리 〈열사가〉는 두루 불리고 있었다. 그러므로 이 작품에는 1910년대~해방 후까지 우리 민족의 민족주의적 성향과 박동실의 그것이 함께 담겨 있는 것으로 이해할 수 있다.

(2) 〈유관순열사가〉에 반영된 민족주의

식민시대 우리 민족의 민족주의가 특정한 계급 등에 국한되어 나타나지 않았다는 점은 3·1운동의 면모를 통해서 확인할 수 있다. 3·1운동에는 농민, 노동자, 지식인, 지주 등의 모든 계층이 참가했던 것인데, 그렇지만 이들의 구체적인 목적은 조금씩 차이를 지닐 수밖에 없었다. 우선 파리강화회의에 큰 비중을 두고 열강의 힘에 의존하고자 했던 33인 등의 부르주아민족주의자들은 만세시위를 주된 방법으로 채택하면서 보다 많은 대중을 운동에 끌어들이기 위해 신문, 경고문 등의 유인물을 제작 반포하였다. 한편 지방에서의 시위 때 태극기, 독립만세기를 제작하는 일을 도맡은 것은 지식인과 청년 학생들이었다. 그에 비해 민중들은 당시 파리강화회의나 민족자결주의에 대해서 명확한 인식을 가질 수 없었다. 따라서 이들은 주로 지식인, 청년 학생 등 운동의 지도층이 제시한대로 '만세를 부르면 독립이 된다.'는 생각만을 가졌고 이에 만세운동에 적극적으로 참여하게 되었던 것이다. 당시 민중들은 뚜렷한 정치사상을 정립하지 못한 상태였으나 맹아적인 형태로나마 공화주의 혹은 사회주의 사상을 받아들이기 시작하고 있었으며 외세보다는 주체적인 힘에 의거하여 독립을 쟁취하고자하는 자주독립의지를 갖고 이 운동에 참여하고 있었던 것이다. 그에 비해 양반유생은 멀리는 대한제국의 멸망에 대한 원망과 총독 정치에 의한 봉건적 특권과 관습의 부정, 그리고 가깝게는 고종 독살설, 파리강화회의의 소식, 국장 참관 시 만세시위운동의 목격, 그리고 〈독립선언서〉서명에 유림대표가 누락된 것 등에 불만을 지니고 있었다. 이에 따라 이들에게 있어서 독립은 조선왕조의 복구에 지나지 않았으며 이것은 합병 후 이들이 평민과 같은 대접을 받았다는 데서 그 원인이 찾아진다. 이러한 다양한 의식지향을 지니는 가운데 1910년 일제의 강력한 탄압과 무기 압수 등의 무단지배가 나타나고 이에 대한 저항은 폭동의 형태로 나타났다. 3·1운동은 이러한 폭동 형태의 민중저항이 일시에 폭발한 것이었다. 이 과정에서 민중들은 초기부터 광범위한 시위 참여와 격렬한 투쟁양상을 보였는데, 이는 그들이 강화회의에 기대하면서도 자신들이 만세를 불러야 독립이 된다는 생각 그리고 단순히 만세를 부를 것이 아니라 자신들의 힘으로, 폭력을 동원해서라도 일제를 이 땅에서 몰아내야 한다는 생각을 갖고 있었기 때문이다.[12]

　3·1운동은 이러한 우리 민족 모든 계층의 다양한 지향의식을 갈무리하고 있는 사건이었다. 박동실 역시 이 사건을 상당히 의미 있게 다루고 있었음을 알 수 있다. 우선 킹레코드에서 발매한 음반 〈창작판소리 열사가〉는 1, 2부 2장의 음반으로 나뉘어 있는데, 1부는 앞서 살핀 〈이준열사가〉〈안중근열사가〉〈윤봉길열사가〉이고, 2부는 〈유관순열사가〉만으로 되어있다는 점에서 그러한 의식을 일차적으로 읽어낼 수 있다. 또 〈유관순열사가〉는 기본적으로 1부에 실린 작품들에 비해 서사의 길이가 길며 1부의 각 작품들이 연쇄적으로 연결되어 있는 반면 이 작품은 독립적인 서술양상을 보이고 있는 점에서도 박동실이 이 작품에 좀 더 많은 노력을 기울였음을 짐작하게 해 준다.

　이 작품은 '1904년 국운이 불행하여 조정은 편벽되고 왜적이 침입

---

12) 박찬승, 앞의 책, 56면~87면 참고.

하니 간신이 득세'한 나라의 분위기를 보여주고 이러한 가운데 '피끓는 독립투사 도처마당 일어나' 분투하는 국내외 정황을 간단하게 설명해주었다. 그러면서 시선을 유관순에게로 고정시켜 그 근본부터 이르며 소리를 시작한다.[13] 서두에서 유관순의 반듯한 가정사와 인물의 영웅적인 면모를 보여주고[14] 나라 잃은 슬픔이 충남 구목천 지령리의 관순이네 집까지 찾아들어 암울해진 가정의 분위기를 내비치면서 어린 관순의 굳은 결심을 더욱 돋보이게 설정하였다.[15]

　(휘중중모리) 우리나라 간신들은 왜놈의 세력을 더욱 추세하여 공훈이 씩씩 올라가고, 이완용 송병준 만고 역적놈들 부귀가 더욱 협협하여지니, 심중에 있는 근심은 고종황제 생존하심이라. 기회를 자주 엿보더니, 슬프다 고종황제 우연히 득병하시니 이완용 정성있는 체 허고 좌우를 물

---

13) 유관순의 근본을 이른 부분은 다음과 같다.
　'(아니리) 그의 부친 유중근씨는 성심이 청렴하사 부귀를 원치 않고 농업장생 글을 읽어, 가는 세월을 소유허니 정대한 예문을 군자의 덕행이요, 그 아내 이씨부인 또한 만사가 민첩하사 애국예절이 능란허니 으뜸이라. 자녀간 사남매를 금옥같이 길러낼 제, 부모의 유전인지 모두 현숙한지라. 더우기 관순이는 (단중모리) 어려서부터 커날 적에 다른 아이들과 다른지라. 부모에게 효도하고 동지에게 화목하니 예의염치 귀염자립 뉘아니 칭찬허며, 유다른 그 인정은 사랑허고 따뜻허여 사람마다 정복되고, 정대한 그 마음은 신의가 분명쿠나.'
14) 유관순은 하늘이 낸 영웅으로 묘사되며 나타나고 있는데 다음에서 그러한 의미를 읽어낼 수 있다. '(진양조) 구목천 지령리에 평화로운 유씨 가정 관순 처녀 태어나니, 일대명장 순국처녀 도움 없이 삼겼으랴. 계룡산수 창한 기운 지령리에 어려있고, 금강수 흐르난 물은 낙화암을 돌고돌아 삼천궁녀 후인인듯, 귀인자태 아름답고, 월화항아 환생허니 뚜렷한 그 얼굴은 의중지심이 굳고 굳어, 미간에가 어렸으니, 일대영양이 분명쿠나.'
15) '자녀들을 옆에 앉혀 좋은 음식을 먹이다, 별안간 그 부친은 한숨을 길게 쉬며, 나라 없는 장탄수심 두 눈에 눈물이 빙빙 돌아 이슬같이 어리시니, 영특헌 관순이가 부친 뜻을 모르리오 만단으로 위로허고, 그 날부터 어린 마음 애국 정열 굳고 굳어 가슴속에 묻힌지라.'

린 후에 탕약을 이완용 손에 거쳐 고종황제 잡수시니 그 가운데는 무슨 의문과 비밀이 있는지라. 병세는 더욱 위중허고, 눕고 일어나지를 못하시드니 그대로 황제는 승하하신다.

이렇듯 고종의 독살설이 돌아 민족의 의분을 자아내게 되고, '고종황제께옵서 암만 생각하여도 간신의 피해를 입으셨지'하며 '무슨 비밀이 왔다 갔다 수군수군 무거운 침묵속에 민족자결을 응하여 독립운동 시위행렬 전국적으로 일어날 제, 손병희씨 선두되고 여러 수반의인들은 차서를 분별하여 태극기 서로서로 만단같이 준비헌 후 3월 1일 열두시에 거사허자'는 약속을 하게 된다. 그에 따라 태극기를 들고 만세운동이 시작되지만 일본은 이를 무력으로 진압하고, 이화학당으로 돌아온 관순은 학교 임시휴교가 내려져 고향으로 내려간다. 고향으로 내려간 후 근동사람 모두 모와 선언서를 낭독하고, 여러 학교를 방문하고 유림들을 찾는 등 동지를 모은다. 아우내장터에서의 만세운동을 주동한 유관순은 그곳에서 동지와 부모님을 잃고 그 후 은신처가 발각되어 헌병에게 잡혀간다. 잡혀간 후에도 예의 그 당돌함으로 공주 검사국으로 넘겨지고, 그 곳에서 오빠를 만나게 되지만[16] 곧 옮겨져 옥에 갇히게 되어 옥중에서도 만세를 주동해 감옥 안을 발칵 뒤집어놓는다. 이런 태도는 검사 앞에서도 그대로 나

---

16) '(중모리)아이고 이게 누구여 원통허네 나라 잃은 몸이 부모까지 이별허고 형제는 각기 감금되나 어린 동생들을 어이허리. 아이고 이일을 어찌를 헐끄나. 복통단장성으로 울음을 우니 그때여 관옥이는 아무런 줄 모르고 이얘 관순아 그게 무슨 말이냐 아이고 오라버니 아우내 장터 행렬시에 양친이 다 돌아가셨소. 관옥이 정신이 삭막허여 하늘이 빙빙 돌고 땅이 꺼지난 듯 목이 맥혀 아무말도 못허고 두 눈에 눈물이 듣거니 맺거니 그저 퍼버리고 울음을 운다.'

타나는데 다음에서 그러한 면모를 볼 수 있다.

(아니리) 저런 발칙한 년 네 이년 네 죄를 생각하면 당장 처형이로되 너 아직 어린 고로 징역 칠년을 구형하노라 … (엇모리) 관순이 분기충천 하여 이놈 무엇이 어쩌 우리 민족 빈손으로 독립허자 허였거늘, 무슨 일 로 총을 쏘고 감금수옥헌단 말이 네 입에서 나오느냐. 앉었든 의자 번뜻 들어 위를 보고 냅다 칠제

이와 같은 유관순의 태도는 '악형을 못이기어 죽어가면서도' 흐트 러지지 않아 '춘추원한을 품에 안고 아주 깜박 숨이'진다. 이 작품의 말미에도 '어와 세상 사람들아 관순씨의 본을 받어 나라 위하여 일협 시다 … 이 강산 이땅 위에 만세 영화 빛내기는 여러 청춘들의 책임 이라.'며 관중들에게 민족의 발전을 위해 노력해 줄 것을 당부하면서 마무리하고 있다.

이상에서 살핀 〈열사가〉의 작품들은 이준, 안중근, 윤봉길, 유관 순 등을 내세워 그들이 나라와 민족을 위해 어떻게 희생하였는지를 보여주는 동시에 그것을 수용하는 사람들의 민족의식을 고양시키 는 것을 목적으로 하고 있다. 이 작품은 식민지를 거치면서 민족 구 성원 전반에 고취되었던 민족주의 의식을 판소리 작품이 적절히 수 용하면서 창조된 경우라 할 수 있다. 이러한 작품의 지향성은 당시 청·관중의 의식과 부합하면서 적지 않은 인기를 누렸던 것으로 보 인다. 이 점은 판소리의 고정된 레퍼토리가 20세기 초반의 시대상황 과 어울리지 못했던 한계를 보완하면서, 판소리가 당대의 문제를 절 실하게 담아낼 수 있는 면모를 보였다는 점에서 의의를 지닌다고 할

수 있다.

2. 〈예수전〉에서 시도된 실험정신

〈예수전〉은 CD 『판소리 예수전』으로 발매되어 있는데, 그 구성
은 예수의 탄생을 다룬 1부와 예수의 수난 및 부활을 다룬 2부로 이
루어져 있다. 1969년에 1부가 창작, 발표되었고 1970년에서 1972년
사이 2부가 창작, 발표되었다. 이 작품은 기독교 라디오 프로그램으
로 기획되었으며 라디오방송을 통해 처음 발표되었다. 이 프로그램
을 기획한 인물은 당시에 한국기독교시청각교육국 국장직을 맡고 있
었던 조향록 목사였다. 그가 이 작품의 사설을 주태익 작가에게 맡
겼는데 그는 당시에 이미 명성을 얻은 라디오방송극작가였으며 판
소리 사설을 써 본 경험이 있었다. 게다가 성경에 대한 풍부한 지식
을 가지고 있기도 하였다. 사설이 완성된 후 조향록 목사와 주태익
작가가 박동진 명창에게 곡과 창을 의뢰했고, 박동진 명창이 이들의
부탁을 수락하여 작품의 창작에 참여하게 된 것이다.[17]

이 작품의 1부는 이스라엘 백성이 메시아의 탄생을 기다리는 중에
마리아와 요셉이 베들레헴에 도착하는 부분을 묘사하면서 시작하고
있다. 그러면서 과거로 거슬러가 마리아가 천사의 예고를 받고 성령
으로 예수를 잉태한 내력을 말해주고 이에 대한 요셉의 반응과 그의

---

17) 조향록, 「교우 발 세기, 암산 회고」, 『내가 만난 주태익』, 바위, 1995. 「무형문화
재 박동진 장로 신앙간증8」, 『기독교신문』, 1999.3.17.

파혼을 만류하는 천사의 현몽 후 두 사람이 결혼하게 된 경위를 말해준다. 그런 후에 호적조사를 위해 베들레헴으로 가지만 머물 방이 없어 마구간에서 묵게 되는데, 그 곳에서 마리아가 아기를 낳게 된다.

(아니리) … 로마황제가 호적하라는 명령을 따라 이 베들레헴에 오지 않을 수도 없었지마는, 아 이런 젠장, 마리아의 배가 열 달이 차서 가뜩이나 약한 것이 여자인디 부를 만치 부른 배를 안고 오백 리 먼먼 길을 왔으니 노독인들 어떠허며 요셉의 심정이 어떠하랴 응? (중모리) 어른들이 일러주어 말로만 듣던 고향 그리운 베들레헴 오기는 왔다마는 아는 사람 하나 없고 만리타향 그 아닌가. 해는 어이 저물어져 저녁연기 비꼈난디 쓸쓸한 두 나그네 갈 곳 몰라 하는구나.(중략) (자진모리) <u>또 한 집을 찾어가, 또 한 집을 찾어간다</u>. 주인 불러 사정허니 주인이 하는 말, 판에 찍은 그 말이다. 손님이 아니라 고조할애비가 찾어와도 모실 디가 없소이다. 여관 하는 사람들이 일년사철 이렇다면 당장에 큰 돈을 모아 천하갑부가 되겠구나. 아구스도 로마 황제 요런 때는 고맙구나. 호적 하라는 요런 분부 자주 자주 내리소서.[18)]

위의 부분은 요셉과 마리아가 방을 구해 여기 저기 다니지만, 머물 곳을 못 얻는 힘겨운 신세를 표현한 부분의 일부인데, 인물의 처량한 신세뿐만 아니라 그들과 여관주인을 대비시켜 흥미 있는 진행을 보이고자 하였다. 여관주인이 좋아하는 부분은 실제로 성경에 있는 장면은 아니고 작가가 판소리적 흥미요소를 첨가한 부분으로, 몇

---

18) 『박동진 판소리 예수전』CD, 해설서, 10면.

장면으로 나누어 비교적 길게 표현하고 있다. 또한 밑줄 친 부분의 표현을 통해서 알 수 있는 바, 작가는 판소리적 어투를 의도적으로 사용하고 있기도 하다.

결국 마리아는 베들레헴의 어느 마구간에서 아기를 낳게 되고, 목자 몇 명과 동방박사가 찾아와 경배함으로써 아기의 비범함을 암시했다. 하지만 헤롯왕이 베들레헴 일대의 아기들을 학살하는 사건으로 인해 요셉이 마리아와 아기를 데리고 이집트로 피신하게 되고, 이 장면으로 1부가 끝난다.

〈예수전〉 1부의 내용은 작가가 「마태복음」과 「누가복음」에 있는 내용을 가져와 선후관계를 고려해 재배열함과 동시에, 상상력을 발휘해 성경에 있는 추상적인 서술들을 구체화하면서 장면을 더 생생하게 묘사하기도 하고 성경에 없는 인물들과 사건들을 만들어 넣기도 했다. 그런가하면 〈예수전〉 2부에서는 성경에 있는 이야기를 충분히 활용하면서 그 이면의 정서를 섬세하게 묘사하는 양상이 나타난다.

2부는 성경의 이곳저곳에서 필요한 내용들을 가져와 재구성하였다. 우선 메시아에 대한 선지자의 예언을 인용하고 예수 스스로가 예루살렘에서 고난을 당한 후 죽었다가 다시 살아날 것을 예고하는 부분을 보여주었다. 그러는 한편 예수는 백성들의 환호를 받으며 예루살렘에 입성한 후 성전의 장사꾼을 내쫓는 장면을 묘사하였다. 이어서 예수의 제자 중 유다가 예수를 팔아넘길 음모를 꾸미는 이야기와, 마리아가 예수의 발에 향유를 부어 그의 장례를 예비하는 장면, 제자들과 마지막으로 만찬을 나누며 자기에게 닥칠 일을 예고하는 장면 순으로 배치했다.

(아니리) 성만찬을 감개 가득한 속에 끝내시고 예수님께서 제자들과 같이 감람산으로 나가시면서 애 베드로야 이제 너도 나를 버리게 될 것이다. 베드로 깜짝 놀라. 선생님 그 무슨 말씀을 그렇게 하십니까? 저는 죽더래도 선생님을 배신하지 않겠습니다. 옛글에 '목자를 치니 양떼가 흩어지리라.' 했느니라. 오늘밤 닭 울기 전에 네가 나를 세 번이나 부인할 것이니라. (중모리) <u>밤은 깊어 조각달이 산 위에 걸려 있고 먼 들에 짐승 소리 음산하게 들리는데 스쳐가는 바람에도 시름이 가득 담겼구나. 서로 말을 아니함은 마음이 답답 무거워서라.</u> 한 걸음 한 걸음이 근심이요 걱정이로다. 예루살렘을 올라오면 예수님이 왕이 되고 높은 자리 귀한 벼슬 저마다 할 것으로 여긴 것은 아니지만, 설마하니 우리 주님을 누가 어찌하랴 싶었는데 다가오는 밤기운이 무슨 변이 날 것만 같네. 얼마를 걸어가니 게쎄마니 동산이라. 예수님과 제자들이 기도하는 처소로다.[19)

예수가 잡히기 전날 밤 제자들과 함께 겟세마네 동산으로 올라가는 장면을 표현한 부분인데 밑줄 친 부분에서 어두운 밤길을 비추는 달빛과 정적 속에 들려오는 짐승 소리, 그런 가운데 스쳐가는 바람 소리를 세밀하여 묘사해 제자들의 근심을 더욱 깊게 한다. 스스로에 의해 죽음이 예고된 예수의 미래와 그로 인한 제자들의 두려움 역시 가중될 수밖에 없겠는데 기도처로 가는 장면을 묘사하면서 그 내면의 양상을 세밀하게 전달하고 있는 부분이다.

결국 예수는 스스로의 예언대로 대제사장에게서 고문과 조롱을 당한다. 베드로는 자기를 예수의 제자로 알아보는 사람들 앞에서 사실을 부정하지만 이내 닭이 우는 소리를 듣고 예수의 예언이 생각나

---

19) 앞의 CD, 26면.

통곡한다. 예수는 빌라도 앞에서 재판을 받은 후, 관중들의 요구로 십자가형을 받게 된다.

(아니리) 가뜩이나 약한 몸이 온밤을 시달리시고 우리 주님께서 그 육중한 십자가를 지고 끌려나오니 이를 어이 감당할 수가 있겠는가? (진양조) 쓰러지고 꺼꾸러지고 가다가는 또 넘어져 여윈 몸 약한 힘에 십자가가 너무 크구나. 온몸은 땀과 피로 흥건하게 젖었는디, 무심한 로마 병정들 채찍을 번쩍 치켜들며 후려치며 빨리 가자 재촉하는구나. 회색빛 저 하늘은 태양도 빛을 잃고 까마귀는 떼를 지어 울며 쫓아오네 그려. 어화 세상 사람들아. 이 내 말을 들어 보시오. 위대한 역사에는 고통도 크고 클사, 만고한 구세주도 이런 쓴 잔을 안 드시면은 크신 사명을 못 이루시네. 수만 명 백성들은 구경 삼아 뒤따라오고 주님을 시종하던 허다한 여인들이 가슴을 치며 통곡한다.[20]

예수가 십자가를 지고 골고다로 가는 부분인데 십자가를 지고 가다가 쓰러지는 모습, 땀과 피로 젖은 예수를 로마 군인이 내려치는 모습을 표현하면서 주위 배경을 회색빛 하늘로 설정하고 까마귀의 울음소리가 들리게 하여 비애를 더욱 깊어지게 하였다. 이 부분 역시 사건이 불러오는 정서적 면모를 더욱 세밀하게 표현한 부분으로 이해된다. 예수는 십자가형을 당하게 되지만, 그 후 부활하게 되고 부활한 예수를 만난 여자들이 이 소식을 전하게 된다. 그러나 제자들은 그 소문을 믿지 않았는데, 부활한 예수를 직접만나고 나서야 확신을 가지고 스스로 복음을 전하게 된다.

---

20) 앞의 CD, 31면.

(중중모리) 얼씨구나 절씨구! 얼씨구나 절씨구! 얼씨구 절씨구 지화자
좋네! 이런 경사가 또 있는가? 할렐루야! 할렐루야! 할렐루야! 할렐루야!
세상 사람들, 이 말 듣소. 이런 경사가 또 있는가? 우리 주님 부활하시었
네. … 세상 사람들 설워마오. 눈물이 있고서 기쁨이 오고 어려움 뒤에야
영광이라. 어려움 뒤에야 영광이라. 잠깐 세상 꿈같지마는 저 너머 영원
한 시간이 있네 그려. 저 너머 영원한 시간이 있네 그려. 죽음 뒤에 오는
부활 천하만민의 경사로다. 얼씨구 좋구나! 지화자 좋다![21]

이처럼 이 작품은 1부에서는 예수의 탄생을 중점적으로 다루고, 2
부에서는 그가 이 땅에 온 이유와 바로 그로 인해 죽을 수밖에 없었
던 필연적인 사건을 성경 여러 곳에서 발췌하여 재배열함과 동시에
인물과 사건에 숨겨진 정서까지도 풍부하게 전달하고 있다. 뿐만 아
니라 사건의 단선적인 나열에만 그치지 않고 그 가운데 상반된 입장
의 인물을 삽입시켜 웃음을 유발시키도록 장치하였다는 점, 밑줄 친
부분에서의 표현 방법 등에서 단순히 성경의 내용을 판소리 곡조에
얹어 부른 것에서 나아가 판소리적 특성을 십분 살리기 위해 노력한
작품임을 알 수 있다.

성경을 판소리의 소재로 활용한 것은 이 작품에서 처음 시도된 것
은 아니다. 이 전에 〈탕자가〉[22]와 〈탄일가〉[23]가 존재했으나 인기를
얻는 데는 실패하였다. 그에 비해 〈예수전〉은 처음 발표되자마자 전

---

21) 위의 CD, 35면.
22) 1955년 주태익 작가가 사설을 쓰고 김소희 명창이 곡을 붙여 가창한 작품으로
최초의 성경 판소리 작품이다.
23) 1956년, 예수의 탄생을 다룬 작품으로 〈탕자가〉의 제작을 담당했던 이보라 연출
가가 사설을 쓰고 박초월명창이 곡을 붙여 가창한 작품이다.

국의 청취자들로부터 뜨거운 호응을 얻었고, 곧이어 여러 교회의 초
청을 받아 무대에서 공연할 수 있었다.[24] 이 작품은 박동진 명창이
활동할 수 있었던 마지막 시기까지 공연이 이어졌다.[25]

　이 작품은 〈열사가〉 다음을 잇는 창작판소리 작품으로 많은 주목
을 받아 왔으나 '유대민족의 전승민담으로서의 성서 내용 및 분위기
가 한국의 토착적 정서와는 아무래도 거리가 있다.'[26]는 부정적인
평가를 받아왔다. 이러한 평가로 인해 '판소리의 소재를 넓혔다는 점
에서는 의의가 있으나 종교적 색채가 짙은 내용으로 되어 있기 때문
에 보편적인 공감을 얻기에는 기본적으로 한계가 있는 것'[27]으로 인
식되어 온 것도 사실이다. 뿐만 아니라 '판소리의 인기를 이용해 비
범한 인물의 훌륭한 행적을 재확인하려는 데 그치고 판소리를 판소
리답게 만든 재창조가 아니다.'[28]는 평을 〈열사가〉와 함께 받기도 하
였다. 그러나 이상에서 살펴본 바 창작판소리〈예수전〉은 판소리 소
재의 범위를 넓혔다는 일차적인 의의 외에도 작가가 성경에만 의존
하지 않고 문학적 상상력을 발휘하여 장면을 구체화하는 데 많은 공
을 들였다는 점에서 성경을 소재로 하고 있는 다른 작품들과 변별된
다고 할 수 있다.[29]

---

24)「국악인 박동진씨 간증(8)」,『기독신문』, 1999.3.17.
　　http://www.kidok.com/news/articleList.html
25) 2001년까지 약 10~20여 차례 정도 공연을 했다고 하니 최소한 300회 정도 공
　　연을 했다고 추산해 볼 수 있다. (이유진, 앞의 논문, 347면.)
26) 임진택,「살아있는 판소리」, 앞의 책, 218면.
27) 김기형,「판소리 명창 박동진의 예술세계와 현대 판소리사적 위치」,『어문논집』
　　37, 민족어문학회, 1998, 15면.
28) 조동일,「판소리 사설 재창조 점검」,『판소리연구』1, 판소리학회, 1989, 207면.
29) 오늘날 불리는 몇몇 '성서판소리' 조차도 성경의 구절을 그대로 사설로 부르는

이러한 양상은 무엇보다도 박동진명창의 실험정신에서 비롯된 것이다. 잘 알려진 바와 같이 그는 19세기에 실창된 작품들에 다시 곡조를 붙여 부르는가 하면, 전승판소리 다섯 마당의 완창을 최초로 시도한 인물이기도 하다. 이러한 박동진의 시도는 판소리의 현대적 의미를 부각시키고자 했다는 점에서 의의가 있다. 현대 대중과 멀어진 전통 판소리의 보존에만 머물지 않고 현대인들의 판소리에 대한 인식을 넓히고자 했던 노력에 다름 아닌 것이다.[30]

3. 〈똥바다〉〈소리내력〉〈오적〉〈오월광주〉의 민중의식

(1) 〈똥바다〉에 표출된 사회비판의식

〈똥바다〉(1985년)는 김지하의 〈분씨물어〉를 토대로 삼아 임진택이 창을 붙인 작품으로 일본에 대한 반감과 일본을 대하는 우리의

데서 나아가지 못하고 있는데 박동진의 〈예수전〉은 성경을 소재로 취하여 판소리 사설로의 각색을 시도했다는 점에서 일정한 의의를 지닐 수 있다고 본다. 이 작품에 대한 기존의 평가를 부정하고 작품의 세밀한 분석을 통한 긍정적인 재평가는 이유진의 앞의 논문에서 자세하게 이루어졌다.

30) 박동진의 이러한 의식지향은 다음은 논문에서 자세히 다루었다.
강윤정, 「박동진 본 〈흥부가〉 사설의 특징」, 『판소리연구』15, 판소리학회, 2003, 5면~29면.
_____, 「박동진 본 〈수궁가〉 아니리의 구연 방식」, 『판소리연구』16, 판소리학회, 2003, 5면~28면.
_____, 「박동진 창본 〈변강쇠가〉 연구」, 『판소리연구』25, 판소리학회, 2008, 89면~109면.

굴욕적인 자세를 풍자적으로 다루고 있다. 1985년 4월 '우리마당'에서 처음 공연되었으며 국내 대학의 축제를 비롯해 독일, 일본, 미국 등지에 초대되어 120회 이상 공연된 작품이다.[31] 이 작품의 주인공은 '일본국에 사는 왜놈'으로 '성씨는 똥 糞 자요, 이름은 三寸待 그쪽 발음으로 하면 좆도맞대'이다. 그의 '집구석이 대대로 똥과 조선은 不俱戴天의 원수'로 알고 조선에 가서 똥을 쌀 모양으로 '放糞을 인내한다.' 이렇게 국가차원에서 '금분령'이 내려졌을 뿐만 아니라 어머니로부터 '너의 변소는 여기가 아니라 저기 저 조선반도다.'라는 엄명을 받고, 방분을 하지 못하던 삼촌대는 '친선방한단'의 이름으로 한국에 입국하여 '남김없이 싸질러 똥바다를 만들' 기회를 얻게 된다. 그런데 그가 한국에 도착한 후 기생집으로 향하는 대목에서 그려지고 있는 서울 거리의 묘사와 기생집 묘사는 이 작품이 단순히 일본에 대한 반감만을 나타내는 데서 그치지 않고 있음을 보여준다.

남대문 밖 썩 내달아 요나기 우동 얼른 먹고 삿뽀로 횟집 살짝 들러 헤이하찌로 야끼도리 히데요시 노바다야끼 남만정 조선분점 휘―휘 둘러보고 … 주란화각(朱欄畫閣)이 반공에 번뜻 솟았는디 안에서 똑 일본년 같이 생긴 조선년, 조선년 같이 생긴 일본년들이 기모노 차림에 오리 걸음으로 종종종종 나와 갖고는 무슨 말을 끄는지 이랴 이랴 이랴사이 이랴 사이 하면서 안내를 하는데 … 한쪽 벽엔 일본도가 비스듬히 세워 있고 열두 굽이 병풍에는 을사년 조약도 펼쳐 있고 화류문갑에는 한일경제 협력사 한일 정치 협력사 한일 남녀 협력사 조선년 일본놈 합작한 포르노

테이프 꽂혀 있고 천장에는 휘황찬란 연등이 걸렸난디 글자가 씌었으되 일한친선 내선일체라[32])

위의 자료에서 보는 바와 같이 삼촌대가 당도한 기생집의 풍경에서 우리는 일본을 대하는 한국의 태도가 풍자되고 있음을 알 수 있다. 이러한 태도는 삼촌대를 모시고 간 '금오야'와 '권오야' '무오야'의 행동묘사에서도 드러나고 있다.

　　금오야란 놈 노래한다. 투자 투자 투자 투자, 일본은 어머니, 한국은 아들 어머니가 젖 주듯이 투자 좀 해 주쇼. … 권오야란 놈 춤을 춘다. 협력 협력 협력 협력, 일본은 오야붕, 한국은 꼬붕 오야붕이 뒷배 선듯 협력 좀 해 주쇼. … 무오야란 놈이 장단친다. 안보 안보 안보 안보, 일본은 상전, 한국은 부하 상전이 지휘하듯 안보 좀 해 주쇼. 내 위치만 변함없이 지켜만 주신다면 동맹도 좋고, 합병도 좋소.

위의 인용문에서 알 수 있는 바, 삼촌대를 접대한 사람들은 다름아닌 국가의 고위관직들인데 자신의 안녕을 위해 나라를 일본에 전적으로 맡기는 이들의 행태를 신랄하게 고발하고 있는 것이다. 기생들과 온갖 추잡한 짓을 한 후에 삼촌대가 향한 곳은 '이순신동상 꼭대기'이다. 가문의 원수로 여겼던 이순신의 동상에서 똥을 싸는 행위는 임진왜란의 설욕(雪辱)에 다름 아니기 때문이다. 삼촌대의 이러

─────────────

32) 〈똥바다〉이하의 창작판소리 작품들은 창자의 사설을 직접 녹음·녹화한 음악파일과 동영상, 이를 바탕으로 기록한 사설 등을 이용했기 때문에 따로 인용 문헌을 밝히지 않는다. 〈오적〉〈소리내력〉〈오월광주〉〈스타대전 저그 초반 러쉬 대목〉〈슈퍼댁 씨름대회 출전기〉 등도 이와 같다.

한 행위로 '온 세상 천지가 똥바다'가 되지만 그런 중에도 '일본놈과 쑤근쑤근 흉계 꾸미는 놈 일본놈과 돈 몇푼에 몸 거래하는 년 일본 놈 붙어먹을라고 일본말 배우는 놈 일제 때가 좋았다고 흰소리 하는 놈 일본놈한테 땅 팔고 이민 갈 차비 하는 놈'이 있어 이 작품이 단순히 삼촌대의 행위만 풍자하는 데서 그치지 않고 있음을 분명히 알게 해 준다. 일본으로 상징되는 민주화와 평화, 선진화, 산업화 등은 사실은 '민주주의 같이 생긴 파시즘'이자 '자유주의 같이 생긴 전체주의'이고 '평화주의 같이 생긴 군국주의'이며 '사해동포주의 같이 생긴 식민주의'일 뿐이다. 이러한 현상들은 전쟁, 자연의 피폐함, 이로 인한 인간의 질병 등을 야기하는 '똥'일 뿐이다.[33] 이러한 산업화, 과학 발전, 혹은 선진화라는 이름으로 우리에게 들어온 가치들은 '똥바다'를 이루어 고향상실과 인간성 상실, 자연재해 등의 문제를 발생시키게 되는 것이다.

(창조) 짤린 손목들이 굼틀대고 부러진 발목들이 기어다니고/ 빠진 눈알들이 번쩍이고 뽑혀진 내장이 질질 감기고/ 귀와 코들이 제멋대로 뛰어다니고/ (진양조) 피 묻은 입술들이/ 뭐라고 소리 치네/ 고름이 유령들

---

33) 똥이야-똥이야-똥이야 똥이야- 똥 봐라 저 똥 봐라-/대포 주둥이가 똥에서 기어나오고 탱크 바퀴가 똥에서 굴러나오고 총알이 확성기가 기관총 비행기가 전투함 순양함 항공모함이 나오고/유도탄 원자 수소 네이팜탄들이 모조리 똥에서 불쑥불쑥 기어나오고/하늘엔 무시- 무시 거-대한 버섯구름이 뭉글- 뭉글-/섬광이 번뜻 도시가 한꺼번에 쾅!/산이 무너지고 강이 무너지고 거리가 찢어지고 건물이 갈라지고 모든 벽들이 와그르르르 무너져 내리고/똥으로부터 저 동더미 똥바다로부터 괴물이 시커먼 털과 시뻘건 살덩이와 성병과 정신착란과 수은병과 미나마따와 원자병과 아편중독이 더덕더덕 달라붙은 거대한 괴물 똥으로부터 태어나고

이/ 손톱 발톱 머리칼들이/ 하늘 가득/ 너울너울 춤추고 노래 불러/ 이히 이히이/ 이히이 이히/ 사라졌다 다시 나타나고/ 어디에 있나 우리 고향/ 어디 어디/ 우리들의 그 육신은/ 하늘은 회색 비뿐이네/ 울며 천년을/ 헤매어도/ 갈 곳이 없네그려/ 아 아 반도여/ 사랑하는 조국이여/ 사랑하는 조국이여

위의 자료에서 보는 바와 같이 '삼촌대'로 상징되는 일본으로 인해 '똥바다'가 된 한반도는 '갈 곳 잃고 고향도 없이 헤매는 원혼들의 처절한 울음소리'가 그치지 않는 비극적인 현장으로 전락하고 만다. 그런데 이런 때에도 똥을 치우겠다고 나서는 사람들이 있어 희망을 준다. '웬 학생놈들이 공돌이 공순이 농사꾼 날품팔이 등과 함께 어울려 잔뜩 떼를 지어가지고' 나와서는 똥을 치우기 시작한 것이다. 똥을 치우기 시작한 이들은 학생과 노동자, 농사꾼 등으로 노동계층이며 사회적 약자에 속한다. 권력층이 삼촌대에게 아부하며 똥 바다에서 허우적대고 있는 반면 이들은 '삽 작대기 책가래 판자 할 것 없이 닥치는 대로 들고 나와' 열심히 똥을 치우기 시작한 것이다. 사회의 정화가 아래에서부터 시작된다는 인식을 드러내는 부분이 아닐 수 없다. 보잘것없는 것으로나마 주체성과 자주성을 회복하기 위한 '청소'가 힘없고 돈 없는 계층을 선두로 해서 시작되고 있는 것이다. 이런 청소로 인해 놀란 삼촌대는 새똥을 밟고 떨어진다.

아이고 이제 삼촌대도 끝장이다. 아이고 내 새끼도 나처럼 똥을 참다 뒈지것꾸나.

위의 인용문은 삼촌대가 이순신 동상에서 떨어지면서 남긴 푸념의 말이다. 이는 한반도와 아시아에 대한 일본의 야욕이 성공하지 못했음을 진술하는 동시에 이후의 자손들 역시 그러한 내재적 욕심을 이루지 못하고 말 것이라는 강한 의지가 표현된 것으로 볼 수 있다.

이처럼 〈똥바다〉는 전체적으로 일본에 대한 반감을 풍자적으로 그려내고 있는 작품이라 할 수 있다. 나아가 이러한 풍자적인 시선은 상당히 확장되어 나타나고 있음을 알 수 있었는데, 그것은 일본을 선진화의 표상으로 알고 비판 없이 수용한 무리들, 일본에 아부하며 나라의 정체성을 위협했던 무리들에게로까지 확장되어 있는 것이다. 이러한 시선은 극단적인 비유와 비속한 표현으로 나타나며 작품의 시작부터 끝까지 지속적으로 나타나는 동시에 심화되면서 드러나고 있다. 또한 이 작품은 이규호에 의해 〈똥바다부시버전〉으로 재창작되기도 하였는데, 이를 통해 이 시기 판소리가 민족적 혹은 민중적 항거의 한 수단으로 활용되고 있었음을 짐작할 수 있다. 미국과 일본은 군부정권을 지지해 주었다는 점에서 우리 국민들의 비판적 시각을 받고 있었기 때문이다. 이것은 80년대 '민주화운동'과는 다른 반미운동의 양상으로 나타나기도 하였다.

1970~80년대 사회에 대한 문제인식은 주로 대학생을 비롯한 지식층을 위주로 나타나고 있었던 바, 이 작품이 주로 대학가 등에서 대단한 인기를 누렸다는 사실은 그러한 성향과 관련을 지닌다. 이 작품을 판소리로 부른 임진택 역시 판소리가 민중정신을 구현하는 한 방편으로 기능해야 한다는 점을 깊이 인식하고 있었다. 이에 따라 우리사회의 민주주의가 과도기를 겪고 있었던 이 시기, 시대의 문제를 예리하게 파악하고 있었던 생산자의 창조의식이 당시 지식인

수용층과 결합하면서 많은 인기를 얻을 수 있었던 것으로 보인다. 이는 19세기부터 판소리사적 전개에서 보였던 바, 판소리의 사회비판적 기능이 역시 이 시대에도 나타나고 있음을 보여주는 예라 할 수 있다.

(2) 〈소리내력〉과 〈오적〉에서 표현된 민중항거의식

'쿵!'하고 들려오는 이상야릇한 소리에 돈푼깨나 있고 똥깨나 뀌는 사람들이 식은땀을 흘리는 내력을 일러준다는 서두로 시작하는 작품이 〈소리내력〉(1974년)이다. 이 작품은 사회적 지위가 낮고 경제적으로 가난한, 그래서 성공할 뒷배가 없는 '안도'라는 인물의 비참함을 보여주어 그렇게 만든 사회의 만행을 꼬집으며 비판하고 있다. 이러한 의식은 그로테스크한 기법으로 제시되는데, 이는 우리 사회가 비정상적인 곳임을 역설(力說)한 것에 다름 아니다.[34] 안도는 '소 같이 일 잘 허고/ 쥐 같이 겁이 많고/ 양 같이 온순하여/ 가위 법이 없어도 능히 살 놈이어든' 하는 일마다 뜻대로 되지 않아 문제가 되는데 그로 인한 좌절조차도 사회가 허락하지 않아 문제가 심각하다.

백 없다고 안 돼/ 학벌 없다고 안 돼/ 보증금 없다고 안 돼/ 국물 없다고 안 돼/ 밑천 없어서 혼자는 봐주는 놈 없어서 장사도 안 돼/ … 목매

---

34) 이러한 그로테스크 기법은 〈변강쇠가〉에서도 사용되었다. 곧 〈변강쇠가〉와 〈소리내력〉은 사회의 불합리함과 개인의 절대적인 패배, 그 해결할 수 없는 구조적 문제를 그로테스크하게 제시함으로써 당대 사회문제의 심각성을 고발하고 있는 것이다. (김영주,「판소리 〈변강쇠가〉와 〈소리내력〉에 나타난 그로테스크와 그 지향성」,「선주논총」15, 선주문화연구소, 2012.)

달아 죽자 허니 서까래 없어 허는 수 없이/ 연탄 가스로 뻗자하니 창구
멍이 많아 어쩔 수 없이/ 청산가리 술 타 마시고 깨끗이 가자 하니 술값
없어 별 도리 없어/ 안 돼 안 돼 안 돼/ 반항도 안 돼/ 아우성은 더욱 안
돼/ 잠시라도 쉬는 것은 더군다나 절대 안 돼/ 두 발로 땅을 딛고 버터서
는 건 무조건 안 돼

이렇게 쉬는 것, 잠시 서 있는 것도 허락되지 않은 사회에서 '안
도'가 할 수 있는 일이라곤 밤낮없이 뛰는 일 뿐이다. '이리 뛰고 저
리 뛰고/ 가로 뛰고 세로 뛰고 치닫고 내닫고 물구나무까지 서고 용
때마저 쓰고 생똥을 뿌락뿌락 내싸지르면서 기신기신 기어 올라가'
보지만, '십 원 벌면 백 원 뺏기고 백 원 벌면 천원 뜯기'는 이 사회에
서 그가 살아갈 방법은 어디에도 없다. 이렇게 그의 고혈(膏血)을 남
김없이 빼앗아 가는 존재는 그와 사회적 대척점에 놓인 지도층으로,
온갖 사기행각으로 이러한 비리를 자행한다.

이놈 저놈 권세 좋은 놈 입심 좋은 놈 뱃심 좋은 놈 깡 좋은 놈 빽 좋
은 놈/ 마빡에 관(官)자 쓴 놈 콧대 위에다 리(吏)자 쓴 놈/ 삼삼구라, 빙
빙접시 웃는 눈 날랜 입에 사짜 기짜 꾼짜 쓴 놈/ 싯누런 금이빨에 협
(挾)짜 잡(雜)짜 배(輩)짜 쓴 놈/ 천하에 날강도 같은 형형색색 잡놈들에
게 그저 들들들들 들들들들/ 들볶이고 씹히고 얻어터지고 물리고 걷어
채이고 피 보고 지지 밟히고 땅 맞고 싸그리 마지막 속옷 안에 꽁꽁 꼬불
쳐 둔 고향 갈 차비까지 죄 털리고

위의 자료에서 알 수 있듯이 청운의 뜻을 품고 시골서 올라온 '안
도'는 스스로의 능력부재가 아닌 사회지도층의 불합리한 뒷배 채우

기로 엉뚱한 희생자가 된 것이다.

　그런데 사회는 여기서 그치지 않고 '간첩' '단속' '철거' 등의 사회적 문제로 그의 고충을 한 층 더 심화시킨다. 이렇게 사회 공공의 질서를 위한 비용과 심지어는 기본적인 의식주 해결까지도 돈으로 지불해야 하는 안도[35]는 '눈발에 미친개같이, 꽁지에 불 단 범새끼 같이/ 그저 줄창 싸돌아' 다니면서 한 푼이라도 벌기위해 노력하지 않을 수가 없는 상황으로까지 내몰린다. 다음은 이러한 '안도'의 처절한 노력을 표현한 구절이다.

　(엇모리)한 발 들고 한 발 딛고/ 한 발 딛고 한 발 들고/ 이 발 들면 저 발 딛고/ 저 발 들면 이 발 딛고/ 이리 떼뚱 저리 띠뚱/ 팔딱팔딱 강중강중/ 총총거리며 나간다./ 종로 명동 무교동 다동/ 부동산 보험 무진 무역/ 사환 급사 소사 수위/ 모조리 한 번씩 다 지내고/ 영등포 시흥 만리동 을지로/ 방직 주물 제당 피복/ 직공 화부 발송 시다/ 싸그리 조금씩 다 들르고/ 구파발 창동으로 장안평 과천으로/ 이태원 꿀꿀이 장사 답십리 시레기 장사/ 광화문 굴러대 장사 무교동 뻔! 뻔! 뻔데기 장사/ 공사판 흙짐지기 모래내 배추거간 영화판 엑스트라 용달사 짐 심부름/ 천방지축 좌충우돌 허겁지겁 헐레벌떡 동서남북 싸돌아 댕기다가

　이처럼 백 없고 돈 없는 '안도'가 자기가 할 수 있는 모든 노동을 찾아다니는 부분은 우리 사회 노동자들의 생활고를 여실히 드러내주

---

35) 쌀값 똥값 물값 불값 줄레 줄레 줄레/ 방값 옷값 신값 약값 반찬값 장값 연탄값 줄레 줄레 줄레/ 술값 찻값 신문값 책값 이발 목욕 담배값 줄레 줄레 줄레 줄레 줄레/ 그 위에 축하금 그 위에 기부금 그 위에 부조금 그 위에 동회비 그 위에 교통비 그 위에 빚쟁이

는 표현으로 이 작품이 만들어진 의도가 충실히 드러나는 부분으로
이해할 수 있다. '안도'로 대변되는 사회적 약자들은 가만히 앉아 자
기 배만 불리는 지도층으로 인해 끊임없이 생활고에 시달려야 하며
이러한 악순환은 해결될 기미가 보이지 않을뿐더러 더욱 심화되어서
문제가 된다. 이런 저런 노동을 다 경험하지만 생활은 전혀 나아지
지 않아 '지치고 처지고 주리고 병들고 미쳐서/ 어느 날 노을 진 저
녁 때/ 두 발을 땅에다 털퍼덕 딛고서 눈깔이 뒤집혀 한다는 소리가/
예이! 개 같은 세상!'이다. 그런데 그가 내뱉은 이 말이 다시 문제가
되어 결국 그를 사회적 문제아로 부각시키게 되고 이로 인해 생명까
지 위협받게 된다. 유언비어 유포죄로 시작된 그의 죄목은 30여 가
지가 넘게 추가되는데 그 죄목 가운데는 가난한 자로서 기본적인 인
권을 누린 것 마저 포함되고 있어[36] 빈곤자를 열등한 존재로 여기는
사회적 인식을 적나라하게 드러내고 있음을 알 수 있다. 이런 '안도'
에게 사회는 '다시는 유언비어를 생각도 발음도 못하도록 한 개의 머
리와, 다시는 두 발로 땅을 딛고 불손하게 버텨 서지 못하도록 두 개
의 다리와, 그리고 다시는 피고와 같은 불온한 종자가 번식하지 못
하도록 한 개의 생식기와 두 쪽의 고환을 이 재판이 끝나는 즉시 절
단'하라는 형벌을 내렸다. 이런 형벌을 받고도 '두 손에는 뒷수정, 몸
통에는 물 축인 가죽조끼, 목구녕에는 견고한 防聲具를 단단하게' 씌
워 500년 금고형에 처해진다.

이상에서 보는 바와 같이 〈소리내력〉은 시골에서 올라온 청년을

---

36) 이것은 '지가 뭔디 육신휴식죄/ 싸가지 없이 심기안정죄/ 가난뱅이 주제에 직립
적인간본질찬탈획책죄/ 못난 놈이 사유시간소비죄/ 가당찮게 나태죄/ 지가 무슨
뜬구름이라고 현실방관죄'라는 대목을 통해서 짐작 할 수 있다.

주인공으로 내세워 도시의 삶에 적응하려는 그의 비장한 노력과, 그럼에도 불구하고 이를 수용하지 않는 사회의 비정함과 부조리함을 직접적으로 드러내며 강하게 풍자하고 있는 작품이다. 작품의 서두에서부터 시작되는 주인공의 좌절은 마치 강쇠의 그것과 같이 어떤 동기부여도 되지 않으며 그에 따라 극복될 여지조차 보이지 않는다. 그러나 강쇠의 좌절은 인물 속에 내재된 문제로 인한 것인 반면, '안도'의 지속적인 좌절은 사회적 불합리함에서 기인한 것이다. 이것은 1900년대 후반기 우리 사회의 급속한 경제 발전 속에 숨겨진 비리와 부패를 소리판의 장으로 끌어들임으로써 판소리로 강한 사회비판을 시도한 것으로 볼 수 있다. 이러한 문제의식은 작품 전반부에서 '안도'의 지속적인 좌절로 그려지는 반면, 후반부에 이르면 이런 안도의 원혼(冤魂)이 다시 사회를 공격하는 것으로 나타나고 있어, 이 작품이 사회지배층의 부정부패를 풍자적으로 그려내고 있는 데서 그치지 않음을 보여준다.

    (진양)어머니!/ 고향에 돌아가요/ 죽어도 나는 돌아가요/ 천 갈래 만 갈래로 육신 찢겨도 나는 가요/ 죽은 후에라도 기어이 돌아가요!/ 저 벽을 뚫어/ 저 담을 넘어/ 원혼 되어 저 붉은 벽돌담을 끝끝내 뚫고 넘어/ 가요! 어머니!/ 죽음 후에라도 기어이 돌아가요!/ (창조) 이리 울며 안도란 놈이 노래를 불러보나,/ 머리가 없고 보니 눈물이 나겟느냐,/ 소리가 나겟느냐?/ 눈물도 소리도 없이 그저 속으로만 새빨간 피울음을 밤마다 울어대며/ 안 돼! 안 돼! 안 돼!/(진양) 굴려/ 몸통을 굴려/ 부닥뜨린다!/ 안도 놈이 떼그르르르르르 벽에다가/ 쿵!

몸통만 남은 '안도'가 몸을 굴려 벽에 부닥뜨려내는 이 소리는 '돈 깨나 있고 똥깨나 뀌는 사람들'이 잠을 못 이루도록 공포감을 조성함 으로써 그 원한을 표현하는 한편 이를 통해 소극적으로나마 사회를 응징하는 것으로 나타나고 있다. 이 소리로 인해 사회는 안도를 사 형에 처하지만, 소리는 여전히 '쿵!'하고 들려온다. 이를 두고 '귀신 의 장난'이라고도 하고 '안도가 살아서 끊임없이 벽에 부딪히고 있노 라'고 하기도 한다. 이 소문은 '목소리를 낮추어 슬그머니 귀뜸 해주 면서 이상스레 눈빛을 빛내기도'하면서 퍼져가고 있어 '아기장수 우 투리'의 결말과도 닮아있다. 이 점은 '안도'의 처지에 동질감을 느끼 는 사회계층의 인식을 일정부분 반영하는 것으로 '안도'의 원한이 그 이야기를 향유하는 자들의 것과도 다르지 않음을 엿볼 수 있게 해준 다.

이상에서 살펴본 바와 같이 〈소리내력〉은 가난해서 사회의 문제 적 존재로 인식된 인물이 자신의 생존을 위해 하는 행동조차 집단의 이단아로 낙인찍히는 기능을 하고 만다는 점을 보여주어 당대에 시 사하는 바가 적지 않다. 없는 사람은 아무리 발버둥 쳐도 그 한계를 벗어 날 수 없는 사회구조적 병폐와 그로 인한 부당한 희생 등을 사 설로 짜 소리로 폭로함으로써 이 사회에 항거하는 목소리를 높였던 것이다.

〈오적〉(1993) 역시 부패한 사회 권력에 힘없는 개인이 희생되는 과정을 그리고 있는데 〈소리내력〉에서 보여준 문제인식을 더 구체 적으로 그려내고 있다는 점이 특징적이다. 재벌, 국회의원, 고급공 무원, 장성, 장차관이 직접적으로 거론되고 있는 점에서 더 구체적 이라 할 수 있고 이들이 자신의 이익을 위해서 공공의 이익을 축내

며 사회적 약자들에게 피해를 주고 있다는 점에서 〈소리내력〉에서
표출된 문제인식과 같다고 할 수 있다.

이 작품은 '포식한 농민은 배 터져 죽는 게 일쑤요/ 비단옷 신물나
서 사시장철 벗고 사니' 태평성대라고 하면서 그러나 그 가운데도 도
적이 있어서 '별별 이상한 도둑 이야기를 하나 까 발기것다'며 소리
판이 시작된다. 그러나 시작과 동시에 태평성대라는 평가는 반어였
음이 드러나는데, '똥덩어리 둥둥' '오종종종 판자집 다닥다닥'붙어
사는 서울에 '저 솟고 싶은 대로 솟구쳐서 삐까번쩍/ 으리으리 꽃궁
궐에 밤낮으로 풍악이 질펀'하게 노는 '간떵이 부어 남산만하고 목질
기기 동탁 배꼽 같은' 도적들이 살고 있다는 표현에서 그 실상을 알
수 있다.

작품의 서사는 도둑들이 그 간에 쌓은 재주로 '도둑시합'을 벌이면
서 본격적으로 전개된다. '재벌이란 놈'은 돈으로 사치생활을 하는
것은 기본이고 장관과 차관을 구워삶아 '왼갖 특혜 좋은 이권은 모조
리 꿀꺽'하는 재주를 가진 놈이다. '국회의원'은 '쪽 째진 배암 샛바닥
에 구호가 와그르르르르' 혁명공약을 내세우며 실상은 '축재부정'
과 '선거부정'을 저지르는 재주를 지녔다. '治者卽盜者요 公約卽空約
이니 愚妹 국민 저리 알고 저리 멀찍 비켜서라!'며 '냄새난다, 퉤!'하
고 골프나 치러 다니는 도둑놈이다. 淸白吏 분명한 고급공무원(跕磔
功無猿)이 사실은 '낮짝 하나 더' 붙어 있으며 '단것을 갖다 주니 절
레절레 고개 저어 우린 단것 좋아않소.'하면서도 '단것 너무 처먹어
서 새까맣게' 이가 썩은 인물이라며 그 호칭에서 조차 동음이의 한자
를 사용해 '산에 걸터앉은 공 없는 원숭이'로 격하시켜 표현하고 있
다. '되는 것도 절대 안 돼, 안될 것도 문제없어./ 책상 위에는 서류

뭉치, 책상 밑엔 지폐뭉치/ 높은 놈껜 삽살개요, 아랫놈껜 사냥개라/ 공금은 잘라 먹고, 뇌물은 청해 먹고/ 내가 언제 그랬더냐?'며 오리발 내미는 재주를 지닌 도둑놈이다.

(엇머리) 키 크기 팔대장성, 제 밑에 졸개행렬 길기가 만리장성/ 온몸에 털이 숭숭, 고리눈, 범 아가리, 벌렁코, 탑삭 수염, 짐승이 분명쿠나./ 금은 백동 청동 황동, 비단공단 울긋불긋, 천근만근 훈장으로 온몸을 덮고 감아/ 시커먼 개다리를 여기 차고 저기 차고/ 엉금엉금 기어 나온다.

장성(將星)을 長猩으로 표기하여 짐승으로 전락시킨 표현이다. 장성은 '졸병들 줄 쌀가마니 모래 가득 채워놓고 쌀은 빼다 팔아먹고/ 졸병 먹일 소돼지는 털 한 개씩 나눠주고 살은 혼자 몽창 먹고/ 엄동설한 막사 없어 얼어 죽는 졸병들을/ 일만하면 땀이 난다 온종일 사역시켜/ 막사 지을 재목 갖다 제 집 크게 지어놓고/ 부속 차량 피복 연탄 부식에 봉급까지, 위문품까지 떼어'먹는 재주를 지녔다. 마지막 도둑놈인 장차관은 '굶더라도 수출이다. 안 팔려도 증산이다./ 째진 북소리에 깨진 나발소리 삐삐빼빼 불어대며/ 속셈은 먹을 궁리, 예산에서 몽땅 먹고, 입찰에서 왕창먹고'는 눈속임을 잘 써 발각되지 않는 재주를 지닌 도둑놈이다. 이런 오적의 뛰어난 솜씨를 구경하던 귀신들은 '울뚝불뚝 돼지코에 메기 주둥이에 사람 여럿 잡아먹어 피가 벌건 왕방울 눈깔'을 한 포도대장을 시켜 '나라 망신시키는 오적'을 잡아들이라 한다. 그러나 포도대장에게 잡힌 사람은 오적과는 거리가 먼 '전라도 개땅쇠 꾀수놈'이어서 문제가 된다. 원인도 모르고 잡힌 '꾀수'는 자신을 날치기, 펨프, 껌팔이, 거지라고 둘러대며 오적이 아니라고 부인한다. 그러나 포도대장은 그럴수록 더욱 도적놈일 가능성이 많다며 '큰집'으로 가자고 몰아세운다. 나라 망신시키는 도적을 잡으라는 명을 받은 포도대장은 이처럼 좀도둑이나 혹은 육체노동으로 근근이 살아가는 사회적 약자에게서 그 가능성을 탐색하고 있어 시대의 전반적인 문제적 인식을 드러내고 있다. 문제적 인식이란 곧 권력자들이 저지른 부정부패는 감추고 사회적 약자들의 그것만을 들추어내는 인식을 말한다.

'꾀수'는 '안도'와 마찬가지로 서울에 돈을 벌기 위해 온 노동자로 가난하여 비참한 생활을 한 것 외에는 죄라고 할 만한 것이 없다.[37] 그러나 포도대장은 그에게 '찜질 매질 물질 불질 무두질에 당근질에 비행기 태워 공중잡이/ 고춧가루 비눗물에 식초까지' 퍼부어대며 고문한다. 여기에 지친 '꾀수'는 '오적이라 하는 것은 재벌국, 회의, 원고급공, 무원장, 성장차관이라 이름하는 다섯짐생'으로 오적의 정체를 짐작할 만한 단서를 던진다. 이에 포도대장은 '꾀수'를 앞세워 오적을 잡으러 간다.

포도대장은 가난한 '꾀수'를 잡아 그 정체가 오적이라고 몰아세우고, 진짜 오적을 잡기위해 꾀수를 앞장세워 달려가면서도 '안 비키면 오적이다'는 소리를 연방질러, 오적의 행실을 징벌하는 데 목적이 있지 않고 누가 되었든지 '당장에 잡아다가 능지처참한 연후에 나도 출세해야것다.'는 마음만 지닌 인물이라는 것을 알 수 있다. 이러한 면모는 오적이 있는 동빙고동을 찾아가서 그 치장의 화려함을 보고 반

---

37) 이 점은 안도에게서는 '지치고 처지고 주리고 병들고 미쳐서' '예이! 개 같은 세상!'이라고 소리 지른 행위로 나타나고, '꾀수'에게서는 '어제 밤에 배가 고파 국화빵 한 개 훔쳐먹은 그 죄밖엔 없습네다.'는 호소에서 나타나고 있다.

하는 부분에 이르면 확실히 드러나게 된다.

(진양) … 여대생 식모두고, 경제학박사 회계 두고, 임학박사 원정(園丁)두고, 경영학박사 집사 두고, 가정교사는 철학박사, 비서는 정치학박사, 미용사 미학박사, 박사박사 박사박사 (중머리) 잔디 행여 죽을세라 잔디에다 스팀넣고, 붕어 행여 더울세라 연못 속에 에어컨 넣고, 새들 행여 추울세라 새장 속에 히터 넣고, 개밥 행여 상할세라 개장 속에 냉장고 넣고 … (중중머리) 열어 재킨 문틈으로 집안을 얼핏 보니, 용 그린 봉장, 삼천삼백삼십삼층장, 카네숀 그린 화초장, 운동장만한 옥쟁반 … (자진머리) 왼갖 음식 살펴보니 침 꼴깍 넘어가는 소리 천지가 진동한다. 소털구이, 돼지코쌀볶음, 염소수염튀김, 노루뿔삶음 (하략)

위에 인용한 부분은 오적에게 호령하고 사면을 살펴 본 포도대장의 눈에 들어 온 것들이다. 오적이 부리는 사람들의 면모, 오적의 집을 채우고 있는 물건들, 그들이 먹고 마시는 음식 등을 모두 보고나니 '아가리가 딱 벌어져 갖고 포도대장이 침을 질질질질질 흘려싸면서' 말하기를 '저게 모도 도적질로 모아들인 재산인가?/ 저럴 줄을 알았더면 나도 진작 도둑이나 되었을 걸./ 원수로다 원수로다. 양심이란 두 글자가 철천지 원수로다'하며 자탄한다. 여기서 우리는 포도대장의 면모를 확실하게 이해할 수 있다. 그는 오적의 악행을 바로잡는 목적을 지닌 인물이 아니라 자신이 출세할 목적으로 나선 인물이다. 그렇기 때문에 오적의 호화스러운 생활상을 보고는 자신도 차라리 오적과 같은 도적이 되었으면 훨씬 빨리 출세할 수 있었을 것이라는 자탄을 늘어놓게 되는 것이다. 이런 와중에 포도대장은 오적에게 회유되어 '도둑은 도둑의 죄가 아니라, 도둑을 만든 이 사회의 죄입네다./ 여러 도둑님들께옵선 도둑이 아니라, 이 사회에 충실한 일꾼이시며, 훌륭헌 애국자시니/ 부디 그 길로 매진, 용진, 전진, 약진하시옵길 간절히 바라옵나이다.'라며 일장연설을 하고 '꾀수'를 낚아채어 무고죄로 입건한다. 이처럼 〈오적〉은 도둑놈 무리로 표현된 오적과, 이들을 징벌하기 위해 나서지만 결국은 이들의 '개'나 되고 마는 포도대장과 같은 두 부류의 인물을 풍자하고 있음을 알 수 있다. 그런 과정에서 '꾀수'는 감옥으로 감으로써 사회적 약소민의 설 자리는 어디에도 없음을 재확인하게 된다.

> (아니리) 꾀수는 그 길로 가막소로 들어가고/ 오적은 후에 포도대장 불러다가 그 용기를 어여삐 여겨 저희 집 솟을대문 바로 그 곁에 있는/ 개집 속에 살며 도둑을 지키라 하매/ 포도대장 얼시구 좋아라, 지화자 좋네, 온갖 병기(兵器) 다 가져다 삼엄하게 늘어놓고 개집 속에서 내내 잘 살다가, 어느 맑게 개인 날 아침/ 커다랗게 기지개를 켜다 갑자기 우루루루 쾅! 날벼락이 떨어져서 벼락에 맞아 급살을 하니/ 이때 또한 오적 또한 육공(六孔)으로 피를 토하며 꺼꾸러졌다는 이야기.

위의 자료는 작품의 결말부분으로 오적과 포도대장의 비참한 결말을 그려내고 있다. 그러나 이들의 징벌은 '꾀수'로 상징되는 약소층에 의한 복수 혹은 사회 스스로의 각성으로 인한 정화로 가능하지 않고 하늘에 의해서 시행된다. 곧 날벼락과 질병으로 표상되는 것에 의해 오적과 포도대장이 징치되는 것이다. 이것은 〈똥바다〉에서 삼촌대가 싼 똥을 노동자와 학생들이 치워보지만, 그 징벌은 '참새의 똥'으로 나타난 탈사회적인 존재로부터 행해지는 것과 통하는 것이다. 또 〈소리내력〉에서 '안도'는 죽고 없어 그 복수를 이룰 수 없지만, 소리가 남아 돈깨나 있는 사람들을 공포에 떨게 한다는 점에서 탈사회적 징벌이 이루어지고 있는 것과도 상통한다. 〈똥바다〉와 〈소리내력〉〈오적〉은 사회적 권력을 가진 자들이 상대적으로 약소한 상대에게 저지르는 만행을 다소 기괴한 방법으로 그려내고 있으며, 부정적 자아에 대한 징벌은 그 서사 내에 위치한 인물에게서 비롯될 수 없음을 보여줌으로써 좌절의 골을 더욱 깊게 형성시키고 있는 것이다.

(3) 〈오월광주〉에서 표출된 정치적 저항의식

이 시기 우리 국민들은 권위주의체제가 종료되고 민주화의 봄이 도래하기를 기대했다. 그러나 현실은 유신체제를 재생산하려는 지배권력과 유신체제를 민주적으로 전환시키려는 민주화 운동세력 간에 살얼음 같은 긴장감이 깔려 있었다. 이런 다소 불안하고 흥분된 공간에서 다양한 정치·사회세력들은 유신체제에서 억눌린 각종 정치적, 경제적 요구들을 분출시켰는데 국가권력을 상대로 한 정치투쟁은 주로 학생운동을 중심으로 수행되었다. 이러한 전반적인 시대 분위기 아래 신군부세력을 상대로 전체 민주화운동이 대면해야 할 역할을 고립된 한 지역이 떠맡으며 발생한 비극적 사건이 바로 '광주민주화운동'이었다. 국부권위주의의 기간 동안 산업화의 변방지역으로서의 소외, 왜곡된 편견에 의한 사회적·심리적 소외 등 호남의 누적되고 중첩된 소외감은 탄압받는 김대중을 통해 압축적으로 투사될 수 있었고 군부의 과잉진압에 대한 자기방어적 저항은 변방

화된 공동체 구성원들의 이 같은 소외감에 의해 더욱 격렬히 표출될 수 있었던 것이다. 광주시민들은 신군부세력의 사적 이해를 위해 동원된 국가권력에 대해 전면전으로 맞섰다. 시민들은 운동지도부 하나 없이 분출하는 분노와 적대감 그리고 결연한 저항의지로 항쟁을 만들어갔던 것이다. 오랜 권위주의체제로부터 민주주의체제로의 변동가능성이 구체화되었던 1979~80년의 정치적 공간이었지만 광주민주화운동은 신군부세력의 쿠데타로 인해 민주화의 실현에 실패했다. 그러나 역설적이게도 이 같은 민주화의 실패가 1987년 6월 항쟁이 발생하는 출발점으로 기능하게 되었다.[38]

임진택은 이러한 역사성을 띠는 사건을 작품 〈오월광주〉(1990)에서 다루고자 하였다. 이 작품은 실재 사건을 현실감 있게 다루었다는 점에서 순수 창작판소리인 〈똥바다〉〈소리내력〉〈오적〉 등과는 구분되며, 박동실의 〈열사가〉류와 동궤에 놓인다고 할 수 있다. 그러나 한 국가의 권력층으로 인해 생겨난 민중의 비참함을 그리고 있다는 점에서는 〈소리내력〉〈오적〉 등과 같은 의미를 지향한다고 할 수 있다.

〈오월광주〉는 1980년 '겉으로는 민주화의 봄이요, 속으로는 안개정국'인 사회 현실을 다루면서 당시 혼란스러운 사회상황을 충실하게 반영하여 묘사하고 있다.[39] 본격적인 서사가 시작되는 장면은

---

38) 정해구 외, 『6월항쟁과 한국의 민주주의』, 민주화운동기념사업회, 2004, 24면 ~35면 참고.

39) 〈오월광주〉는 이 시기 선포된 비상계엄령의 내용, 방송 내용 등을 그대로 사설 속에 수용하고 있으며 사설의 전반적인 짜임 역시 「5월 민주항쟁의 기록」 등의 자료집을 적극적으로 활용하여 마련하였다는 점에서 그 당시 사실을 충실하게 반영하고 있다고 볼 수 있다.

'오월광주 점화 대목'부터인데, 계엄당국이 '서울에 이화여자대학교에 있던/ 전국 각 대학에 총학생회 임원들을/ 모조리 연행을 헌 뒤에/ 전국 각 대학교마다 계엄군을 증강 배치시키는데' 이에 대해 전남대학교 학생들의 격렬한 분노가 학교 안에서 해결되지 않아 시내로 나서면서 사건이 커지게 된다.

> 허허 이게 웬짓이여/ 이것이 웬짓이여/ 학생들이 무슨 죄라/ 광주시민이 무슨 죄라/ 이리도 무자비허여/ 일제 때 순사도 겪어보고/ 공산당도 겪었지만/이리 잔인한 놈들은 난생 처음이네/ 길바닥에 털썩 주저 앉더니마는/ 망연개탄을 하는구나

위의 자료에서 보는 바와 같이 당국에 대한 분노는 학생들에게서 광주시민에게로까지 확대되게 된다. 이로 인해 학생들과 시민들은 군중을 이루어 투석전을 벌이면서 대항하지만, 군인들의 무자비한 살상으로 광주시내 전역이 아비규환이 된다. 이후로부터 금남로, 신역 등지에서 벌어진 전투를 차례로 보여주고 이 과정에서 단합된 광주시민의 모습이 때로는 비장하게 때로는 해학적으로 표현된다.[40]

---

40) 광주시민의 격렬한 항거와 퇴각하는 공수부대의 모습 등을 표현하는 대목에서는 비장함을 나타내고,('한 청년 트럭에다/ 드럼통을 잔뜩 채워/ 불을 얼른 지핀 후/ 전속력으로 질주/ 계엄군전방 20m에서/ 차창 밖으로 탈출하니/ 트럭은 그대로 돌진/ 바리케이드를 부수고/ 역전 앞 분수대에 쾅! … 필사적으로 공격하니/ 계엄군 할 수 없이 퇴각을 하는구나') 시민공동체가 먹을 것을 제공하는 부분과 술집 아가씨들이 헌혈을 자청하는 대목 등은 다소 해학적으로 표현되고 있다. ('한 청년 주먹밥을/ 두 손에 받아들고/ 한입에 먹더니만/ 아짐씨 고맙소 잉, 내가 그 공수놈들 싹 몰아낼팅게 한 접시 더쥬쇼잉' '헌혈을 하려는 사람들이 줄을 지어 늘어섰는디 … 웬 아가씨들이 단체로 몰려와 갖꼬 헌혈을 자청헐제/ … 병원 당국서는 난처허여/ 호의는 감사하제마는 보건위생상 쬐끔 곤란하고만요 … 아

이러한 싸움은 도청에서 시민군의 잠정적인 승리로 첫 번째 막을 내리고 시민들은 시신을 수습하는 등 정렬을 가다듬어 다시금 전투태세에 돌입하면서 두 번째 막이 시작된다. 여기서는 무기를 반납하여 화해하자는 부류와 그럴 수 없어 무력으로 대항해야만 한다는 부류로 대분된 시민군 내부 갈등을 주로 보여준다. 다음은 그러한 갈등이 표출된 부분이다.

　청년들은 들으시오/ 어쩌다가 우리 광주/ 이런 변을 당했는지/ 하늘도 무심하고/ 원통허고 분하여라/ 그러허나 여보게들/ 무고한 시민들이/ 더 이상 피를 흘려서는 아니되어/ 부디 무기를 회수해서/ 엄청난 참변을 막아주오/ 청년들이 이 말 듣고/ 어르신네 들조시오/ 무기를 먼저 반납하면/ 협상에 절대 불리허고/ 며칠간만 더 버티면/ 저들이 먼저 붕괴되오/ 그러니 어르신들/ 싸움은 우리 청년들이/ 앞장서서 할 것이니/ 부디 우리를 지원해서/ 그렇게도 염원허던/ 민주화를 이룹시다.

　그런 가운데 계엄군은 다시 '탱크를 앞세우고 진입'하여 최후통첩을 보내면서 무력진압을 강력하게 시사한다. 이러한 정보를 전해들은 시민들은 '공수놈들 몰아내고/ 만세 외쳐 부르던 일/ 해방광주 그날 일이/ 물거품이 되단 말가' 하며 비통해한다.
　도청에서의 최후를 남겨두고 '남은 사람들 면모를 볼작시면/ 거의 다 일용노동자에 소상인 종업원 등/ 근로빈민층이 주력이라./ 광주 항쟁의 주체세력은/ 학생에서 시민으로/ 그리고 노동민중으로 옮겨'

───────────

　니 시방 이 급헌 참에 보건위상이 다 뭐시다요/ 아 우리는 광주 시민 아니다요/ 우리 피도 깨끗허요')

간 면모를 알 수 있다. 이 점은 역사적 사실을 그대로 반영한 것이기도 하거니와 지배세력에 저항하는 주체가 민중들임을 명쾌하게 드러내고 있는 부분이기도 하다. 바로 이러한 점이 〈소리내력〉과 〈오적〉을 비롯한 이 시기 임진택의 창작판소리가 민중항쟁의 수단으로 사용되었음을 알 수 있게 해준다.

> 캄캄한 어둠 속에/ 중무장한 계엄군의/ 일제사격 개시된다/ 자동화기 콩볶는 소리/ 천지가 진동/ 공수대원 일개조가/ 도청 뒷담을 넘어/ 시민군 등 뒤에서/ 무참하게 사살한다/ … 대항하던 시민군들/ 실탄마저 바닥이라/ 하릴없이 죽어갈제/ 희뿌우연 연기 속에/ 어슴프레 새벽이/ 동터어 오는구나

광주시민군의 처절한 죽음으로 항쟁은 막을 내린다. 하지만 소리판에서는 후일담을 삽입하여 '그때 살아남은 사람들은/ 도청을 사수하다 사망한 윤상원 열사의/ 넋을 기리기 위해/ 그의 들불야학회의 후배동지였던 박기순과/ 넋풀이 혼례를 마련하였으니/ 이때 만들어져 많은 사람들이 함께 불러온 노래가 바로/ 임을 위한 행진곡이라'하며 묵념을 올리는 순서까지 마련하고 있다. 이러한 점은 〈오월광주〉가 유흥의 장과는 거리가 멀다는 것을 보여준다. 이 작품은 민중운동적 차원에서 창작되고 연행되었으며, 이러한 목적의식은 이상에서 살핀 바와 같이 사설의 짜임이나 극의 구성을 통해서 명백히 드러나고 있다. 〈똥바다〉나 〈소리내력〉〈오적〉 등에서 나타나는 목적의식 역시 〈오월광주〉와 크게 다르지 않다.

4. 〈스타대전〉과 〈슈퍼댁 씨름대회 출전기〉의 현대화와 대중화

20세기 말 곧 1990년대 이후 창작판소리는 현대화[41]와 대중화를 적극적으로 지향하면서 나타났다. 이러한 현상의 배경에는 그 동안 의 판소리가 전통을 유지하는 것에만 골몰함으로써 현대 대중의 관 심에서 멀어지게 되었다는 평가가 자리 잡고 있다. 이런 상황에서 소리판의 본래적 성격을 회복하려는 노력이 판소리를 교육받은 젊 은 소리꾼들을 중심으로 나타나게 된 것이다. 이들은 스스로를 '또랑 광대'[42]라 칭하며 판소리를 창작하고 이를 알리기 위해 노력하고 있 는데, 이러한 활동은 판소리계에 생기를 불어넣는 데 크게 기여하고 있다. 이것은 2001년 전주산조예술축제의 프로그램 가운데 하나로 열린 '또랑깡대 콘테스트'를 계기로 국악인과 국악에 관심을 가진 사 람들 사이에서 본격적으로 알려지게 되었다.[43] 콘테스트 작품 중 적

---

41) 판소리의 서사를 지난 시대부터 전해져오는 이야기 속에 가두지 않고, 오늘날의 이야기로 전환시켜, 지금 시대 소리판의 청·관중과 공감을 형성하고자 한다는 점에서 창작판소리의 현대화를 주목할 수 있다.

42) 또랑광대는 본래 소리 기량이 낮아 작은 고을에서나 행세하던 데데한 소리꾼 을 뜻했다. 보통 소리꾼의 등급은 기량과 명성에 따라 국창, 명창, 상투제침, 또 랑광대로 나뉘었다. 임금의 부름을 받아 어전 광대가 되면 '국창'이라 불렸고, 소 리 기량이 빼어나 여러 지역에 그 이름이 두루 알려지면 '명창'소리를 들었다. '상 투제침'은 본래 소년 명창을 가리키는 말이었으나, 그 수준이 명창과 또랑광대의 중간쯤 되는 소리꾼을 뜻하는 말로도 쓰였다. '또랑광대'는 이 가운데 수준이 가 장 낮은 소리꾼을 가리키는 용어로서 소리 기량이 부족한 소리꾼을 비하하는 표 현으로도 종종 사용되었다. 이밖에 '방안통소'도 소리가 시원치 않은 소리꾼을 가리키는 말로서 또랑광대와 그 뜻이 비슷하다.(김기형, 「또랑광대의 성격과 현 대적 변모」, 『판소리연구』18, 판소리학회, 2004.에서 자세하게 다루었다.)

43) 이 콘테스트는 광대를 '깡대'로 비틀어 표현하긴 했지만 기본적으로 전통사회 또

지 않은 관심과 호평을 받은 것으로 박태오의 〈스타대전〉[44], 김명자의 〈슈퍼댁 씨름대회 출전기〉등을 꼽을 수 있겠다. 이 두 작품은 창작판소리의 존재를 오늘날 대중에게 새롭게 각인시킨 대표적인 작품으로 인정받고 있다.[45]

(1) 시대의 흥미와 유행을 반영한 사설 짜임

컴퓨터 게임 스타크래프트는 미국의 블리자드사가 내놓은 실시간

랑광대의 맥을 잇겠다는 의도가 엿보인다. '쉬운 판소리, 친근한 판소리, 오늘의 판소리'를 기치로 내걸고 탄생한 소리경연대회로 외형상 경연 대회의 형식을 띠고 있지만 실제로는 소리꾼과 소리를 좋아하는 사람들이 어우러지는 놀이판에 가깝다. 참가작에 대한 심사도 전문가가 아닌 청중들에 의해 진행된다. 2001년에 열린 제 1회 대회를 시작으로 2006년 제 6회 대회까지 매년 전주산조예술축제 기간에 실시되었으며 그동안 〈스타대전〉〈슈퍼댁 씨름대회 출전기〉〈눈 먼 부엉이〉〈토끼와 거북이〉등의 작품과 박태오, 김명자, 박지영, 정유숙, 최용석, 류수곤 등의 역량 있는 인물이 배출되었다. (김기형, 위의 논문, 참고.) 또랑광대는 박흥주, 정대호 등의 문화운동가나 진보적인 연극인이 주축이 되고 젊은 소리꾼이나 '바닥소리' '타루' '판세' '소리여세' 등의 단체들이 참여하며, '인사동거리소판'과 같은 즉흥공연을 기획하기도 하였다.
(http://terms.naver.com/entry.nhn?docId=2459279&cid=46661&categoryId=46661 「한국민족문화대백과」참고.)
44) 〈스타대전 저그 초반 러쉬 대목〉은 통상적으로 〈스타대전〉으로 약칭되어 여기서도 약칭을 사용한다.
45) 제 1회 또랑광대 콘테스트 우수상을 받은 김명자의 작품은 대중적인 사설과 소리꾼의 뛰어난 연행 능력이 돋보이는 작품으로 인정받아 공연, 방송, 온라인 등에서 선보이며 많은 인기를 누렸다.(조춘화, 창작판소리의 국어교육 활용방안 연구, 전남대 석사학위논문, 2011. 7면 참고.) 또한 같은 대회에서 대상을 받은 박태오의 작품은 온라인 게임과 2차 엔터테인먼트 양쪽에서 크게 인기를 끈 〈스타크래프트〉를 창작판소리의 바탕으로 삼으면서 수용자의 관심에 편승하여 시선을 끌 수 있었다.(박진아, 「〈스타대전 저그 초반 러쉬 대목〉을 통한 창작 판소리의 가능성 고찰」,『판소리연구』21, 판소리학회, 2006. 358면.)

시뮬레이션 전략게임으로 네트워크상의 게이머와 다양하게 편을 짜거나 인터넷 접속망인 베틀넷(블리자드 게임 커뮤니티)을 통한 다양한 전투, 게임 유닛을 게이머가 직접 관리할 수 있다는 점 등을 특징으로, 발매된 지 얼마 되지 않아 시뮬레이션 전략게임 시장을 석권하였다. 우리나라에서도 2003년 이래로 10년 이상 젊은층 사이에서 대단히 유행하면서 전국 PC방의 폭발적 증가를 주도하였다.[46] 한창 유행하던 시기에는 프로리그가 텔레비전 전파를 타면서 e-sports의 시초가 되었으며, 이로 인해 게임의 내막을 모르거나 그것에 무관심했던 사람들조차도 그 존재는 인식할 수 있을 정도였다. 하지만 2010년 승부조작 사건 이후 게임의 인기 및 그에 대한 관심은 현저하게 줄어든 실정이다. 현재 버전2까지 출시되어 있으며 비록 대중적인 인기는 시들해졌지만, 마니아들 사이에서는 여전히 적지 않은 인기를 누리고 있는 제품이다.

창작판소리 〈스타대전〉은 바로 이 온라인 게임 '스타크래프트'의 흥행에 편승해 인지도를 높일 수 있었는데, 소리꾼은 게임의 내용을 서사로 채택해 다층적으로 재구성[47]하였다. 게임의 한 장면을 묘사하면서 게임 속과 밖을 넘나드는 이 작품은 대체로 〈적벽가〉의 이미지를 환기시키면서 진행된다. 거기다가 선글라스를 착용한 소리꾼은 트렌치코트를 입고 긴 우산을 들고 등장해, 본인이 높은 음을 내지 못하더라도 손을 들면 상청이 나는 것으로 간주하라며 전통 소리판의 구색과 진지함을 파괴시켜 버린다.

---

46) http://terms.naver.com/entry.nhn?docId=1208605&cid=40942&category
Id=32844 네이버지식백과, 두산백과, 참고.
47) 이 작품의 다층적 구성은 박진아의 논문(2006)에서 구명되었다.

작품은 우리 동네 PC방 아저씨와 바다건너 쓰메끼리상의 온라인 게임이 시작되는 대목에서 출발한다. 적의 상황을 파악하기 위해 정찰을 가는 오버로드는 한숨을 쉬며 꾸역꾸역 임무를 수행하고 드론은 아군의 위치를 파악해 저그 여왕에게 보고한다. 이 때 정찰나간 오버로드가 적의 프로토스를 발견했다고 보고하자 드론은 저글링을 만들며 초반 러쉬가 시작됨을 선언한다. PC방 아저씨에 의해 만들어진 저글링들은 적의 기지로 달려가며 적군을 죽인다. 하지만 적군의 캐논으로부터 반격을 받은 저글링들은 오히려 하나하나 파괴되고 만다. 이에 힘을 얻은 적군은 아군의 본진까지 들어오는데, 여기서 우리 동네 PC방 아저씨는 뮤탈리스크를 뽑아 프로토스를 소탕한다. 이어 2차 저글링부대가 적의 캐논이 완성되기도 전에 쳐부수며 쓰메끼리상을 이기게 된다.

이처럼 〈스타대전〉의 서사는 우리 동네 아저씨와 쓰메끼리상의 온라인 게임장면을 중계하는 것에 지나지 않는다. 이 작품이 대언하고자 하는 혹은 성찰하고자 하는 현실의 문제는 존재하지 않는다. 현실에 집중하고 거기에서 증언하려고 하는 문제를 허구적으로 형상화하는 전통판소리 작품과는 완전히 다른, 다시 말해 이면이 없는 작품으로 만들어진 것이다.[48] 그렇다 하더라도 어쩌면 바로 그 점으로 인해 참신하다는 평가를 받으며 세간의 이목을 주목시켰는지도 모른다.

---

48) 이정원, 「창작판소리 〈스타대전〉의 예술적 특징」, 『판소리연구』36, 2013, 477면 ~507면, 참고. 이정원은 위 논문에서 〈스타대전〉의 이러한 특징을 미메시스적 판소리에서 벗어난 시뮬라크르의 판소리가 탄생한 것으로 평가하였다.

여보거라 이게 무슨 소리냐 장군 캐논이 있사옵니다 머시여? 저글링들 캐논 있단 소리에 사지를 벌 벌 벌 벌 떠는디 너희 놈들 무엇 하느냐 캐논을 공격하라 이렇듯 호통치니 하릴없는 저글링들 꾸역꾸역 들어가 캐논에게 맞아 죽는디 가다 맞고 오다 맞고 기다 맞고 서서 맞고 서성대다 맞고 참말로 맞고 거짓말로 맞고 뒤로 우루루루 도망가다 맞고 실없이 맞고 어이없이 맞고 이리저리 뛰다 맞고 어떤 놈은 그냥 죽은 척 하고 있다가도 맞고 아이고 장군님 나는 생긴 지 2분도 아니 되었소 이러다 맞고 그 중의 장군놈은 아이고 이놈 일꾼들아 비켜봐라 비켜봐 캐논 좀 깨부수자꾸나.

이미 알려진 대로 이 작품은 전반적으로 〈적벽가〉의 분위기를 패러디했는데, 인용한 부분은 군사죽음 대목을 끌어온 장면으로 많은 게이머들의 공감을 불러일으킨 것으로 평가받고 있다.[49)]

조조의 백만 대병 각색으로 다 죽는다. 불속에 타서 죽고, 몰속에 빠져 죽고, 총 맞아 죽고 살 맞아 죽고 칼에 죽고 창에 죽고 밟혀 죽고 눌려 죽고 엎어져 죽고 자빠져 죽고 기막혀 죽고 숨막혀 죽고 창 터져 죽고 등 터져 죽고 팔 부러져 죽고 다리 부러져 죽고 피 토하여 죽고 똥 싸고 죽고 웃다 죽고 뛰다 죽고 소리 지르다 죽고 달아나다 죽고 앉아 죽고 서서 죽고 가다 죽고 오다 죽고 장담하다 죽고 부기 쓰다 죽고 이 갈며 죽고 주먹 쥐고 죽고 죽어 보느라고 죽고 재담으로 죽고 하 서러워 죽고 동무 따라 죽고 수없이 죽은 것이 강물이 피가 되어 적벽강이 적수강, 군장복

---

49) 박진아는 '실제 저그 유저로서 게임을 진행해 본 수용자라면 이 대목에서 맞아 죽는 저글링에게 한 없이 공감'하게 될 뿐만 아니라 '작품 중 가장 재미있는 대목이면서 가장 비장한 대목'이라고 하였다.(박진아, 앞의 논문.)

색 다 타진다.[50]

위와 같은 〈적벽가〉의 해학을 온라인 게임 속으로 녹여내 우리시대의 골계로 살려낸 것이다. 뿐만 아니라 게임의 포인트를 적절하게 찾아 소리판에서 재연함으로써 웃음의 판을 한층 돋우었다. 다음 인용의 밑줄 친 부분이 그러한 경우에 해당된다.

뜻밖의 프로브 하나 기지 앞에 나왔다가 저그에게 당한 뒤 소리를 질렀겄다. 고수 양반 어떻게 질렀소? (고수: 아 포스 언더 테크)

여기서 말하는 뮤탈리스크라고 하는 것은 (고수 : 얆) 예 맞탑니다. 성음이 이런 성음이 나와요.

고수로 하여금 컴퓨터 기계음을 의도적으로 우스꽝스럽게 흉내 내도록 한 것은 장면의 비틀기를 통해 웃음을 창출한 것으로, 판의 흥을 한층 살려내는 구실을 한다. 또한 아래에서처럼 게임을 즐기는 세대의 언어를 그대로 노출해 거리감을 없애는가 하면

이리해 놓웅게 천하의 쓰메끼리상인들 어찌 GG를 선언하지 아니할 수 있것느냐. 여기서 GG라고 하는 것은 굿 게임 즉 항복이란 뜻입니다.

다음과 같이 작품이 진지성을 지니지 않고 있다는 점을 스스로 부

50) 강한영 교주, 『신재효의 판소리 여섯바탕집』, 앞선책, 221면.

각시키기도 한다.[51]

　　제가 아무튼 손만 이렇게 높이 들면은 그 높은 음을 내는 줄 아십시오.
아무튼 목이 안 나오니까 이렇게 하면 그런 줄 아십시오잉. 이럴 때 박수
쳐도 됩니다.

　　고수 잘 치죠. 박수박수박수. 고수 북 잘 칩니다. 제가 우리 동네 애들
한 이십 명 불러왔습니다. 자야 플래카드 안 써 왔냐? 하 자식들.

　김명자의 〈슈퍼댁 씨름대회 출전기〉는 동네 슈퍼마켓 주인인 '슈
퍼댁'이 1등 상품으로 김치냉장고를 내건 여자 씨름 대회에 참가해
선전하지만 끝내 2등에 그치고 만다는 서사를 지닌 작품이다.

　　서울 성북동에 '장사 슈퍼마켓'이라고 있었는디 이 집 안주인을 모다
슈퍼댁이라고 불렀다. … 자식들이 커 가면서 먹성질 또한 슈퍼이니, 배
추 열 다발을 담그면 닷새 만에 뚝딱, 열무 열 단을 담가도 마파람에 게
눈 감추듯 없어지니, 슈퍼댁에겐 사시사철이 김장철이었다. 김치 냉장고
라도 있으면 다행이려니와 비싸서 엄두를 못낼 적으, 옆집 순돌이 엄마
가 김치냉장고를 샀다고 자랑을 허는디

　슈퍼댁은 이 시대의 평범한 '아줌마'를 나타낸다. '싸움도 슈퍼, 수
다도 슈퍼, 욕도 슈퍼, 인심도 슈퍼, 힘은 더욱 슈퍼, 쌀가마니 번쩍

---

51) 이정원은 그의 논문에서 본 작품의 사적담화가 고정적으로 나타나고 있는 것은
　　작품이 음악과 문학의 조화를 통한 이면체험에 목적을 두고 있지 않기 때문이라
　　고 보았다.

들고 배달도 거뜬하다.' 네 명이나 되는 자식들을 뒷바라지 하는 그녀에게는 사시사철이 김장철이었다. 김치냉장고라도 있으면 다행이려니와 비싸서 엄두도 못 내고 있던 차에 씨름대회에 출전하게 된 것이다. 비록 2등에 머물긴 했으나 컴퓨터 상품을 아이들이 좋아하는 것을 보고 아쉬움을 잊게 된다. 이 작품은 앞의 〈스타대전〉과는 다르게 현실을 판소리에 반영한 경우이다. 이것은 우리 생활 주변의 소소한 일들을 포착하여 소리판에서 연행한 것인데, 범속하고도 몰개성적인 '아줌마'를 주인공으로 내세워 작품이 발표될 당시 많은 '아줌마'들이 가지고 싶어 했던 김치냉장고를 소재로 선택함으로써 수용층의 공감을 자아내기에 충분하였다.

라디오 프로그램 '지금은 여성시대'에 어떤 청취자가 보낸 내용을 바탕으로, 1990년대 대중적인 인기를 누렸던 TV 프로그램 속의 인물 '순돌이' 엄마를 설정해 청중들과 웃음 포인트를 맞추었다.

지랄염병허구 자빠졌네, 누구는 김치냉장고 좋은 줄 모르나, 전기세 많이 나올까봐 못 사제. 속을 끓일 적으, 하루난 전국 여자 장사 씨름대회가 열리는디, 일등 상품이 김치냉장고였다. 옳거니 내가 김치 냉장고를 꼭 타서 순돌이 엄마 코를 납작하게 해주리라. 가족들을 대동하고 씨름판으로 나가는디.

이 작품이 담아내고 있는 현실의 문제는 가정주부가 김치냉장고를 가지고 싶어 하는 소박한 바람이 전부이다. 전통판소리와 같은 진지하고도 깊이 있는 삶에 대한 성찰은 없다. 그저 청중들의 공감을 끌어내면서 신나는 놀이판을 만들어 보는 데 의미를 두고 있을 뿐이

다. 하지만 오히려 그러한 가벼움으로 인해 인기를 얻으면서 판소리
의 대중화 가능성에 불을 지펴, 자생력을 잃고 소멸의 기로에 서 있
는 판소리를 복원한 것도 사실이다. 나아가 고답적인 사설을 현대적
감각으로 살려내고자 한 또랑광대들의 지향을 일정부분 실현하기도
하였다.[52] 김명자는 작품을 공연하면서 관중과 직접 씨름을 하는 등
의 적극적인 면모를 보여 전통판소리의 딱딱함에 거부감을 지니고
있는 오늘날 대중들과의 벽을 허무는 데는 분명 성공한 것으로 보인
다.

(2) 청중과 함께하는 소리판의 희극성

판소리 〈스타대전〉이 현대 남성들의 놀이문화 중 하나로 꼽히는
컴퓨터 게임을 전례 없이 공개적 무대에 올려 예술작품으로 발현시
킨 것은 대단히 참신한 발상으로 볼 수 있다. 마찬가지로 공연 예술
의 주된 소재로 보기에는 너무나 소소하고 무의미한 듯한 '김치냉장
고'를 통해 우리 시대 평범한 여성들의 애환을 공론화하면서 즐기도
록 만든 김명자의 시도도 성공한 도전이라고 할 수 있다. 이 두 작품
의 인기는 새로운 소재의 선택에서 시작되어 판의 희극성으로 완성
되었다고 해도 과언이 아니다.

실창판소리 작품들이 하나의 미적 감각에 치중되어 있었던 것처럼
이 두 작품도 골계미로 편향되어 있다. 작품의 이러한 지향성은 판

---

52) 이경미, 「또랑광대의 창작판소리 사설의 문체적 특징과 전통계승」, 중앙대 교육
대학원 석사학위논문, 2008, 11면.

의 성격을 시종일관 재미있는 놀이마당으로 이끌어가면서 흥을 돋운
다. 거기에는 사투리, 복장, 몸개그 등이 동원되는데, 관중들로 하여
금 쉽게 판소리를 즐기도록 하려는 취지가 묻어난 것으로 이해된다.
  각 지역의 사투리는 지금도 개그의 소재로 두루 활용되고 있는
바, 이 작품에서도 아래의 부분과 같이 활발하게 쓰이면서 소리판의
재미를 더해 준다.

  전국의 힘 좋은 여편네들이 다 모였네. 까무잡잡 제주도댁, 노를 저으
  며 몸을 푼다. 이어 싸나 아~ 아~, 이어 싸나 아~ 아~. 떡대 좋은 경상
  도댁 한 손에 역기를 번쩍 들고, 마 억수로 가볍네예, 이 정도는 마 일도
  아입니더.

그러면서 청중 가운데 한 사람을 불러내 씨름을 같이 하기도 하면
서 판소리 고유의 적극적인 참여를 이끌어 낸다. 또한 박태오의 말
장난과 독특한 복장도 판의 흥을 한층 높여준다.

  그러면은 제가 노래를 부르기 전에 목을 한 번 풀고 시작을 헐려 그러
  는데 적벽가 완창을 하고 시작하겠습니다. 뭐 이 정도는 해야 판이 살죠
  잉 … (창조) 적벽가 (아니리) 단가였습니다. (관중들 : 그게 단가) … 제
  가 선글라스 끼고 다니면 테러리스트인 줄 아는데 저는 절대 테러리스트
  가 아닙니다.

이처럼 2000년대 또랑광대들의 창작 작품들은 앞선 시기 창작판
소리들이 민족의식이나 민중항거 등의 특정한 목적의식을 지닌 데

비해 단순한 오락물적 성격을 띠면서 등장했다는 점에서 특징적이
다. 그에 따라 판소리의 소재 영역을 컴퓨터상의 가상공간으로까지
넓히고 일반인들에게 판소리에 대한 관심을 높였다는 점에서 의의를
지닐 수 있다. 이러한 특징은 19세기의 〈무숙이타령〉에서도 나타났
던 바이기도 한데, 당시의 유행하는 현실적 상황을 포착하여 판소리
로 재생산시킨 것이다. 이것은 판소리가 지닌 현실문제에 대한 관심
의 정도를 보여주고 있다는 점에서 맥을 잇는다고 할 수 있다.

　21세기에 등장한 또랑광대들의 창작판소리가 지니는 장점은 무엇
보다도 청중이 공감할 수 있는 소소한 일상사와 생활 감정을 반영하
고 당대의 현실문제와 사회 모순에 대해 적극적으로 발언한다는 점
이다. 그런 점에서 19세기에 보였던 실창판소리 작품과도 상통한다
하겠다. 곧 대단한 예술적 수준을 이루기 위한 고심보다 현실의 문
제를 담고자 노력한다는 점에서 그러하다.[53] 어느 시대에나 판소리
청중은 당대 이슈가 되는 문제에 즉각적으로 반응하지만 지속적으로
그리하지는 않는다. 보편적인 인간감정을 다룬 작품은 시대를 초월
한 대중의 공감을 확보할 수 있겠으나 제한적 상황에서의 특정한 사
건을 다룬 작품은 바로 그 시·공간을 공유하는 사람들에게만 공감
대를 형성시키기 때문에 그러하다. 판소리 창자는 시·공간에 제한
받지 않으면서 확고한 인기를 누렸던 다섯 작품의 질적 수준을 높이
기 위해 노력하는 한편으로 새로운 레퍼토리 생성을 위해 끊임없이
노력하기도 했던 것이다. 여기에 19세기의 실창판소리와 20세기 이

---

53) 창작판소리는 바로 이러한 점에서 전통판소리 전수자들에게 부정적인 시선을 받
　　기도 한다. 곧 예술적 경지에는 이르지 못하고 난잡한 사설로 엮어서 부른다고
　　인식되고 있기 때문이다.

후 창작판소리가 이어질 수 있는 고리가 존재한다. 곧 전승 5가가 고전으로서의 위치를 차지하면서 고차원적인 예술물로 올곧게 전승되었다면, 실창판소리와 창작판소리는 당대의 현실을 적극적으로 수용하면서 불리다가 사라지고, 또 다시 변한 현실을 반영하는 새로운 작품으로 나타나기도 했던 것이다. 이것은 판소리가 그것이 향유되는 시대와 긴밀한 관련성을 지니는 장르임을 다시 한 번 확인시켜준다. 또한 이러한 양상은 판소리 공연주체의 입장을 담아내거나 혹은 수용자들의 관심을 담아내기도 하면서 그 시대의 대중들과 교섭할 수 있게 된다.

5. 〈사천가〉와 〈억척가〉에서 시도한 소리판의 회복[54]

(1) 현실문제의 여실한 반영과 비판의식

이자람은 4살 되던 1984년 '내 이름 예솔아'로 어느 정도 대중에게 알려진 인물이다. 그 후 오정숙 명창에게로부터 판소리를 배운 그녀는 1999년 동초제 춘향가를 8시간에 걸쳐 완창 해 최연소 최장 기네스북에 올랐으며, 동초제 〈춘향가〉와 〈적벽가〉로 무형문화재 5호에 지정되었다. 하지만 그녀의 이와 같은 화려한 이력이 대중의 이목을 끌게 된 것은 2000년대 창작판소리 〈사천가〉와 〈억척가〉를 성

---

54) 이 부분은 「임진택과 이자람, 창작판소리의 두 방향성」, 『선주논총』18, 선주문화연구소, 2015.에 실은 내용이다.

황리에 공연하고 난 후이다. 공연을 통해 이자람을 접한 관객들은 새삼 예전의 '내 이름 예솔아'를 불렀던 꼬마를 상기시키곤 한다.

이미 〈미선이와 효순이를 위한 추모가〉 등의 창작판소리로 현시대 관중과의 공감에 관심을 보이던 이자람은 창자와 관객 모두가 '내 이야기'라고 느낄 수 있는 서사를, 본인의 특기인 판소리로 엮어내고자 했다. 그렇게 만들어져 공연된 작품이 2007년을 시작으로 지금까지도 지속적으로 공연되고 있는 〈사천가〉이다. 이 작품은 후에 만들어진 〈억척가〉와 동일하게 베르톨드 브레히트의 원작을 각색한 것이다.

브레히트는 〈사천의 선인〉과 〈억척어멈과 그 자식들〉을 서사극으로 선보이면서, 공연자와 관람자들에게 이전과는 다른 연기 및 반응을 요구했다. 이른바 생소화 효과를 기대한 작가는 관중들이 극의 사건과 인물의 행동에 대해 거리를 두면서 분노하고 비판하는 데 까지 나아가기를 기대했던 것이다.[55]

하지만 이 두 작품이 이자람에의해 판소리로 재구성되면서는 그 면모가 상당히 달라진다. 이자람은 브레히트의 두 작품을 지금 이 시대를 살고 있는 사람들이라면 이해할 수 있는 인물 및 서사로 변형시켜 관중들과의 소통을 이루어내고자 한 것이다. 이야기도 많이 하고 연기도 하는 서사시인 브레히트의 작품들은 판소리의 장르적 특성과 많이 닮아 있다. 그러한 이유로 작자에게 선택되었을 것이라는 추측을 하게 하지만, 이자람의 회고에 따르면 오히려 우연히 선

---

55) 김영주, 「이자람 '억척가'의 창작판소리로서의 가능성」, 『선주논총』16, 금오공과 대학교 선주문화연구소, 2013. 83면 참고.

택된 것에 지나지 않는다고 한다. 본 장에서는 이자람에 의해 재창
작된 이 작품들의 의미와 그 지향성을 가늠해 보고자 한다.[56]

　　대한민국 갑신년 늦은 여름에 사천이라는 도시에 세 명의 수상한 놈들
이 찾아 왔는디 때는 배고픈 신신자유주의 차디찬 실용주의 시대로구나.
눈 감으면 코 베어가고 돈 때문에 여배우 팔아먹고 돈 때문에 지 부모 찌
르고 돈 때문에 지 자식 버리고 돈이 없다고 돈 돈 돈! 돈 꿔서 명품사고
돈 꿔서 금배지 사고 돈 꿔서 사랑까지 사는 동상이몽 불신상종의 때인
지라, 거 미운 놈 떡 하나 더 준다는 훈훈한 인정은 헛! 정신머리 없는 짓
으로 바뀌가고 있는 이때에 이 세상을 예전처럼 돌려놓겠다고 큰소리 펑
펑치는 요 놈들. 허는 짓들이 참으로 어이없는 모양이더라. 하루는 요 놈
들이 착하면서도 행복하게 사는 사람 딱 한 명만 찾아내면 된다며 눈에
쌍심지를 켜고 이 집 저 집을 돌아다니는 디[57]

　　위는 〈사천가〉의 도입부로 작품의 배경이 되는 지금의 사회상을
적나라하게 보여주고 있다. 이런 시대를 풍뚱하면서도 착하고 가난
하게 살고 있는 주인공 순덕이는 그 본성대로 사는 것이 불가능하다

---

56) 이자람의 창작판소리 작품들은 아직 사설본이 출판되지 않은 상황이다. 그래서
　　사설의 정확한 면모를 살피지 못한다는 아쉬움이 있다. (프랑스에서는 사설본
　　이 불어로 출판되었다고 한다.) 이자람은 사설본에 대한 필자의 요청에 '아직 다
　　듬어야 할 부분이 많다'며 정식출판을 기다려 달라고 답변한 바 있다. 이후 2015
　　년 〈사천가〉와 〈억척가〉에 대한 몇 편의 학술논문이 나왔는데, 그 가운데 김향
　　의 논문에 사설의 면모가 비교적 자세하게 실려있다. 필자는 역시 사설의 출처
　　가 궁금해 문의했으나, 공연을 보며 스스로 채록한 것이라는 답변을 받았다. 본
　　고에 실은 사설은 앞선 연구자들의 결과물과 인터넷 매체 등에 부분적으로 실려
　　있는 동영상, 그리고 필자가 관람한 기억 등을 토대로 작성한 것이다.
57) http://tvcast.naver.com/v/37835 〈사천가〉 이자람 공연 채록.

는 것을 결국 깨닫게 된다. 이에 남장해서 사촌오빠 남재수로 변장해 악인이 되었다가 순덕이로 돌아오면 선인이 되는 묘수로 역경을 헤쳐 나가고자 한다. 하지만 마음을 주었던 남자 견식으로부터도 돈만 뺏기고 버림받게 된 순덕은 결국 관객을 향해 되물을 수밖에 없게 된다.

　물질만능주의 사회에서 착하게 산다는 게 뭐예요?

　착하게 사는 한 사람을 찾아다니는 세 명의 신들이 등장하면서 전개되는 〈사천가〉의 이야기는 브레히트의 〈사천의 선인〉을 모본으로 했지만 지금, 우리 시대의 관중들이 공감할 수 있는 전혀 새로운 이야기로 재창작된 작품이다.

　사천에서 착한 사람으로 신들에게 발탁된 사람은 다름 아닌 작품의 주인공 순덕이. 그녀는 '조선무다리, 쫄티 같은 박스티셔츠, 느릿느릿 답답한 걸음 육골다대녀'로 '도대체가 미련해보이며 자기관리는 전혀 없는 무책임함이 엿보이는' 외양을 지녔다. 착한 마음씨로 행복한 삶을 꾸려갈 수 있다고 믿으며 삶을 긍정적으로 살아보려 애쓰지만, 못생긴 외모가 큰 걸림이 되는 세상에 살고 있어 갈등이 생겨난다. 그런 와중에 착한 사람을 찾는 신들의 눈에 발탁된 순덕은 그들의 지지 및 기대를 받아 열심히 살아보려고 하면서 세계와의 대립이 본격적으로 생겨나게 되는 것이다.

　우선 신들로부터 돈을 얻어 '마음분식'을 차린 순덕에게 찾아온 책임감은 자비였다. 인맥을 앞세우며 찾아오는 '빵마담' 때문에 장사보다는 자선에 가까운 가게유지로 돈을 벌지 못하는 상황에 놓이게 되는 것이다.

> 빵빵 빵빼배뱅 빵빵 빵빼배뱅. 이봐, 아가씨 나 기억할지 몰라? 나 알
> 지 나 나? 아 왜 전에~ 아가씨가 사천에 막 상경했을 때, 어디로 갈거나
> 어떻게 살아야 하나 고민하던 그때, 우리 집에서 홀서빙 아르바이트 시
> 켜줬었던. 그래~ 빵빵 빵빼배뱅 빵빵 빵빼배뱅. 나 겨울나기 빵마담~.
> 오호호호호 이제 기억하네 … 우리가 흑흑 그때 사업을 불리지만 않았어
> 도 흑흑 본전치기 하며 잘 살았을텐데 흑흑, 이제는 다 저당 잡히고 흑흑
> 갈 곳 없이 정처 없이 이렇게 지내 흑흑[58]

처음 문을 연 가게에 찾아온 빵마담은 그 자신뿐만 아니라 사촌,
조카, 이웃의 아이들까지 모조리 데리고 와 순덕의 가게살림을 축
내며 얹혀살기 시작한다. 인용문에서 알 수 있듯이 빵마담은 예전
에 순덕이의 급료를 제대로 주지 않았던 악덕한 주인이었음에도, 순
덕이 마음분식을 차렸다는 소문을 듣고 예의 그 착한 마음을 이용할
요량으로 친지, 이웃들까지 모조리 끌고 찾아온 것이다. 인간으로
서의 도리나 염치에 앞서 어떻게든 쉽게 자신만의 배를 불릴 궁리를
하는 빵마담의 뻔뻔함에는 우리 사회가 빚어내고 있는 비인간적인
면모들이 고스란히 묻어나고 있다.

이러한 비정한 현실로 인해 파산할 위기에 처하고, 사람들에게 실
망한 순덕이에게 찾아오는 것은 동서고금에 변함없이 희망의 원동력
으로 기능하는 '사랑'이다.

---

58) 김향, 「창작 판소리의 문화콘텐츠로서의 현대적 의미」, 『판소리연구』39, 판소리학
    회, 2015, 108면. 재인용.

우수에 찬 강렬한 눈빛, 하늘을 찌르게 오똑 선 콧날, 바람에 펄럭이는 단추 풀린 와이셔츠, 눈빛을 가리는 검은 머리카락, 고독을 끌어안은 이 오빠. 무언가 아픔이 있구나. 삶의 고뇌를 끌어안은 이 오빠가 궁금하다. 순덕이가 빠져든다. 순덕이 마음이 움직인다. 뭉게뭉게 피어난 빠알간 꽃인 듯. 사르르 피어나는 새하얀 꽃인 듯. 한강이 이리도 아름다운 곳이더냐. 동호대교는 천상의 오작교로구나.[59]

소믈리에의 꿈을 이루지 못한 것에 절망해 동호대교에서 뛰어내리려는 '견식'을 조우한 순덕은 순식간에 사랑에 빠지게 되고, 그를 위해 스스로의 삶을 바치기로 작정한다. 하지만 견식은 처음 만난 순간부터 순덕을 버리기까지 그녀를 이용하기만 하는 인물이다. 이는 김향이 포착한바 우리 시대 젊은이들의 '외모에 반하는 위험한 사랑, 부질없는 사랑'을[60] 부각시킨 내용으로, 관객들로 하여금 공감대를 이루어 내는 부분으로 기능한다.

순덕의 타고난 본성, 착한 것으로는 도저히 활로를 찾을 수 없던 현실에서 그녀의 최후 선택은 본성을 역행하는 것이었다.

착하게 살기는 하늘에 별 따기. 아무리 노력한들 세상 살기 어려워요. 저는 너무 뚱뚱해서 취직하기 어렵고요. 어디 알바라도 하고 싶지만 뚱뚱한 여자는 아르바이트도 힘들어요. 국민소득 2만불인들 배고픈 건 여전하고요. 미분양 아파트가 넘쳐나도 내 몸 뉘일 곳은 없어요. 착하게 잘 살고 싶지만 모든 게 그렇게 비싼데 어떻게 착하게 살 수 있나요.[61]

59) 김향, 앞의 논문, 108면. 재인용.
60) 김향, 위의 논문, 111면.
61) 이은희, 「서사극의 판소리화에서 수행성의 공연미학」, 『브레히트와 현대연극』, 한

   팍팍한 세상살이는 순덕으로 하여금 스스로가 지니고 있는 외모 및 인성으로는 살아남는 것이 녹록찮다는 것을, 아니 불가능하다는 현실을 인식시켜준다. 그리하여 그녀는 자신의 크고 튼튼한 외모를 적극 활용하여 억척같이 살아남기로 한 것이다.

   이때에 드르륵 마음분식 문이 열린다. 쿵쿵쿵쿵. 든든한 허벅지, 운동 장 어깨, 탄탄한 청바지 근육이 터지련다. 여유만만한 당찬 걸음. 육골다 대남 남재수가 나오신다. "안녕하시오. 내가 순덕이의 사촌오빠 남재수 요!" 모두가 놀래어 바라본다. "아니 저런 사촌오빠가 진짜로 있었단 말 야?" "자, 내 가게에서 모두 일어나 짐들 챙겨 나가시지요."[62]

   생존을 위해 불가피하게 만들어낸 인물 남재수는 착한 것의 울타 리에서 벗어나지 못해 허우적거리던 순덕이 삶의 주변을 깨끗하게 정리해준다. 남재수라는 인물의 설정은, 자신의 본성인 착한 것이 세태에 맞지 않다는 것을 알면서도 순순히 인정할 수 없는 순덕의 모순된 고민이 점철된 '묘수'인 것이다. 여기에는 본성으로 혹은 교 육을 통해 생성된 우리의 가치관이 시대상과 어긋나고 있는 데서 오 는 현대인들의 고민이 고스란히 반영되어 있다고 여겨진다. 남재수 를 만들어내 감당할 수 없었던 위기에서 자신의 삶을 건져낸 순덕이 의 내면은 이제 시대의 문제를 직시하며 그것을 억척같이 이겨낼 것 을 암시하면서 마무리된다.

국 브레히트학회, 2015, 101면. 재인용.
62) 김향, 앞의 논문, 108면. 재인용.

옆집 아가는 수돗물로 배를 채워. 앞집 꼬마는 지하철 소매치기. 과자에선 쥐가 나오고, 통조림에선 칼이 나와. 쓰레기통 같은 이놈의 세상, 애들이 병들어 가건 말건 관심 없어. 아가야 너는 엄마가 있단다. 엄마가 다 막아줄게. 지금 이 순간부터는 다 필요 없어. 가난하고 더러운 것들 전부 엄마가 막아줄게.[63]

뱃속의 아기에게 다짐하듯 내뱉는 순덕의 결심은 착한 것을 행복의 주요한 열쇠로 쥐고 살아가기를 바라는 신들의 바람이 얼마나 현실과 동떨어진 것인가를 압축적으로 전달해준다.

2007년 소리꾼의 나이 27세에 만들었다는 이 작품에 대해, 작가는 스스로는 착하게 살았는데 결국은 바보 같은 자신의 삶이 너무 팍팍해서 발상하게 되었고 그것이 자신만의 문제가 아니라 동 시대를 사는 대부분의 사람들이 느끼고 있다고 생각해 창작판소리로 만들어 공연한 것이라고 회고한다.[64] 작품의 주인공 순덕이의 돈을 보고 접근하는 뺑부인, 거지들, 목수쟁이, 견식 등은 현대인의 가치관, 그 이면의 적나라한 실체이다. 그들로부터 스스로를 방어하기 위해서 자신의 본성과는 정반대의 인물인 남재수로 변장할 수밖에 없는 모순된 삶의 모습을 관객들에게 펼쳐 보여주고 있는 것이다.

결말부분에서 순덕이 보여주는 비정한 현실에 대한 억척스러운 면모는 이자람의 또 다른 판소리 브레히트 〈억척가〉에서도 나타나고 있다.

---

63) 김향, 위의 논문, 112면. 재인용.
64) http://www.moonsrever.com 진중권의 문화다방 33회 이자람 1부, 2015년 1월 26일. 인터뷰 내용정리.

아서라 세상사 쓸 곳 없다. 학력은 높아져도 상식은 부족하고 지식은 쌓여가나 지혜는 모자라고 정보는 많아져도 믿을 놈 믿을 뉴스 하나 없네. 세상은 점점 화려해져 가는데 우리네 추억은 텅텅 비어가고 어디든 갈 수 있으나 피부가 계급장이요 언어가 티켓이라. 세계가 하나라고 큰 땅의 사람들은 쓰레기를 선심 쓰듯 작은 땅으로 나눠주고 세계가 하나라며 서로를 간섭하고 세계가 하나라는데 우리 몸은 두동 났네. 어화 세상 벗님네들 이네 한 말 들어보소. 사람으로 태어나 제 한 몸 돌보는 것이 때로는 악이 되고 때로는 독이 되는 모순 가득한 세상에 대한민국 땅에 태어나 판소리 한 자락 들을 수는 있으니 어찌 아니 좋을쏘냐. 잠시 잠깐 이더래도 세상 근심 내려놓고 우스꽝스럽고 슬픈 판소리 이야기 들어보세.[65]

〈억척가〉는 중국 위 · 촉 · 오의 전쟁을 배경으로 설정하였지만, 인용한 도입부분의 사설에서부터 이 작품이 시공간적 설정에서 자유롭다는 점을 내비치고 있다. 오히려 현시대의 인종문제와 국가 간의 이권다툼 등을 제시하며 그런 시대를 사는 '우리'에게 건네는 이야기라는 점을 시사한다. 오늘 날 변화된 사람들의 생활면모와 그런 변화 이면에서 나타나고 있는 소외현상을 위의 단가에 담은 것이다. 이런 가운데서 자신의 삶을 돌보는 것이 때로는 선악의 판단을 받아야 하는 문제적 상황을 야기 시키기도 한다는 점을 상기시키면서 소리꾼은 이야기판을 시작한다.

---

65) http://tvcast.naver.com/v/37835 〈억척가〉도입부 이자람 공연 채록.

쥐똥만한 달구지 안엔 군사들이 날린 화살촉, 달아나다 벗겨진 장화, 창 맞아 죽은 병사가 쓰던 투구며, 다 떨어진 가죽끈에 철로 만든 술병이며, 담뱃대, 광목천, 고무줄, 손전등, 논어책, 성경책, 메가폰, 이어폰, 아이폰까지 있어야 할 것은 다 있고 없을 건 없답니다. … 아이들이 우루루루루— 몰리어 시체들에 달라붙어 장화며 모자며 면샤츠, 면양말, 목에 걸린 목걸이며 결혼한 놈 반지, 이빨에 씌운 금 조각 싹 다 훑어 달구지로 가지고 돌아와 이리저리 던져 올린다.[66)]

종군 상인으로 달구지 하나를 의지해 연명하던 안나는 성이 다른 두 아들과 벙어리 딸을 데리고 생활의 터전인 전쟁터를 누비고 다니다가 세 아이를 잃게 되는데, 그 과정이 궁극적으로는 안나 스스로의 삶을 지켜내기 위해서였다는 점에서 작품의 숨은 의미가 드러난다. 안나는 전쟁 덕분에 먹고 살 수 있었지만, 전쟁 때문에 자신의 세 자식을 잃기도 했다. 하지만 삶에의 애착이 강한 그녀는 자식을 하나 둘 잃어가는 중에서도 전쟁을 부정하지 못하는 모순된 성향을 보이게 된다.

전라도에서 순종이라는 이름으로 아들 낳고 살던 그녀는 뜻밖에 소박을 맞은 후 연변으로 이주하게 된다. 그 곳에서 새 남편을 얻어 아들을 하나 더 얻었지만 그 생활 역시 오래 지속되지 못하고 세 번째 남자에게서 얻은 딸은 그나마도 벙어리로, 세 자식과 자신의 운명을 달구지 하나에 걸고 중국 땅에서 전쟁을 따라다니게 된 것이다.

첫째 아들 용팔이는 그녀도 모르는 사이에 용병으로 입대하게 되고, 그렇게 헤어진 아들과의 만남은 뜻밖에도 취사병에게 닭을 팔기

---

66) 김향, 앞의 논문, 118면.

위해 흥정하다가 이루어진다. 의외로 군대에 잘 적응해 대장으로부
터 칭찬을 받는 아들을 보며 대견해하기도 하지만, 한편으로는 전쟁
터에서의 용기가 목숨을 보장해 주는 것이 아니기에 같은 크기의 불
안함을 느끼기도 한다.

> 사랑하는 아들아. 엄마다. 엄마. 대장님의 총애를 받는 네 모습이 늠
> 름하구나. 너 이 새끼, 엄마 말도 안 듣고 전쟁이나 하러 가고. 후. 헌데
> 이 어미 가슴에 뭔가 하나 걸리는 게 영 걱정이 되어 편지를 쓴다. 너 이
> 새끼 힘만 믿고 까불다가 자칫 너만 병... 음음. 지나친 용맹은 화를 부
> 르고 위대한 영웅은 비참한 최후를 맞이한다는데 너의 용기를 칭찬하는
> 대장님이 나는 조금 걱정이구나. 툭 까놓고 남의 전쟁에서 용기백배 한
> 게 그게 무슨 빌어먹을 용기야, 용기는 … 전쟁에서 제일 좋은 건 무조건
> 살아남는 거다. 알겠지, 아가야. 이 어미 걱정은 조금도 말고 잘 살아 남
> 거라.[67]

하지만 그녀의 이러한 불안한 심정을 증명이라도 하듯이 큰 아들
용팔이는 용병활동으로 이용만 당한 후 농민들에게 붙잡혀 죽임을
당하게 된다. 전쟁이라는 특수한 상황에서 용팔이의 지나친 욕망추
구는 스스로를 파멸로 이끈 것이다. 하지만 이러한 면모는 안나에게
서도 고스란히 드러난다. 적군에 잡힌 둘째 아들의 목숨과 달구지의
가치를 두고 협박받던 그녀는 달구지를 빼앗기지 않기 위해 결국 아
들을 모른 척하게 되는 것이다.

---

67) 김향, 앞의 논문, 120면. 재인용.

사람 목숨이 아깝지 않고 함부로 정의를 말할 수 없는 이곳이 내가 살고 있는 전쟁터로구나. 이제야 알았다. 무시무시한 전쟁 속에 우리 가족이 살고 있다고. 이제야 알았다. 내가 미처 몰랐구나.[68]

자신과 가족의 생활이 힘들게나마 유지될 수 있는 것은 전쟁이 지속되고 있기 때문이라고 생각하던 안나에게 두 아들의 죽음은 정신적인 혼란을 불러일으킨다. 더군다나 둘째 아들의 죽음에는 자신의 행동이 결정적으로 관련되어 있었기에 이러한 충격은 더욱 컸다고 할 수 있다. 하지만 전쟁은 가혹하게도 그녀의 이러한 시련에 종지부를 찍을 사건을 하나 더 마련해 두는데, 딸 추선의 죽음이 그것이다. 추선은 군인들의 습격을 성안의 사람들에게 알리기 위해 북을 울려 자는 사람들을 깨우려다 군인들의 총에 죽임을 당하고 만다.

보초양반 다음에 혹여 날 만나거든 날더러 아줌마라고 부르지 말고 억척녀라고 불러주쇼.[69]

우리 스스로의 삶을 돌보는 것이 때로는 자신과 타인에게 독이 되기도 하는 세상에서 그래도 그런 삶을 포기할 수 없는 인간의 모순된 지향성을 마지막 비장한 목소리에 담은 듯하다. 이것은 안나가 억척녀로 변해가는 과정을 보여줌으로써 사회적 환경에 따라 변할 수 있는 인물의 특성을 부각시키고, 이은희가 파악한 바 '변화할 수 있고 변화하는 인간' '고정된 것으로서의 인간이 아니라 과정으로서

68) 김향, 위의 논문, 122면. 재인용.
69) http://tvpot.daum.net/clip/ClipView.do?clipid=47946003 부분 채록.

의 인간'의 모습을 보여주는 것이기도 하다.[70]

(2) 소리판의 회복과 현재적 전승

동초제 〈춘향가〉와 〈적벽가〉의 이수자인 이자람은 판소리의 원형이 잘 보존되어야만 그 가운데의 것을 모방한 새롭고 참신한 것이 나올 수 있다는 생각에서 전통판소리의 전승이 중요하다고 역설한다. 그에 따라 이상적인 판소리는 그 원형이 보존되면서 거기에 공연자의 개성이 보태어 표현되는 것이라고 생각한다. 요즘 만들어지는 창작판소리 작품들이 대중에게 익숙한 소재를 채택하는 경우가 다반사인데 브레히트의 작품이나 주요섭의 〈추물〉〈살인〉 등과 같이 다소 생소한 작품을 선택한 것도 공연자의 개성이 보태어진 것으로 여겨진다. 대중에게 익숙한 소재의 창작판소리는 오히려 식상하게 느껴지는 면이 많기 때문이다.[71]

그녀의 창작활동은 판소리가 창조적인 예술로 수용되기 위한 노력이다. 〈사천가〉와 〈억척가〉가 프랑스, 미국을 비롯한 외국에서의 공연을 성황리에 마친 후, 판소리의 스토리텔링 방법이 주목받으면서 한국 전통예술의 서구화로 평가되었다. 하지만 그러한 평가에 대해 이자람은 단호히 서구화가 아니라 현대화라고 대답한다. 현대 온 세계가 비슷하게 생활하다보니 공감도 비슷했던 것에 지나지 않다는 것이다. 다시 말해 이자람은 현대 관중들의 공감을 바탕으로 하는

---

70) 이은희, 앞의 논문, 102면 참고.
71) http://blog.naver.com/hansj23?Redirect=Log&logNo=70185596207 작품 관람 후기 참고.

창조적인 예술로서의 판소리를 지향하는 것이다.

이러한 공연자의 지향성은 판을 짜는 전략에서도 드러나고 있다. 그녀는 만약 현재까지 판소리가 대중들의 놀이문화 중 하나로 활발하게 전승되었더라면 악기나 의상, 조명 등이 첨가되었을 것이며, 그러한 변화는 자연스러운 것이라고 보고 있다. 그에 따라 기본적으로 부채를 손에 쥔 공연자는 스스로가 제작한 것 같은 독특한 의상을 착용하고 공연한다. 〈사천가〉에서는 순덕이의 면모를 상상할 수 있도록 하얀 블라우스를 속에 받쳐 입고, 남재수의 이미지를 상기시키는 깔끔한 재킷을 걸쳤으며, 뺑부인, 견식 모친 등의 역할로 변할 때에 색을 바꿀 수 있도록 여러 겹의 치마를 둘렀다. 견식의 역할을 할 때에는 검은색 중절모를 머리 위에 걸치기도 한다. 순덕에게 흑심을 품고 접근하는 변사장의 역할로 들어가서는 방아타령을 부른 후 "에고 관객들의 환호에 감사합니다. 변사장이 얼마나 방아를 거칠게 찧었던지 물 한 잔만 먹고 하겠습니다." 그런 다음 그 틈을 이용해 관객들에게 무대에 선 악사들을 하나하나 소개하고 공연을 다시 연결한다. 이처럼 여러 영역을 넘나들면서 자기 자신을 지시하기도 하고 서사자의 역할을 수행하기도 하는 소리꾼의 공소 배치에서 공연자의 현존을 찾아내기도 하는 것이다.[72]

〈억척가〉에서는 군인을 상징하는 군복을 상의로 하고 하의는 역시 여러 겹의 치마를 층층으로 둘렀다. 반주자는 고수 한 명을 기본으로 하되 그 이상의 타악기와 전자악기를 동원해 총 3명의 악사를 앉혀두고 진행한다. 창자는 서사를 진행하는 동안 무대 위를 거침없

---

72) 이은희, 앞의 논문, 103면. 참고.

이 활보하며, 〈억척가〉에서 안나의 딸이 적군의 침입을 마을에 알리기 위해 고지에서 북을 치는 연출은 무대에 마련된 높은 단 위로 뛰어올라가서 진행하기도 한다.[73] 뿐만 아니라 독특하게도 〈사천가〉에서는 관중석에서부터 세 명의 신을 신비스러운 음악과 함께 등장시켜 극적 긴장을 이완시키는가 하면 〈억척가〉에서는 관중들에게 직접 막걸리를 돌리면서 소리판의 흥을 돋우기도 한다.

브레히트의 작품을 판소리로 재창작한 위의 작품들, 이른바 '판소리 브레히트'는 결국 브레히트의 서사극적인 요소를 수용하면서 확장시킨 새로운 장르로 인정되는 바,[74] 우리는 이것을 우리시대의 창작판소리라고 명명할 수 있을 것이다.

이자람은 위의 두 작품을 여전히 활발하게 공연하고 있는 한 편으로 새 작품을 만들어 함께 활동하는 두 소리꾼에게 공연하도록 하였다. 2014년 주요섭의 〈추물〉〈살인〉을 각색해 김소진, 이승희가 공연한 것인데, 역시 일반인들의 판소리에 대한 고정관념을 깨뜨리면서 관객들로부터 호평을 받고 있다. 추후 〈로미오와 줄리엣〉을 두 가문과 한 마을에 얽힌 정치적인 이야기라는 관점으로 풀어내 무대에 올리고자 구상 중이다.

시대가 변하고 삶의 내용이 달라져도 판소리는 옛 열두 마당으로 고정되어 있어야 하는가에 대한 고민은 지나간 옛 이야기가 아닌 우리 시대인들의 이야기를 기록하는 창작판소리 제작으로 이어졌다.

---

73) http://tvcast.naver.com/v/37835 전통판소리를 배웠던 김소진이 이자람의 작품을 공연하면서 창자의 몸동작 및 움직이는 범위가 전통판소리 공연에 비해 크고 넓어 힘들었다는 인터뷰 내용이 참고가 된다.
74) 이은희, 위의 논문, 81면~113면.

특별히 판소리의 대중화는 창작판소리의 확산과 보급을 통해서 이룩할 수 있기에 이들의 창작활동은 값지다고 할 수 있다. 전통소리에 안주해 시대정신을 담아내지 못하는 작품의 빈곤함을 극복하고 판소리의 생명력을 되찾고자 하는 이 시대 창작판소리꾼들의 다짐이 이상의 작품들에 고스란히 담겨있는 것이다.

　오늘날 판소리계는 새로운 작품이 나오지 않아 정체되어있고, 관객의 요구를 의식하지 않아 배타적이라는 평가를 받고 있다는 지적은 일면 타당하다. 이런 문제적 상황에서 창작판소리 작품들은 그들만의 팬덤문화를 형성하는가 하면 세계적인 공감대를 확보해 글로벌 콘텐츠로 확장되어 가고 있어 더욱 의미있다고 하겠다. 이러한 면모는 20세기 주춤했던 소리판의 흥행을 다시 한 번 현실에서 이루어내어 그 본래의 위상을 찾기 위해 발동해 가고 있다는 점에서 의미있다.

판소리 레퍼토리 변모의 판소리사적 의미

이상에서 살펴본 바, 판소리는 19세기에 적지 않은 작품이 전승 목록에서 탈락되었던 한편으로 20세기를 지나는 동안 다양한 주제를 담은 작품들이 새롭게 창작되기도 하였다. 이러한 범주에 들어가는 작품들은 어떤 방식으로든 당대의 문제적 현실과 관련한 사회의식을 담지하고 있다. 이러한 대사회적인 면모의 강화는 미학성의 결여와도 어느 정도 닿아있다. 때문에 한 시대가 지나면 독자 대중으로부터 멀어질 위험까지도 내포하고 있는 것이다. 이제 본 장에서는 실창판소리와 창작판소리가 미학성의 결여를 감내하면서까지 표출하고자 했던 당대 사회의 면모와 그에 대한 의식을 살펴보고 그것이 판소리사에서 변화 혹은 쇠퇴해간 양상을 구명해보고자 한다.

1. 19세기 실창판소리의 성격과 판소리사적 의미

판소리의 향유층은 특정한 계층에서 다른 계층으로 이동된 것이 아니라는 점은 앞 장에서 정리한 바와 같다. 이것은 판소리가 초창기 때부터 양반 향유층과 일정한 관련성을 지닌 동시에 평민층과도 동일한 연관을 지녔다는 말이 된다. 판소리가 민속예술인 점을 감안한다면 오히려 평민층과의 관련성이 더욱 짙다고 해야 할 것이다. 이런 점에서 〈변강쇠타령〉과 〈장끼타령〉은 평민, 그 중에서도 유랑하며 지냈던 천민들의 생활상과 긴밀한 관련성을 지닌다. 〈배비장타령〉과 〈강릉매화타령〉이 수용자의 의식과 밀착된 작품이라면 이 두 작품은 오히려 생산자의 의식과 더욱 가깝다고 할 수 있다.

판소리 창자는 초창기부터 천민 광대와 상당한 관련성을 지니고 있었다. 판소리를 담당했던 재인과 광대는 조선사회의 최하층에 해당했는데, 이들은 체제 밖의 집단이었으며 조선 사회가 이들을 위한 제도적 장치를 마련하기도 했으나 그 실효성은 알려진 바가 없을 정도였다.[1] 이처럼 그들은 사회적 문제 집단으로 기능하거나 혹은 인

---

1) 유랑천민인 광대·재인의 사회적인 문제성을 다소라도 완화해 보자는 정책으로서 양천불혼(良賤不婚)의 철칙에 대한 예외규정까지 입안되었다. 즉 양민과 천민 간에는 통혼할 수 없다는 봉건적 사회법규를 광대층에 관해서는 예외로 하는 조치가 그것이었다. 연예 또는 도우(屠牛)를 하는 특수천민계급인 재인(才人)·화척(禾尺) 등은 그들 사이의 상호간에 혼인하는 것이 금지되었고, 양민·평민과 혼인하는 것을 허락하였다. 이것은 그들이 상호간에 혼인을 함으로써 그들만의 특수집단을 이루어서 항상 불안정한 생활을 하며 떠돌아다니게 되므로 그들에게 양민과의 혼인을 허락하여 정착의 지반을 마련케 하자는 사회정책에서 나온 것으로 생각된다. 그러나 이조사회에서 이런 조치가 얼마만한 실효성을 가질 수 있었는가는 의문이며 또한 광대들의 사회적 문제를 해결하기 위한 효용성도 극히 희박하지 않았나 생각된다.(김흥규, 「판소리의 二元性과 社會史的 背景」, 『창작과 비

식되었던 것인데, 다음 자료를 통해서 우리는 재인들로 구성된 천민 유랑집단의 광포함을 짐작할 수 있다.

정재인(呈才人) 백정(白丁) 등은 본디 떳떳한 생업이 없는 사람으로서 우희를 전업(專業)하여 여염을 횡행하며 양식을 구걸한다 하나 실은 겁탈을 마음대로 하여 온 식구가 의지하여 살며, 민가에 붙어살다가 조금만 마음에 맞지 않으면 불을 지를 뿐 아니라 기회를 엿보아 도둑질을 하므로 해를 끼치는 것이 적지 않다. 올해에는 흉년이 들어서 도둑질을 자행하는 것이 전보다 훨씬 많을 것이니, 경내를 횡행하는 이러한 무리를 일체 금하되, 금하는 것을 늦추는 수령 감고 색장은 추고하여 엄중하게 죄를 논할 것.[2]

사당패 중에도 여사당들은 곡예(曲藝) 이외에 대개 매음(賣淫)을 하며 그 추태가 이루 말할 수 없으니 일례를 들어보면 여사당이 무용할 때에도 관중 가운데서 누가 돈을 입에 물고 여사당을 부르면 여사당은 쫓아가서 입으로 그 돈을 받으며 그때에 접문하게 되는 것이다. 수백 명 관중 앞에 공공연히 엽전 한 푼짜리 접문하는 것도 추하거니와 그들은 거기서 그치지 아니하고 다시 매음까지 하게 되니, 타락한 극단의 추태가 너무나 심하다.[3]

위의 두 자료는 광대집단의 사나움과 음란함을 알 수 있는 한편으

평」, 창작과비평사, 1974, 74면.)
2) 「중종실록 95/ 36년 5월 14일」, 『조선왕조실록』, 동방미디어, http://gate. dbmedia.co.kr/knu.
3) 김재철, 『조선연극사』(조선어문학회, 1933.), 동문선, 2003, 125면.

로 그들의 불우한 처지 또한 알 수 있게 해 준다. 이러한 사정은 〈변
강쇠가〉와 〈장끼타령〉에 고스란히 담겨있다. 어느 집단에서도 구성
원으로 인정받지 못했던 초기 광대집단의 삶이 강쇠와 옹녀, 장끼와
까투리라는 주인공 속에 투영되어 나타나고 있는 것이다. 두 작품의
주인공들은 공동체에 소속되지 못하고 갈 곳 없이 떠밀려 다니는 유
랑민으로 규정할 수 있다. 이 역시 다른 실창작품들의 경우와 동일
하게 현실에서 소재를 취한 것으로 이해된다. 광대집단의 유랑은 19
세기에도 나타났던 바, 이 시기 농촌의 분해가 가속화되면서 유랑민
들이 광범하게 발생하고 그 가운데 적지 않은 수가 사당패, 거사패
등과 같은 유랑예능 집단을 형성해 떠돌아다녔던 것이다.[4] 그러나
이 두 작품이 유흥의 성질을 지닌다고 보기에는 어려움이 있다. 오
히려 창자집단의 의식을 반영하면서 그 대척점에 놓이는 상층집단을
향한 항거의 한 방편으로 읽힐 뿐이다.[5] 판소리창자는 애당초 천민
으로서 국가에 역을 지던 나례우인의 일원이었다. 그러므로 이들의
기예는 천역(賤役)의 하나였다고 볼 수 있다. 국가에 역을 져야 했던
시기에는 신분상으로나 사회적 위상으로서나 천민의 위상을 벗어나
지 못했던 것이다. 그러다가 18세기 말엽 우춘대라는 대중적 명창이
등장한 것을 비롯해, 19세기에 본격적으로 판소리 명창들의 시대가
전개되면서 판소리 창자들 중 몇몇의 명창들이 명목상으로나마 신분

---

4) 김흥규, 「조선후기의 유랑연예인들」, 『고대문화』20, 고려대학교, 1981.
5) 서종문은 중고제의 지역적 기반과 〈장끼타령〉의 사설 면모를 살펴 이 작품이 판
   소리 생산층인 창자의 문화적 기반에 긴밀하게 고착된 형태와 내용을 지녔기에
   판소리 공연의 소비층인 양반 사대부의 기호를 만족시켰던 다른 작품과의 경쟁관
   계에서 밀려난 것으로 보고 있다.(서종문 · 김석배, 「판소리 중고제의 역사적 이
   해」, 『국어교육연구』24, 국어교육학회, 1991, 33면~63면.

상승을 이루게도 되었다. 하지만 이러한 특징은 성공한 몇몇 명창들에게만 주어지는 특권이었고 대다수의 창자들과는 요원한 일이었다.

결국 〈변강쇠가〉와 〈장끼타령〉은 판소리 생산을 담당했던 광대층의 현실을 작품 안으로 수용하면서 그들이 처한 사회적 환경의 지난함과 그로 인한 항거의식을 표출하고 있는 것이라 여겨진다. 이러한 면모는 이 두 작품이 광대집단이 아닌 양반관료층과 중인층 일반평민층 등 다양한 계층으로 수용되는 데 한계로 작용했을 것이며, 예술적 경지를 획득하는 데에도 일정한 제약으로 기능했기에 활발히 전승되지 못했던 것으로 이해된다.

잘 알려진 바와 같이 19세기는 양반층의 판소리 향유가 대단히 확산되어 나타난 시기인데, 이러한 현상은 이 시기에 갑자기 나타난 것은 아니고 17~18세기의 지속적인 향유 바탕 위에서 가능한 것이었다. 이 시기 양반층은 문희연의 공간에서 판소리를 즐기거나, 동류 지인들끼리 사적인 공간에서 즐기기도 하였다. 또 지방수령들의 향유가 지나쳐 문제가 될 정도였으며,[6] 이전 시기에 왕실에서 판소리를 즐겼던 양상이 이 시기에도 이어지고 있었다.

문희연과 같은 잔치 마당에서의 판소리는 아무래도 유흥의 차원에서 이루어진다고 보아야 할 것이다. 그러나 일부 양반 동류집단 내에서의 사적인 향유는 앞의 경우보다 예술적인 차원에서의 감상으로 이루어진다. 이를 통해 우리는 두 가지 태도를 상정할 수 있다. 곧 양반들이 판소리를 유흥으로서 수용하느냐 예술로서 수용하느냐 하는 점이다. 이 두 가지 태도는 이후로도 지속적으로 판소리 수용

---

6) 정약용, 『목민심서』 2, 18면.

양상에 일정한 영향력을 행사하는 것으로 이해된다. 곧 판소리를 유
흥의 장에서 '놀이'의 성격으로 이해한다면 그것은 당대 현실에서 소
재를 취할 수 있고 그것을 골계에 치우치게 표현할 수 있다. 이 점은
판소리의 성격이 소학지희의 그것과 일정한 관련성을 지니고 있다
는 점에서도 충분히 가능한 일이다. 〈배비장타령〉과 〈강릉매화타령〉
의 경우가 여기에 해당하는데, 두 작품의 소재는 당대 현실사회, 특
히 관인사회의 관행과 밀접한 관련성을 지닌다. 우선 〈배비장타령〉
은 색에 대한 배비장의 경직성이 당시 관료들에게 무의미한 것으로
인식되면서 그의 희화화를 즐기게 되어 유흥의 성질을 내비치게 된
다. 이 작품을 유흥으로 즐기면서 웃을 수 있는 청중들은 마치 작품
내에서 배비장을 훼절시키기 위해 목사와 함께 공모했던 여러 비장
들과도 같은 성격을 지니고 있다. 웃음이 웃는 주체와 웃는 대상 사
이에 일정한 연관성이 성립된 상태에서 동시에 두 주체 사이에 거리
감이 형성되었을 때 마련되는 것임을[7] 상기했을 때 이 작품을 관람
하고 웃을 수 있는 주체는 배비장과 일정한 관련성을 지니면서 동시
에 그와는 거리감을 형성하고 있는 집단내 구성원임을 알 수 있다.
판소리는 이미 이른 시기에 양반층 사이에서 공연되었다. 이를 통해
우리는 배비장과 관련된 설화가 당시 관료집단 사이에 공공연하게
진행되었던 신참례와 일정한 관련성을 지니면서 이 작품을 구체적인
결과물로 내놓았던 것으로 이해 할 수 있다. 그리고 이 작품은 실제
배경으로 기능했던 관료집단 내에서 일정한 인기를 누림으로써 유흥

---

7) 류종렬, 「웃음거리-웃음의 미학, 웃음거리의 발생과 의미」, 『시대와 철학』, 한국
  철학사상연구회, 2006, 43면~64면.

물로서의 성격을 다져나갔던 것이다.

〈강릉매화타령〉 역시 이러한 이해의 연장선상에 놓이는데 작품의 주인공인 '골블견'에 대한 묘사부분부터 이러한 의미를 읽어 낼 수 있다. 배비장은 희화화 될 인물이기는 했으나 부정적인 면모로 그려지지는 않았는데, 골생원은 이와 다르게 외양부터가 혐오스럽게 그려지고 있다. 그는 배비장의 성향과는 반대되는 면모를 보이는데 지나치게 색에 빠져 과거조차 제대로 치르지 못할 정도로 경도되었던 인물이라는 점에서 그러하다. 이러한 그의 태도가 강릉 사또에 의해 교정되면서 희화화 되는데, 이 역시 당대 관료들의 실체와 일정한 관련성을 지니면서 웃음을 유발시킬 수 있었던 것으로 이해된다. 곧 지나치게 색에 빠진 관료를 수령이 우스꽝스럽게 징계함으로써 유흥의 도구로 삼게 되었던 것이다. 즉 이 두 작품은 당시 관료집단 내에서 나타났던 일련의 현상들을 작품 속에 융화시킴으로써 동류집단 내에서 유흥물로서 수용될 수 있었던 것이다.

이 두 작품은 관료들이 중심인물로 등장하고 또한 그들이 향유하는 형태이기 때문에 여기에서 기생이나 방자의 고달픔은 언급될 여지가 없다. 뿐만 아니라 신분의 차이 때문에 입는 불이익이나 부의 불균형에 대한 불평도 존재하지 않는다. 따라서 이러한 이야기는 결핍된 현상의 충족을 지향하는 〈춘향가〉나 〈심청가〉, 〈홍보가〉 등과는 그 차원을 달리한다고 할 수 있다. 이러한 작품이 있어 관인들은 자신들의 현재를 객관화할 수 있었고 또 그 곳에 빠져들어 향유할 수 있었다.[8]

---

8) 정병헌, 「판소리의 전승과 공간적 배경의 관계연구」, 『판소리연구』25, 2008, 72면.

그러다가 19세기 중후반에 들어와 이 작품이 인기를 상실하게 된
것은 판소리 향유층이 확대된 현상과 관련을 지닌다. 또, 판소리를
유흥이 아닌 예술로 인식하는 예가 확대된 점과도 관련을 지닌다고
할 수 있다. 우선 판소리의 수용층이 다양하게 확산된 현상은 관료
집단을 주 수용층으로 삼았던 두 작품이 다양한 계층으로 퍼지게 되
면서 서사의 변화가 일어났을 가능성을 마련해 준다. 이것은 특히
〈배비장타령〉에서 주도적인 역할을 담당하는 '방자'라는 인물형[9]을
통해서 짐작할 수 있는 부분이기도 하다. 곧 관료 사회 내부의 신참
례가 목사의 영향 아래 있는 애랑을 통해서 나타났다면 방자라는 인
물의 첨가로 인해 다른 수용층의 시각까지도 흡수할 수 있게 된 것
이다. 그러나 〈강릉매화타령〉의 경우에는 이러한 확대가 나타나지
않는데, 인물의 면모나 서사의 짜임 등에서 앞의 작품과의 경쟁에서
밀려 자연히 도태된 것이 아닌가 한다.

한편 이 시기 예술로서의 판소리는 다른 예술물에서는 경험할 수
없었던 새로운 경지를 추구했다는 점에서 특징적이었다. 곧 판소리
를 중심으로 전 계층이 공감하는 새로운 감정문화가 형성되었던 것
이다. 그것은 판소리가 비애를 통한 정서적 몰입과 기쁨을 통한 정
서적 해방을 느낄 수 있게 해주었다는 점과 관련된다. 바로 그런 점

---

9) 판소리 문학에서 '방자'라는 인물은 신분적으로 상전에게 예속되지만, 작품 내에
서 상전으로 관계 맺은 인물을 조롱하고 풍자하는 행동과 言辭를 나타내 보임으
로써 상하의 주종관계를 무너뜨리고 주동적 인물로 상승한다. 〈배비장전〉에서의
방자는 경직된 가치관을 대표하는 배비장의 약점을 폭로하고, 배비장이라는 인물
의 희화적 파탄을 적나라하게 보여 주는 구실을 완벽하게 수행하고 있다. 따라서
이러한 방자의 기능은 연출자 내지는 작가에 가까운 것이라 하여도 지나친 말이
아닐 것이다. (권두환, 서종문, 「방자형인물고」, 『한국소설문학의 탐구』, 한국고전
문학회, 1978 참고.)

에서 전승 5마당이 예술로서의 경지를 획득할 수 있었던 것으로 이
해된다. 그러나 전승 5마당에 비해 상대적으로 현실적인 문제와 긴
밀한 연관성을 지녔던 〈배비장타령〉과 〈강릉매화타령〉의 경우는 결
국 유흥물로서의 성격에서 예술물로의 승화를 이루어내지 못했던 것
으로 볼 수 있다. 요컨대 이 두 작품은 당대 특정 집단의 현실문제와
긴밀한 관련성을 지녔다는 점에서 집단을 초월한 보편성을 획득하는
데 실패하였고 바로 그러한 점은 시공간을 초월하여 예술물로서 부
상하는 데도 일정한 장애로 작용하였던 것이다. 그러나 주지할 점은
20세기에 오면 〈배비장타령〉이 다시 창극의 무대에 올라 대단한 인
기를 누리는 사례가 등장한다는 점이다. 이것은 이 시기 극장을 중
심으로 판소리가 다시 유흥의 성격을 강하게 지니게 되는 것과 관련
을 지닌다. 이로 인해 〈배비장타령〉은 이야기 뒷부분의 인위적 결말
이 추가되면서[10] 잠깐이지만 인기를 누릴 수 있게 되었던 것이다.[11]

　19세기는 판소리가 한창 유행하던 시기였으며, 동시에 도시 유흥
이 이전 시대에 비해 발전한 상태였기 때문에 도시유흥을 소재로 한
새로운 판소리사설이 등장할 수 있는 조건은 구비되었다고 본다. 이
에 따라 서울이라는 특정한 공간을 배경으로 당시 왈자들의 유흥중
심적인 삶을 그리는 〈무숙이타령〉이 불릴 수 있었다. 판소리는 이

---

10) 세창서관본 〈배비장전〉은 배비장이 동헌마루에서 망신을 당한 후 애랑과 화합
　하는 부분과 목사가 그에게 정의현감을 제수한다는 부분이 첨가되어 있다. 또
　배비장에 대한 제주도민의 비난도 나타나고 있다. 이 부분은 장면이나 용어 등
　을 통해서 봤을 때 후대에 첨가된 부분으로 판단된다.
11) 1930년대 〈배비장타령〉이 창극으로 공연되었는데 폭발적인 인기를 끌었다. 하
　지만 창극이라는 장르의 전반적인 쇠퇴, 넓게는 이 시기 판소리 장르의 전반적
　인 쇠퇴와 맞물리면서 이 작품 역시 지속적인 인기를 누리지 못하게 된다. (윤석
　달, 『명창들의 시대』, 작가정신, 2006.)

시기에 들어오면서 특정 계층에만 귀속되지 않은 양상을 보였고 더불어 신흥예술로서 전문적인 흥행예술을 지향하기도 하였다. 이것은 식자층에게 인기를 얻은 박만순의 경우와 모든 계층에서 인기를 얻은 이날치의 경우, 뿐만 아니라 청중의 수준에 맞게 소리를 해야 한다고 주장했던 송만갑의 경우에서도 나타났던 바이다. 따라서 이제 판소리는 예술가 대 수요자의 관계에 입각하여 발전할 수 있게 된 것이다. 그런 가운데 〈무숙이타령〉의 등장은 당시 서울공간의 도시유흥적 분위기와 함께 이를 주도적으로 이끌었던 중간계층의 세계관을 충실하게 담아내고 있다는 점에서 그러한 역할을 일정하게 담당했던 것으로 이해된다. 하지만 이 시기 판소리는 중간층과의 관계에 비중을 두면서도 전체적으로는 탈계층적 성격을 지니게 되는데 〈무숙이타령〉은 앞의 특성은 인정되나 뒤의 특성은 지니지 못한 것으로 보인다. 곧 계층의 범위를 초월하면서 상하층의 관심사를 두루 끌어들여 시민문학으로서의 발판을 마련하는 데까지 나아가지 못했다는 점에서 일정한 한계를 지닌다고 보는 것이다.[12] 요컨대 이 작품 역시 특정 계층만이 아니라 상하층에 골고루 고객을 확보할 수 있는 상품이어야 흥행자체가 성공할 수 있었던 시대적 분위기와 일치하지 못했던 것이다.

---

12) 조동일은 시민문학을 '저자에서 장사하는 행위와 관계를 가지고 살아가는 사람들이 스스로 즐기거나 수용자의 흥미를 끄는 상품으로 삼기 위해서 규범화되어 있는 격식에서 이탈해 현실생활에서의 관심거리를 자유롭게 다룬 문학'이라고 보았다. 그런 측면에서 〈무숙이타령〉은 시민문학으로서의 일정한 면모를 지닌다고 할 수 있다. 그러나 '중세문학의 폐쇄성을 무너뜨리고 상하층의 관심사까지 가능한 대로 끌어들여 근대 민족문학을 지향하는 속성'을 지니는 데까지 나아가지 못했다는 점에서 일정한 한계를 지닌다고 할 수 있다. (조동일, 『한국문학통사』제3판 16쇄, 지식산업사, 1994(2003), 205면 참고.)

도시유흥이 활발하게 나타날 수 있었던 데는 상업을 기반으로 경제적 성장을 이룬 부류들의 출현이 전제로 기능한다. 이러한 부민들의 출현과 맞물려 나타난 작품 중 하나로 〈옹고집타령〉을 생각 할 수 있다. 이 작품에서는 당시 요호부민들이 내비쳤던 사회적 양면성에 기인한 상반적인 시선이 '도승'을 매개로 소극적으로 드러나고 있었다. 악인이 대상과 표현 사이의 일원적 관계보다는 다원적 관계를 인정하면서 그려진다는 점은 악인의 절대성이 무너지고 상대적 평가가 이루어질 수 있다는 가능성을 보여주는 것이기도 하다.

그런 점에서 이 시기 향촌 사회를 배경으로 하는 악인들이 판소리에 등장하는 점은 주목 할 만한데 옹고집과 놀보의 인물상에서 그러한 면모가 드러난다. 이 두 인물은 가정 내부나 국가 내부가 아닌 좀 더 개방적인 향촌사회를 배경으로 한 악인형이며 해학적이고 수사적인 장치를 통해 주인공으로 부각되고 있다. 향촌사회에 밀착된 구체적인 악인으로 잘 형상화 된 이 두 인물은 상당한 재력을 소유했음에도 반인륜적인 행위를 내보이면서 풍자되거나 혹은 구원된다.[13] 특히 〈옹고집타령〉은 후대본으로 갈수록 옹고집의 악행이 덧붙여지는데 이것은 그의 사회적 신분 상승과 맞물리면서 나타난다. 이러한 양상은 놀보의 악행을 보는 시선에서도 나타나고 있는 바, 이 작품은 〈흥보가〉처럼 재물을 가진 부유한 향촌의 인물이 그의 사회적 위치에 걸맞지 않게 반사회적이고 반인륜적인 면을 보여주고 있음을

---

13) 옹고집의 풍자를 강조한 논문으로는 대표적으로 이석래, 「〈옹고집전〉의 연구」, 『관악어문연구』3, 서울대국문과, 1978.가 있고, 옹고집의 구원에 초점을 맞춘 논의로는 장석규, 「〈옹고집전〉의 구조와 구원의 문제」,『문학과 언어』11, 문학과 언어연구회, 1990. 등이 있다.

비판하는 양상으로 전개되어 갔던 것이다. 이처럼 성격을 중심으로
유형화 된 인물은 하나의 전통으로 살아남게 된다. 그리하여 놀보
는 이미 우리에게 익숙한 인물이 되어 있으며, 근대 소설 인물형의
내적 계보를 추적하는 데도 도움을 준다.[14] 이는 선인보다는 악인을
통해서 근대적 인물의 계보 추적이 가능하다는 점을 보여주는 것이
기도 한데, 사실 새로운 시대를 열어가는 인간상은 먼저 악인을 통
해 부정적으로 출현하기 쉬운 법이다. 악인이란 어떤 의미에서는 기
존의 윤리를 뒤흔들면서 등장하고 그런 만큼 그들은 뭔가 도전적이
고 적극적인 인물로 나오기 쉽기 때문이다.[15] 〈옹고집타령〉은 이러
한 시대적 악인형에 대한 다양한 시선을 반영하여 나타났던 것인데,
〈흥보가〉의 놀보가 또한 그와 유사한 인물형으로 나타났다. 이 두
인물의 악행은 몇 가지 점을 제외하고는 다소 해학적으로 그 면모를
드러내고 있다는 점 역시 동일하다. 이에 따라 비교적 선인과 악인
의 선명한 대립구조를 보이고 있는 〈흥보가〉의 놀보라는 인물과의
경쟁에서 도태되어 〈옹고집타령〉이 소리판에서 밀려난 것이 아닌가
한다.

　19세기는 창자의 내부관계가 새롭게 정립되고 유파가 생성·구별
되기 시작했으며 이로 인해 사승관계가 정립되었던 시기였다. 이것은
판소리가 이제 단순 유흥의 수단에서 나아가 예술물로 다듬어져가고
있었다는 점을 내비치는 점이기도 하다. 그런 가운데 이상의 6작품은

---

14) 서인석, 「조선후기 향촌사회의 악인형상-놀부와 옹고집의 경우」, 『人文硏究』, 영
　　남대 인문과학연구소, 1999, 47면~78면 참고.
15) 이는 채만식의 〈태평천하〉에 나오는 윤직원이 놀부의 후예라는 것이 지적된 점
　　을 통해 알 수 있다.(신상철, 「놀부의 현대적 수용」, 신상철·성현경 편, 『한국고
　　전소설연구』, 새문사, 1983.)

전문 창자가 잘 보이지 않는다는 점[16]에서 5마당에 비해 상대적으로 인기가 없었다는 점을 다시 한 번 확인 할 수 있다. 그것은 이상에서 살핀 대로 각 작품이 향유된 시대의 현실에서 소재를 취하면서 비교적 제한적인 계층만을 대상으로 삼았다는 점과 관련을 지닌다.

또한 이것은 19세기의 시대적 분위기와도 일정한 영향관계를 지니는데, 이 시기에 판소리 진양장단이 개발되었다는 점에서 그 분위기의 일면을 엿볼 수 있다.[17] 진양장단은 계면조[18]와 결합하여서는 비애에 잠긴 애절한 탄식 등의 비장미를 구현시키고, 우평조[19]와 결합해서는 영웅적인 인물의 엄숙한 거동 등의 장중함을 구현시킨다.[20] 이러한 진양조가 이 시기 개발되었다는 것은 비장미와 장중미에 대한 청·관중층의 요구가 증대되었거나, 당대인들이 현실을 살

---

16) 정병욱은 1930년대에 주로 활동한 명창들의 대표적 판과 더늠의 유파별 분포를 정리했는데 그 가운데 실창판소리 작품으로는 〈변강쇠가〉〈장끼타령〉〈무숙이타령〉이 나타난다. 하지만 명창이 한 두 명에 그치고 더늠도 다른 작품에 비해 희박하게 나타나고 있다. (정병욱, 『한국의 판소리』, 집문당, 1987, 225면~228면.)

17) 진양장단은 충청도지역에서 성행했던 중고제의 시조 김성옥이 구성한 장단으로 알려져 있으며, 판소리 장단 가운데 가장 느린 6박자의 구조를 갖는다. 사설의 극적 상황이 유장하고 여유가 있거나 서정적인 대목에서 주로 쓰인다. 예로 심청이가 인당수로 떠나기 전날 밤을 새워 통곡하는 대목과 같이 비참한 정경을 호소하거나 탄식하는 대목, 이몽룡이 광한루를 구경 나와 한가로이 경치를 바라보는 대목과 같이 아주 한가하고 화평한 대목을 들 수 있다.(2005민속악자료총서, 『명창을 알면 판소리가 보인다』(개정판), 국립민속국악원, 2005, 36면 참고.)

18) 음을 굵게 떨거나 흘러내리는 남도지역 육자배기토리의 민요에서 주는 느낌과 유사하다. 매우 슬프고 섬세하며 부드러운 느낌을 주는데, 슬픈 장면이나 여인의 거동을 묘사하는 대목에 많다. (위의 책, 42면.)

19) 우조(羽調)는 웅장하고 씩씩한 느낌을 주는데, 장엄하고 남성적인 장면과 여유 있고 유유한 장면 등에 쓰인다. 평조(平調)는 우조와 유사하나 우조보다는 명랑하고 화창한 느낌을 주며 기쁘거나 흥겨운 장면에 사용된다.(위의 책, 42면~43면.)

20) 이보형, 「판소리 사설의 극적 상황에 따른 장단조의 구성」, 『예술원 논문집』4, 1975, 141면~145면 참고.

아가면서 이러한 정서를 더 경험하고 희구하게 되었을 것을 짐작하
게 해준다. 특히 주인공의 절박한 상황에서 환기되는 비장미는 일반
서민층과 양반들에게 폭넓은 공감을 얻을 수 있었는데 이것은 19세
기가 전반적으로 비장미에 조응하는 시대였다는 점과도 연관성을 지
닌다. 요컨대 비장미는 이 시기 우리 사회의 전반적인 정서로 자리
잡고 있었던 것이다. 따라서 실창판소리 작품들이 창을 상실하게 된
이유로 특정 계층의식에 어긋났다고 보는 것은 잘못이라고 생각한
다. 판소리는 평민, 중인, 양반 등에 따라 변별적으로 향유되지 않았
을 것이기 때문이다. 오히려 이 시기 광범해진 향유층과 19세기 전
반적인 시대분위기에 이 작품들이 적절하게 조응하지 못했던 것으로
이해하는 것이 타당하다. 그 이유는 이 작품들이 당대 현실문제와
밀착되어 있기 때문인데, 이것은 현실문제가 소멸되거나 변화한 시
대에서는 유효성을 지니기 어렵기 때문이다.

뿐만 아니라 이 작품들은 서사의 내용상 충청·경기지역을 중심
으로 하는 중고제와도 상당한 관련성을 지닌다. 중고제는 경기도와
충청도 지역에 기반을 두었던 것으로 보이는데 이러한 특징은 판소
리 사설을 구성하는 문학적 요소와 판소리 창곡의 바탕을 이룬 음악
적 요소가 이 지방의 문화적 자산을 흡수하면서 일정한 모습을 갖추
어 갔을 것으로 추정할 수 있게 해 준다. 실제로 〈장끼타령〉은 충청
도를 기반으로 성립된 것으로 판단되고 〈무숙이타령〉은 서울·경기
지방을 배경으로 형성된 것으로 보고 있기도 하다.[21] 〈변강쇠가〉의

---

21) 서종문, 「판소리 중고제의 역사적 이해」, 『국어교육연구』24, 국어교육학회,
    1992.(『판소리의 역사적 이해』, 태학사, 2006 재수록. 53면.)

강쇠가 보여주는 인물형과 〈배비장타령〉〈강릉매화타령〉에서 다루고 있는 인물, 사건, 배경 역시 서울 · 경기 지역과 상대적으로 밀접한 관련성을 지닌다고 할 수 있다. 또한 〈옹고집타령〉에 반영된 요호부 민층의 등장 역시 이 지역에서 우선적으로 나타났을 것이며 그로인 해 날카로운 비판의 대상으로 부상할 수 있었을 것이기 때문이다.

또 이 작품들이 그려내고 있는 인물들의 성격이 부정적이어서 교정의 대상으로 설정되고 있다는 문학적인 요인 역시도 실창작품의 공통점으로 추출할 수 있다. 강쇠, 장끼, 배비장, 골생원, 무숙이, 옹고집 등이 보여주고 있는 면모는 모두 부정적인 어떤 성향으로 치우쳐 있기 때문이다.

이상의 논의를 통해서 우리는 실창판소리 작품이 음악적으로는 중고제와의 관련성을 지니면서도 문학적으로는 부정적인 인물을 형상화 시키고 있다는 점, 나아가 당대의 특정한 사회적 문제 혹은 특정한 집단의 지향의식을 담아내고 있다는 점에서 특징적임을 알 수 있었다. 여기에 반영된 사회 · 문화적 의식은 판소리 생산자의 저항의식으로 나타나기도 하고 판소리 수용층의 유흥지향으로 나타나기도 하며 판소리를 향유하는 대중들의 시정세태에 대한 다양한 관점을 흡수하는 형태로 나타나기도 했던 것이다. 따라서 이 작품들이 창을 잃게 된 것은 작품의 모순이나 한계 때문이라기보다는 문화가 변화 발전하는 가운데 나타나는 지극히 자연스러운 현상으로 이해하는 것이 옳다고 본다. 이것은 20세기에 이 작품들의 빈자리를 채우면서 등장한 새로운 작품들을 통해서도 드러나는 바이다.

2. 20세기 이후 창작판소리의 성격과
판소리사적 의미

20세기 초 판소리는 검열을 빙자한 일제의 탄압을 받게 되었다. 뿐만 아니라 신파극과 영화에 관객을 빼앗겨 창극과 마찬가지로 서울에서의 무대를 상실할 위기에 놓였다. 이 시기 판소리 수용층은 대중의 성격을 지니게 되었다는 점에서 특징적이다. 이에 따라 새로운 공연 내용을 요구하는 관객이 등장하기도 했던 것인데 이것은 범인적 주인공이 아닌 영웅적 면모를 지니는 인물의 등장과도 맞물린다. 이러한 요청은 시대의 암울한 분위기와도 맞물렸던 것인데 창작판소리 〈열사가〉가 그 역할의 중심에 섰다.

이 작품은 19세기에서 20세기로 넘어오면서 수용층들이 원했던 영웅적인 주인공의 면모를 민족이 처한 식민지라는 상황에 맞추어 그려냄으로써 일관된 비장미를 추구하였다. 이러한 현실과의 조응으로 인하여 당시 대단한 인기를 끌었던 것으로 보이는데, 이것은 이 작품이 민족주의를 고취시키는 데 중간적 역할을 담당하고 있었기 때문으로 이해된다.

그러나 일제시대에 민족의 주체성을 드러내는 작품을 창작한다는 것은 현실적으로 상당히 어려운 일이었다. 일제의 언론 탄압은 신문, 잡지 등을 제작하기 전단계의 '사전 통제'와 제작된 신문, 잡지 등에 대한 '사후 통제'로 나누어 진행될 정도로 엄정했는데 이러한 환경에서 민족주의 색채를 띤 작품을 발표하는 일은 불가능했던 것이다.[22] 이에 따라 〈열사가〉는 판소리라는 장르적 특성을 힘입고 특히 호남 지역에서 제한적으로나마 불렸던 것으로 보인다. 그러

던 것을 박동실이 해방 즈음에 공식화시켰던 것이다. 이것은 판소리
가 당대의 현실과 밀접한 관련을 지니면서 생성된다는 특징적인 면
모를 다시 한 번 확인시켜 준 셈이다. 19세기에 당대의 현실을 십분
반영하면서 향유되었던 판소리 작품들의 일부가 현실문제의 변화 혹
은 소거와 함께 변모 쇠퇴했다면, 20세기의 변화된 현실환경을 반영
하는 판소리작품이 또 다시 생성되기 마련인 것이다. 그러한 면모는
박동실을 이어 박동진에게서 다시 나타났다. 그는 어떤 창자보다도
판소리의 시대성을 자신의 소리세계에 잘 반영한 창자이며 시대에
따라 달라진 관객들의 취향과 요구를 잘 반영하였다. 이것은 신재효
의 〈변강쇠가〉를 개작한 면모에서도 드러난다. 곧 대다수의 관객들
이 공감하지 못하고 이미 화석화되어 민간신앙이 되어 버린 장승의
절대적 신격을 약화시키고, 봉사의 무속제의 과정을 담은 사설을 배
제함으로써 달라진 관객들의 취향과 요구를 수용하고자 했던 것이
다.[23] 뿐만 아니라 〈예수전〉을 통해 이 시대에 판소리의 소재가 확장
될 수 있는 가능성을 보여주기도 하였다.

김지하의 담시는 유신체제를 향한 실질적인 준비를 다져가던 당
시의 독재정권에 대한 풍자와 비판을 목적으로 씌어진 시이다. 그는
〈오적〉의 서두를 '시를 쓰되 좀스럽게 쓰지 말고 똑 이렇게 쓰랏다.'
라고 시작했는데, 이는 현실의 폭력을 외면하고 어떤 결단을 유보한

---

22) 차승기, 「1930년대 후반 전통론연구」, 연세대 박사학위논문, 2002, 30면.
23) 박동진〈변강쇠가〉의 특징과 이를 통한 그의 지향의식은 다음의 논문에서
   다루었다.
   강윤정, 「박동진 창본〈변강쇠가〉연구」, 『판소리연구』 25, 판소리학회, 2008, 89
   면~109면.

채 의식의 내부에서 분노를 초월하려는 아름다운 서정시가 아닌 민
중의 의식이 살아 박동치는 현실참여시를 쓰겠다는 의지를 보여준
부분이라고 할 수 있다.[24] 그리하여 그는 〈오적〉〈비어〉 등과 같이
판소리를 변용한 시를 가리켜 '담시'라고 일컬었는데 이는 판소리의
문체적 특성을 적극적으로 계승해서 현실정치를 풍자적으로 비판하
는 데 활용한 것이다. 이 시기 전통을 창조적으로 계승해야 한다는
문제의식은 대학생들을 중심으로 한국 사회 전반에 퍼져 갔다. 1970
년대 대학가에서 풍물패, 사물놀이, 마당극을 비롯해 민중의 정서에
기반을 둔 전통 장르를 계승하려는 집단적인 움직임이 인 것도 이러
한 문제의식과 무관하지 않다. 거기에는 물론 1960~70년대를 지배
하는 정치권력의 부패와 유신독재체제의 확립, 산업화와 농촌의 피
폐화 등이 사회적 배경으로 작용하고 있었을 것이다.

　이런 시대적 상황에서 김지하가 판소리를 선택한 이유는 판소리
사설이 지닌 긴장과 이완, 몰입과 해방, 창과 아니리의 구조와 판소
리의 유장한 호흡 때문이었다. 이러한 판소리의 미적 특질과 기법은
김지하의 담시에 적극적으로 수용되어 기층민중의 지배계층에 대한
저항과 비판의식을 표출하는 데 유용하게 쓰였던 것이다.[25] 이러한

---

24) 이석우, 「김지하 譚詩의 諷刺硏究」, 『우암논총』20집, 청주대학교, 1998, 224면
　　참고.
25) 김지하를 비롯하여 〈오적〉필화사건에 연루된 인물들은 징역 1년, 자격정지 1년
　　에 집행유예 판결을 받고 『사상계』는 등록이 취소되는 사태를 겪게 된다. 이후 김
　　지하는 〈오적〉 필화 사건으로 기소 중에 있던 1972년 3월, 가톨릭교회 종합잡지
　　『창조』에 〈비어〉라는 담시를 발표해 반공법 위반 혐의로 다시 입건되기에 이른
　　다. 판소리 사설을 변용한 담시의 파괴력이 기층민중에게 미칠 영향을 두려워한
　　정부 당국의 시선이 필화사건이라는 결과를 낳은 것으로 보인다. (이경수, 「판소
　　리의 현대적 변용가능성에 대한 시론」, 『판소리연구』28, 2009, 339면~340면.)

그의 의식이 〈똥바다〉〈소리내력〉〈오적〉등을 통해서 표출된 것인데 이 작품들은 의도적으로 민중의 한을 폭력적으로 표현하는 풍자를 사용하였다는 점에서 특징적이다. 이 작품들이 지향하는 바는 이상의 김지하의 담시를 소리로 부른 임진택의 언급에서 여실히 드러난다.

> 옛 판소리가 갖는 당시대적 의미를 다시 한 번 반추해 볼 필요가 있겠다. 옛 판소리의 생성과 발전은 봉건체제하에서의 근대적 의식의 깨어남일 뿐 아니라 당시 사대주의적 문화성향에 빠져 있던 양반층의 고답적인 자세를 밑바닥부터 뒤집어엎는 새로운 민족적·민중적 자각을 의미한다. 민족적이고 민중적인 것, 그것이야말로 우리 시대가 완수해야할 문화적 대변혁을 향한 필연적인 과정이자 목표이다. 판소리는 그러한 목표와 과정을 향해가는 민족·민중문화운동선상에서 가장 전진적인 역할을 감당할 수 있는 기본 틀을 갖고 있으며, 그것은 판소리에게 주어진 하나의 업보일 수가 있는 것이다.[26]

위의 자료에는 임진택이 생각한 창작판소리의 지향점이 명백하게 제시되고 있다. 그것은 판소리가 '민족·민중문화운동'의 한 방편으로 활용되는 데서 그 의의를 찾아야 한다는 것이다. 이것은 일본과 한국의 역사적 관계와 일본의 침략적 속성을 다룬 〈똥바다〉에서, 뿐만 아니라 70년대 이후 우리 사회의 이농현상과 유신체제의 억압적 상황을 담고 있는 〈소리내력〉에서도 나타나고 있으며 부패권력층의 행태를 풍자한 〈오적〉에서도 분명히 드러나고 있다. 이러한 의식은

---

26) 임진택, 『민중연희의 창조』, 창작과 비평사, 1990, 235면~236면.

임진택 스스로가 만든 〈오월광주〉에 이르러 더욱 심화 발전하게 되는데 판소리가 '이 시대 민중의 생활과 투쟁을 기록하고 증언하는 이야기'로서 자리매김해야 한다는 생각으로 확대되어 나타난다. 곧 판소리는 지나간 시대의 낡은 유물이 아니라 우리 시대 민중의 생활사와 투쟁사를 그려내는 기록이자 증언, 통곡이자 절규로서 가장 효과적인 민족적, 민중적 예술양식이어야 한다는 것이다.[27]

20세기 중후반의 판소리에 대한 인식이 전반적으로 민족 혹은 민중과 긴밀한 관련성을 지녔다면 20세기 말을 지나 21세기로 들어서면서 판소리의 레퍼토리는 또 다른 성격을 지닌 작품들로 그 외연이 확장된다. 이것은 1990년대 중반 이후 '현실사회주의'가 붕괴되고 세계의 냉전체제가 허물어지고 신자유주의의 기치를 내건 전지구적 자본주의가 전면적으로 부각되면서 풍자적 전통이 급격하게 모습을 감추는 것과 연관되어 있을 것이다. 이 시기 판소리사에서 특징적인 점은 자칭 '또랑광대'라고 불리는 젊은 소리꾼들이 등장한 것인데, 그들은 그 어느 때 보다 판소리의 대중성을 강조한다. 이에 따라 쉬운 판소리, 재미있는 판소리를 지향하게 되고 사설 또한 이러한 방향성으로 창작되게 되는 것이다. '또랑광대'라는 이름으로 활동하고 있는 창자로는 김명자, 김석균, 김지영, 박지영, 박태오, 이자람, 정대호, 정유숙, 최용석 등이다. 이들이 지향하는 의식은 다음에서 잘 드러난다.

2001년 전주산조예술축제에서 시작된 '또랑깡대 컨테스트'는 또랑광

27) 임진택, 위의 책, 259면~261면 참고.

대의 이름을 본격적으로 사용하기 시작한 최초의 사례이다. 광대를 '깡대'로 비틀어 표현하긴 했지만, 기본적으로는 전통사회에서의 또랑광대의 맥을 잇겠다는 의도가 엿보인다. 그러한 의도성은 "쉬운 판소리, 친근한 판소리, 무대에 국한되지 않는 '판'의 회복 그리고 지금의 판소리를 찾기 위해선 또랑광대 정신과 감각회복이 절실히 필요하다."는 선언적 상황인식에 잘 나타나있다. 정형화된 판과 엄숙주의에 지배당하는 무대소리 그리고 전통소리에만 안주하여 시대정신을 담아내지 못하는 작품의 빈곤함, 이것이 오늘날 판소리 전승의 현주소라는 문제의식에서 출발하여 판소리의 생명력을 되찾기 위한 대안으로 또랑광대에 주목하게 된 것이다. 또랑광대 그룹은 젊은 소리꾼들이 소리할 수 있는 무대가 매우 제한되어 있고 전통판소리만으로는 활로를 찾기 어려운 현실에서 수요자의 욕구나 취향에 부합할 수 있는 소리를 함으로써 자신들만의 활동공간을 마련하고 경쟁력을 가질 수 있다는 사실을 깊이 자각하고 있다.[28]

위의 인용한 부분을 통해 우리는 오늘날 또랑광대 집단이 성음이나 너름새, 사설 등의 판소리 구성요소들 가운데 한 가지를 중요시 여기기보다는 소통할 수 있는 '판'을 형성시킴으로써 '대중성'을 확보하는 일을 가장 긴요한 것으로 인식하고 있음을 알 수 있다. 이를 위해 이들이 추구하는 것은 쉽고, 친근한 판소리에 다름 아니다. 이러한 인식은 정철호[29]의 경우에서도 다시 한 번 드러나고 있다.

---

28) 김기형, 「또랑광대의 성격과 현대적 변모」, 『판소리연구』18, 2004, 14면~15면 인용.

29) 정철호는 〈안중근의사가〉〈윤봉길의사가〉〈권율장군〉〈유관순열사가〉〈녹두장군 전봉준〉〈성웅이순신장군〉〈고려장〉〈성자 이차돈〉〈김대중옥중단시〉〈광주민중항쟁〉〈하늘도 울고 땅고 울고〉〈국악의 노래 하나되는 강산여〉〈동편과 서편〉〈영암 향토가〉〈한양가〉〈세종대왕〉등 총 16여 편의 창작소리를 만들어

내가 창작판소리에 관심을 갖게 된 것은 판소리가 소수의 몇몇 창자들의 것이 되어서는 안 된다고 생각했기 때문이다. 판소리는 대중이 함께 즐길 수 있어야 하는데 그러기 위해서는 음악적으로 기교를 많이 부리지 않고 사설이 정확하게 전달되어야 한다. 이를 위해서 새로운 판소리를 만들기 시작하였다. 내가 창작판소리에 관심을 갖게 된 것은 바로 판소리의 대중화를 위해서였다. 그런데 오늘날 판소리가 너무 어려워지고 사설의 엇붙임이 빈번히 사용되면서 뜻이 잘못 전달되는 경우가 허다하여 이를 항상 아쉽게 생각하였다. 앞으로 판소리가 쉬운 말로 불러져야만 한다.[30]

이상에서 우리는 판소리가 19세기를 거치면서 그 레퍼토리가 축소되는 현상을 보이는 한 편 20세기에 들어서면서 다시 확대되는 양상을 확인하였다. 판소리는 수용자가 처한 현실과 긴밀한 연관을 지니면서 그들의 유흥물로서 향유되었는가 하면, 생산자의 욕망을 대리표출하는 의미를 담아내기도 하였다. 또한 판소리가 대단히 유행하였던 시기의 사회상을 반영하면서 창작된 작품도 있었다. 이러한 성격을 지닌 작품들은 그러나 19세기를 거치면서 판소리로서의 인기를 잃어갔는데 이것은 이 작품들이 내비쳤던 '중고제'라는 음악적인 특성, 문학적인 구성, 사회·문화적인 현상과의 긴밀한 관련성, 뿐만 아니라 판소리 수용층의 탈계급적 확산과 19세기 조선사회의 전반적인 분위기 등과 밀접한 관련을 지니면서 나타난 현상이었다. 이러한 실창판소리 작품들은 전승 5가와 비교해서 그 작품성이 열등한 것으

부른 '우리시대 소리꾼'으로 평가받고 있다.
30) 2003년 12월 6일 김연과 정철호의 대담(김연, 앞의 논문, 59면 재인용.)

로 추측 혹은 인식되어 온 것이 사실이다. 또한 오늘날의 창작판소리 작품 역시 그 작품성의 판단 기준은 언제나 전승 5가로 설정되었다. 그에 따라 이 작품들이 전승 5가의 난숙한 예술성의 경지에 이르지 못한 것으로 평가받았던 것이다.

전승 5가는 대체로 19세기에 작품서사가 완결되어 오늘 날까지 이어지고 있는 작품들이라고 할 수 있다. 그러나 시대와 문화의 변화로 말미암아 예전의 향유양상과 오늘날의 그것이 꼭 같지는 않게 나타나고 있다. 이것은 시민사회의 도래와 대중문화의 발달로 인한 미디어의 확산으로 민속 문화가 대중과 단절된 것이 가장 큰 이유라고 할 수 있을 것이다. 이로 인해 현대인에게 '판소리'는 전승 5가의 범위에서 벗어나지 않는 '공연양식'으로 굳어져 버린 듯하다. 다시 말하면 무형문화재로 지정된 명창들의 발표회 등 공연장에서의 '관람' 정도로 인식하고 있는 예술양식에 지나지 않는다는 것이다.

그러나 지금까지의 논의에서 알 수 있었던 바, 판소리는 그것이 향유되었던 시대의 현실을 다양한 시각에서 접근하여 다양한 방법으로 작품화시켰던 장르이다. 중세 사회가 엄격하게 구분했던 계급의 특성이 반영되어 〈배비장타령〉과 〈강릉매화타령〉이 생성되었던 바, 이 두 작품은 판소리를 유흥의 현장에서 불렀던 상류계층의 집단내부 문제와 긴밀한 연관성을 지닌다. 곧 수용층의 향락적 요구에 부합한 작품으로 이해되는 것이다. 〈무숙이타령〉역시 이와 같은 맥락에서 이해되는데 이때의 수용층은 조선후기에 확장적으로 생겨나기 시작했던 유흥집단인 왈자들과 긴밀한 연관성을 지닌다고 볼 수 있다. 요컨대 판소리는 특정 집단 내에서 유흥물의 하나로 활발히 사용되었던 것이다. 이에 비해 〈변강쇠가〉와 〈장끼타령〉은 유랑하는 천민들의 삶이 지닌 애환을 그려낸 작품으로 초창기 판소리 창자의 대부분을 차지했던 천민층과 긴밀한 관련성을 지닌다. 이 점은 판소리가 수용층의 요구뿐만 아니라 생산층의 사회적 욕구 분출에 있어서도 일정한 역할을 담당했던 것으로 이해할 수 있는 단서를 제공하고 있는 것이다. 그런가하면 〈옹고집타령〉은 당대에 등장한 새로운 계층에 대한 판소리 담당층의 상반적인 시선을 예리하게 담아냄으로써 판소리의 사회 반영 양상을 보여주었다. 이러한 면모는 20세기에도 이어져 〈열사가〉는 식민지배하에서 고취된 판소리 담당층의 민족의식을 담아내었고 〈오적〉〈똥바다〉 등에서는 부패한 권력을 향한 판소리 생산자의 항거를 담아내었을 뿐만 아니라 〈오월광주〉에서는 민중의 항쟁을 사실감 있게 그려내어 수용층의 공감을 얻을 수 있었다. 그 후 〈스타대전〉과 〈슈퍼댁 씨름대회 출전기〉〈사천가〉 및 〈억척가〉 등으로 대표되는 젊은 소리꾼들에 의한 창작판소리 활동은 우리 시대의 유행과 생활인의 면모를 그렸다는 점에서 판소리 생산자의 의식지향이 수용자의 그것과 일치할 수 있는 가능성을 다시한 번 드러내었다고 할 수 있다. 이 작품들은 그야말로 '판'을 살리며 대중성을 획득하는 데로 귀착되어 오늘날 대중들이 즐기는 유흥의 마당에서 향유되고자 하는 노력을 기울이고 있다.[31]

이렇듯 판소리는 그것이 향유되는 시대적 특징 혹은 문제를 다양한 시각에서 반영하면서 변화 발전해 간다. 그런 의미에서 오늘날 대중이 일반적으로 인식하고 있는 전통판소리 5가는 오히려 화석화

---

31) 서울의 인사동 거리에서 매주 일요일마다 열리는 거리소리판도 이러한 시도 중의 하나로 이해된다.

된 것이라고 평가할 수도 있을 것이다. 이들을 '화석화'라고 보는 것은 19세기 이래 작품의 서사와 곡조가 대체로 변함없이 전승되고 있다는 점에서 그러하고, 실창판소리와 창작판소리를 통해서 확인했던바 판소리가 변화하는 시대의 다양한 양상을 여러 시각으로 반영하면서 향유될 수 있는 데 비해 이들은 전혀 그렇지 않다는 점에서 굳어져버렸다는 의미로도 해석 할 수 있는 것이다. 그렇다고 해서 20세기 이후 새롭게 등장한 창작판소리가 판소리의 현대화·대중화를 전면적으로 성취시켰다고 단언하기에는 아직도 문제가 있다. 창작판소리는 쉬운 판소리를 지향하면서 현대인들과 판에서의 소통을 강조하며 공연되고는 있으나 전통판소리가 이룩해 놓은 예술적 성취를 잇지 못하고 있다는 한계는 여전히 지적되고 있기 때문이다. 따라서 19세기의 현실문제와 긴밀한 관련성을 지녔던 실창판소리 작품과 같은 시의성을 지니고 소리판의 대중과 밀접한 문제를 다루고자 하는 시도는 인정할 수 있겠으나 그러한 노력은 전통판소리가 이룬 예술적 성과 위에 놓일 수 있을 때 더욱 가치 있는 시도로 인정받을 수 있을 것이다.

VI

실창판소리와 창작판소리에
갈무리 된 시대정신

본고는 17세기 이래 발전적으로 성장해온 판소리사를 정리하면서 그 가운데 19세기에서 20세기 이후까지 나타났던 판소리 레퍼토리 축소와 확대 양상을 살피고 그 의의를 찾고자 하는 데 초점을 두었다. 주지하다시피 판소리는 전통사회에서 오늘날까지 이어지는 예술 양식으로 그 안에 향유자들의 인식과 지향성이 갈무리되어 있다.

판소리는 17세기에 생겨나서 18세기를 거치면서 민중들은 물론이 거니와 양반층에게도 많은 관심을 받았고 궁중에서도 연행되었다. 판소리 창자는 나례우인의 일원으로 궁중의 행사에 동원되었던 것이 며 또한 사적으로는 양반들이 문희연을 열 때 판소리를 연행하기도 했던 것이다. 양반들 중에는 판소리를 감상한 후 감상평을 남겨놓기 도 해서 그들의 판소리에 대한 관심과 열정을 알 수 있게 해준다. 뿐 만 아니라 이러한 자료들은 판소리 레퍼토리가 19세기를 거치면서

12마당에서 5마당으로 줄어들었다는 정보 역시 제공해준다. 이러한 판소리 레퍼토리의 축소현상은 그동안 작품의 내용이 양반층의 의식과 맞지 않았다거나 혹은 작품의 내적 면모가 5마당에 비해 수준이 낮다는 평가를 받아온 것이 사실이다. 하지만 이 시기 판소리의 향유는 양반층에게로 국한되었던 것이 아니고 계급적 구분을 넘어 전 계층에게 수용되었다. 따라서 실창판소리를 이해하는 우리의 시각도 수정되어야 한다는 문제의식에서 시작하였다.

우선 실창판소리 작품은 판소리 생산층의 의식과 수용층의 의식이 경쟁적으로 작용하여 나타난 작품들로 이해된다. 이러한 점은 〈변강쇠가〉와 〈장끼타령〉에서 생산층의 의식이, 〈배비장타령〉과 〈강릉매화타령〉에서는 수용층의 의식이 드러나고 있었다는 것에서 알 수 있었다.

〈변강쇠가〉는 사회 부적응으로 인한 좌절에서 시작된 두 인물 강쇠와 옹녀의 동거가, 옹녀의 정착에 대한 희구에도 불구하고 강쇠와의 상이한 방향성으로 인해 계속해서 좌절하는 양상으로 나타났다. 이것은 강쇠가 죽은 후에도 그치지 않아 옹녀는 강쇠를 치상하는 과정에서도 험한 일들을 겪어야만 했던 것이다. 〈장끼타령〉의 두 인물 역시 정착할 곳 없어 내몰린 처지인 것은 마찬가지이다. 이것은 판소리 생산층을 이루었던 천민 광대들의 사회상이 그대로 투영된 것으로 볼 수 있다. 어느 집단에서도 구성원으로 인정받지 못했던 초기 광대집단의 삶이 강쇠와 옹녀, 장끼와 까투리라는 주인공 속에 투영되어 나타나고 있는 것이다. 두 작품의 주인공들은 공동체집단에 소속되지 못하고 갈 곳 없이 떠밀려 다니는 유랑민으로 규정할 수 있다. 이 점은 판소리가 그것의 생산층과 긴밀한 관련을 지니면서 그들의 현실에서 소재를 취할 수 있다는 점을 내비치는 것이다. 광대집단의 유랑은 19세기에도 나타났던바, 이 시기 농촌의 분해가 가속화되면서 유랑민들이 광범하게 발생하고 그 가운데 적지 않은 수가 사당패, 거사패 등과 같은 유랑예능 집단을 형성해 떠돌아다녔던 것이다. 이러한 생산층의 의식을 반영하면서 그 대척점에 놓이는 상층집단을 향한 항거의 한 방편으로 기능할 수 있었던 것이다. 작품의 이러한 의미는 광대집단이 아닌 양반관료층과 중인층, 일반평민층 등 다양한 계층에게로 수용되는 데 한계로 작용했을 것이며, 예술적 경지를 획득하는 데에도 일정한 제약으로 기능했기에 활발히 전승되지 못했던 것으로 볼 수 있다.

　한편 판소리가 대단한 인기를 누렸던 조선후기의 관료들 사이에서는 특히 '신참례'가 문제로 부각되고 있었다. 〈배비장타령〉에서 나타나는 내기의 양상은 이러한 양반층, 곧 판소리 수용층의 흥미소와 관련을 지니면서 생성된 것으로 볼 수 있다. 배비장이 보여주는 면모는 단순히 여색을 경계하는 선비적인 행동을 의미하지 않는다. 그는 스스로가 소속되어 있는 집단의 관행을 거부하는 경직성을 내보였기에 집단구성원으로부터 교정 받아야 했던 것이다. 〈강릉매화타령〉의 골생원 역시 관료집단의 신참례와 일정한 연관성을 지닌다고 할 수 있다. 다만 그의 인물형은 배비장과 상반된 면모를 보이고 있는데, 지나치게 색에 빠져 일상적인 생활을 할 수 없을 정도라는 점에서 문제가 된다. 이를 교정하기 위해 나선 사람은 다름 아닌 강릉 사또이다. 곧 이 두 작품은 색에 대한 경계 혹은 탐닉으로 치우친 양극단적인 인물을 관료집단의 수장이 나서서 교정한다는 점에서 일정한 관련성을 지닐 수 있는 것이다. 따라서 이 두 작품을 보고 웃는 웃음의 주체는 배비장 혹은 골생원과 동일한 집단에 속하면서 그러한 관행에 물들어있는 조선후기 관료층에 다름 아니었던 것이다.

그러다가 19세기 후반에 들어와 이 작품들이 인기를 상실하게 된 것 역시 판소리의 향유층이 확대된 현상과 관련을 지닌다. 판소리의 수용층이 다양하게 확산된 현상은 관료집단을 주 수용층으로 삼았던 두 작품이 다양한 계층으로 퍼지게 되면서 서사의 변화가 일어났을 가능성을 마련해 준다. 이것은 특히 〈배비장타령〉에서 주도적인 역할을 담당하는 '방자'라는 인물을 통해서 짐작할 수 있었다. 곧 관료 사회 내부의 신참례가 목사의 영향아래 있는 애랑을 통해서 나타났다면 방자라는 인물의 첨가로 인해 다른 수용층의 시각까지도 흡수할 수 있게 되었던 것이다. 그러나 골생원의 경우에는 이러한 확대가 나타나지 않았는데, 인물의 면모나 서사의 짜임 등이 〈배비장타령〉에 미치지 못해 경쟁에서 밀려 도태된 것으로 이해된다.

19세기의 도시 유흥은 이전 시대에 비해 대단히 발전한 상태였기 때문에 이를 소재로 한 새로운 판소리사설이 등장할 수 있었다. 이에 따라 서울이라는 특정한 공간을 배경으로 당시 왈자들의 유흥중심적인 삶을 그리는 〈무숙이타령〉이 불릴 수 있었다. 이 작품은 당시 서울공간의 도시유흥적 분위기와 함께 이를 주도적으로 이끌었던 중간계층의 세계관을 충실하게 담아내고 있다. 하지만 계층의 범위를 초월하면서 상하층의 관심사를 두루 끌어들여 시민문학으로서의 발판을 마련하는 데까지 나아가지 못했다. 요컨대 이 작품 역시 특정 계층만이 아니라 상하층에 골고루 고객을 확보할 수 있는 상품이어야 흥행자체가 성공할 수 있었던 시대적 분위기와 일치하지 못했던 것이다.

이 시기 도시유흥이 활발하게 나타날 수 있었던 데는 상업을 기반으로 경제적 성장을 이룬 부류들의 출현이 전제로 기능했던 것인데, 〈옹고집타령〉은 이러한 부민들의 출현과 맞물려 있음을 알 수 있었다. 이 작품에서는 당시 요호부민들이 내비쳤던 사회적 양면성에 기인한 상반적인 시선이 '도승'을 매개로 소극적으로 드러나고 있는데, 그렇기 때문에 부민들의 사회적 역할에 대한 판소리 담당층의 시각은 다소 소극적으로 그려지고 있었다. 그렇다 하더라도 이 작품은 당대의 시대적 악인형에 대한 다양한 시선을 반영하며 나타났던 것으로 볼 수 있었다. 이러한 인물은 〈흥보가〉의 '놀보'에게서도 나타나고 있었던 바, 비교적 선인과 악인의 선명한 대립구조를 보이고 있는 〈흥보가〉의 '놀보'라는 인물과의 경쟁에서 '옹고집'이 도태되어 소리판에서 밀려난 것으로 이해하였다.

이처럼 실창판소리 작품들은 당대 현실을 기반으로 판소리의 생산층 혹은 수용층과 밀접한 관련성을 지니면서 생성되었으며 또한 향유되었다. 그러던 것이 다층적이고도 다양해진 청관중의 보편적인 공감대를 얻어야 했던 시대적 상황이 되면서 점차 인기를 상실하게 된 것이다. 또한 19세기에 판소리의 진양장단이 개발되었다는 것은 비장미와 장중미에 대한 청중층의 요구가 증대되었거나, 당대인들이 현실을 살아가면서 이러한 정서를 더 경험하고 희구하게 되었을 것을 짐작하게 해준다. 비장미는 이 시기 우리 사회의 전반적인 정서로 자리 잡고 있었던 것이다. 그런데 이상의 작품들은 당대의 현실문제와 밀착되어 있었기 때문에 19세기의 전반적인 시대분위기에 적절하게 조응하지 못했던 것이다.

이렇게 당대 현실과 밀접한 관련성을 지녔던 실창판소리 작품들은 현실문제의 변화와 함께 변모 혹은 쇠퇴하게 되었다. 그러나 변화한 시대에는 다시 그 시대를 반영하는 새로운 작품들이 등장하기 마련인 것이다. 이에 따라 일제식민지라는 시대적 문제를 반영하면서 창작판소리 〈열사가〉가 등장했다. 이 작품은 민족애국지사들의 영웅적인 면모를 다루었는데, 이것은 식민지 시대의 암울한 분위기 가운데 영웅적 인물을 요구했던 청관중의 의식과도 상당히 부합되는 것이었다. 이 작품은 일제시대에는 암암리에 불리다가 해방 즈음에 박동실에 의해 판소리 작품으로 공식화 될 수 있었다. 〈열사가〉는 19세기에서 20세기로 넘어오면서 수용층들이 원했던 영웅적인 주인공의 면모를 민족이 처한 식민지라는 상황에 맞추어 그려냄으로써 일관된 비장미를 추구하였던 바, 이러한 현실과의 조응으로 인하여 당시 대단한 인기를 끌었던 것으로 보이는데, 이것은 이 작품이 민족주의를 고취시키는 데 중간적 역할을 담당하고 있었기 때문으로 이해된다.

　해방이 되고 한국전쟁을 겪은 우리 사회는 20세기 중반이 되어서야 정치적 제도적 정비를 시작할 수 있었다. 판소리 역시 이 시기에 들어와서 국가적 지원을 받기도 하면서 전통문화예술의 하나로 자리매김하였다. 동시에 이 시기에도 새로운 작품들이 창작되어 판소리의 외연을 넓혀갔다. 이러한 역할을 중심적으로 담당했던 이가 박동진이었다. 그는 실창판소리와 창작판소리에 관심을 가졌는데, 실창판소리 사설을 정리하고 곡을 얹어 다시 부르기도 했으며 〈예수전〉 등을 불러 판소리 소재의 범위를 넓히기도 하였다. 이 작품은 본격적으로 우리 사회의 현실을 반영한 작품은 아니었으나, 그의 실험정신으로 인해 판소리가 현재적 재생산이 가능함을 보여준 계기가 되었다.

　이러한 실험정신을 이어 20세기 부패한 정치와 모순된 사회구조라는 현실을 직시하면서 등장한 작품은 〈똥바다〉〈오적〉〈소리내력〉〈오월광주〉 등이었다. 이 작품들은 의도적으로 민중의 한을 폭력적으로 표현하는 풍자를 사용하였다는 점에서 특징적이다. 이 작품들은 현실의 문제를 꼬집으면서 판소리를 민족·민중문화운동의 한 방편으로 활용하였다. 이 점은 일본과 한국의 역사적 관계와 일본의 침략적 속성을 다룬 〈똥바다〉에서, 뿐만 아니라 70년대 이후 우리 사회의 이농현상과 유신체제의 억압적 상황을 담고 있는 〈소리내력〉에서도 나타났으며 부패권력층의 행태를 풍자한 〈오적〉에서도 분명히 드러났다. 이러한 의식은 〈오월광주〉에 이르러서는 이 시대 민중의 생활과 투쟁을 기록하고 증언하는 이야기로서 판소리가 활용될 수 있다는 생각으로 확대되기도 하였다. 곧 판소리는 지나간 시대의 낡은 유물이 아니라 우리 시대 민중의 생활사와 투쟁사를 그려내는 기록이자 증언, 통곡이자 절규로서 가장 효과적인 민족적, 민중적 예술양식이어야 한다는 것이다.

　20세기 중후반의 판소리에 대한 인식이 전반적으로 민족 혹은 민중과 긴밀한 관련성을 지녔다면 20세기 말을 지나 21세기로 들어서면서 판소리의 레퍼토리는 또 다른 성격을 지닌 작품들로 그 외연이 확장되었다. 이 시기 판소리사에서 특징적인 점은 자칭 '또랑광대'라고 불리는 젊은 소리꾼들이 등장한 것인데, 그들은 그 어느 때보다 판소리의 대중성을 강조했다. 이에 따라 쉬운 판소리, 재미있는 판소리를 지향하게 되고 사설 또한 이러한 방향으로 창작되었던 것이다. 그러한 특징을 보이는 대표적인 작품으로 박태오의 〈스타대전〉과 김명자의 〈슈퍼댁 씨름대회 출전기〉, 이자람의 〈억척가〉와 〈사천가〉 등을 살펴보았다. 이들은 될 수 있는 한 많은 사람들이 판소리를 유흥물의 하나로 즐길 수 있도록 힘쓰고 있다는 점에서 특징적이었다. 박태오는 유행하는 컴퓨터 게임을 소재로 취했고, 김명자는 김치냉장고라는 소재로 생활인의 소소한 면모를 담아내면서 전통판소리의 벽을 허물었던 것이다. 이자람은 판소리의 현대화를 지향하면서 한국을 넘어 세계인에게까지 판소리의 면모를 알리고 있어 주목 받고 있기도 하다.

본고에서 살펴보았던 바, 19세기에 판소리가 흥행하는 동시에 몇 작품들이 인기를 잃었다는 점은 문화가 변화 발전하는 가운데 나타나는 지극히 자연스러운 현상에 다름 아니다. 이것은 20세기에 이 작품들의 빈자리를 채우면서 등장한 새로운 작품들을 통해서도 드러나는 바이다. 곧 현실은 정태적으로 고정되어 있는 것이 아니기 때문에 이를 반영하는 판소리 작품 역시 변화할 수밖에 없는 것은 당연한 이치이다. 그런 점에서 오히려 전통판소리 5마당은 이러한 시대적 변화를 반영하지 못하고 예전의 면모를 그대로 유지하고 있기 때문에 오늘날 대중과의 거리가 소원해져 버린 것이다. 시대가 변하고 그로 인해 향유하는 문화의 양상도 변한 시점에서 300여 년 전의 판소리를 다시 대중화시킨다는 것은 불가능에 가까울 것이다. 그렇다면 판소리는 오늘날 대중의 문화양상에 맞게 변모해야 한다. 그러한 역할을 창작판소리가 담당하고 나선 것이다. 그런 점에서 판소리사에서 레퍼토리가 소멸되고 다시 확장되면서 나타나는 일련의 현상들은 판소리가 언제까지나 '지금' '여기'의 예술일 수 있도록 해준다는 점에서 의의를 지닌다.

참고문헌

1. 자료 및 음반

- 김동욱 편, 경판 25장본 〈흥부전〉, 『景印古小說板刻本全集』3, 연세대출판부, 1973.
- 김진영 외, 『失唱판소리사설집』, 박이정, 2004.
- 大韓民國獨立有功人物錄, 國家報勳處, 1997.
- 「무형문화재 박동진 장로 신앙간증8」, 『기독신문』, 1999.3.17.
- 「무형문화재 박동진 장로 신앙간증8」, 『기독교신문』, 1999.3.17.
- 민창문화사 영인필사본 〈漢陽歌〉, 민창문화사, 1994.
- 성현 / 홍순석 역, 『용재총화』, 지식을 만드는 지식, 2009.
- 송언, 「인물기행- 최후의 판소리광대 박동진」, 『한국논단』, 한국논단. 1997.
- 신광수, 「題遠昌扇」, 『석북문집』4, 아세아문화사, 1985.
- 신상섭, 「특별인터뷰 국창 박동진 옹-판소리 불러 55년」, 『통일한국』, 평화문제연구소, 1987. 4
- 신재효 / 강한영 교주, 「〈광대가〉」, 『신재효의 판소리 여섯바탕

집』, 앞선책, 1994.

• 실시학사 고전문학연구회 역주, 〈장복선전〉, 『이옥전집』2, 소명
  출판, 2001.

• 이해조, 「옥중화」, 『춘향전』, 교문사, 1984.

• 전통예술원, 『조선후기 문집의 음악사료』, 민속원, 2002.

• 정약용, 『역주 목민심서』 I, 창작과비평사, 1978.

• 정조실록45권/20년11월경신, 『조선왕조실록』, 동방미디어,
  http://gate.dbmedia.co.kr/knu.

• 조재삼, 『松南雜識』 권10, 「靈山」

• 중종실록95권/36년5월14일, 『조선왕조실록』, 동방미디어,
  http://gate.dbmedia.co.kr/knu.

• 판소리학회 특집, 「판소리 인간문화재 증언자료－판소리 명창 박
  동진」, 『판소리연구』, 판소리학회, 1991.

• 판소리학회, 『제57차 판소리학회 발표요지』

• 황현 / 김종익 역, 『오하기문』, 역사비평사, 1994.

• 「창작 판소리 열사가」, 킹레코드, 1993.

• 『박동진 판소리 예수전』, 서초국악포럼, (1988년 녹음)2006.

• 얼씨구 또랑광대 http://cafe.daum.net/NewAgePansori

• 바닥소리 http;//www.badaksori.com

2. 논문

• 강윤정, 「박동진 본 〈수궁가〉 아니리의 구연 방식」, 『판소리연
  구』16, 판소리학회, 2003.

_____, 「박동진 본 〈흥부가〉 사설의 특징」, 『판소리연구』15, 판소리학회, 2003.

_____, 「박동진 창본 〈변강쇠가〉 연구」, 『판소리연구』25, 판소리학회, 2008.

• 강한영, 「동아문화」6, 서울대학교, 1966.

• 곽정식, 「옹고집전연구」, 『한국문학논총』8 · 9, 한국문학회, 1986.

• 권두환, 「〈배비장전〉 연구」, 『한국학보』, 일지사, 1979.

• 권두환, 서종문, 「방자형인물고」,『한국소설문학의 탐구』, 한국고전문학회, 1978.

• 권순긍, 「〈배비장전〉의 풍자층위와 역사적 성격」,『반교어문연구』7, 반교어문학회, 1996.

• 권영석, 「조선후기 소설의 풍자성 고구」, 동국대 교육대학원 석사학위논문, 1987.

• 김광순, 「장끼전의 이본과 두 세계관의 인식」,『한국 의인소설 연구』, 새문사, 1987.

• 김기동, 「〈매화타령〉」,『한국고전소설연구』, 교학사, 1981.

• 김기형, 「또랑광대의 성격과 현대적 변모」,『판소리연구』18, 판소리학회, 2004.

_____, 「원로예술인에게 듣는다-우리시대의 진정한 소리꾼 박동진의 소리 세계」, 『문화예술』, 한국문화예술진흥원, 2001.

_____, 「창작판소리 사설의 표현특질과 주제의식」, 『판소리연구』5, 1994.

_____, 「창작판소리의 사적 전개와 요청적 과제」, 『판소리학회

제43차 학술발표회요지』, 2003.

_____, 「판소리 명창 박동실의 의식지향과 현대판소리사에 끼친 영향」, 『판소리연구』13, 판소리학회, 2002.

_____, 「판소리 명창 박동진의 예술세계와 현대 판소리사적 위치」, 『어문논집』37, 민족어문학회, 1998.

• 김대행, 「21세기 사회 변화와 판소리문화」, 『판소리연구』11, 판소리학회, 2000.

_____, 「판소리의 발전 전망과 구도」, 『판소리연구』18, 판소리학회, 2004.

• 김동기, 「판소리계 장화홍연가에 대하여」, 『한국어문학』19, 한국언어문학회, 1980.

• 김석배, 「〈강릉매화타령〉의 판짜기 전략」, 『문학과 언어』26, 문학과 언어학회, 2004.

_____, 「〈골생원전연구〉」, 『고소설연구』, 한국고소설학회, 2002.

• 김연, 「창작판소리 발전과정 연구」, 『판소리연구』24, 판소리학회, 2007.

• 김영주, 「〈배비장전〉의 풍자구조와 그 의미망」, 『판소리연구』25, 판소리학회, 2008.

_____, 「판소리 〈변강쇠가〉와 〈소리내력〉에 나타난 그로테스크와 그 지향성」, 『선주논총』15, 선주문화연구소, 2012.

_____, 「임진택 이자람, 창작판소리의 두 방향성」, 『선주논총』18. 선주문화연구소, 2015.

• 김영한, 「국제화 시대 한국민족주의의 진로」, 『한국독립운동사연

구』15, 한국독립운동사연구소, 2000.

• 김용희, 「〈배비장전〉의 주제에 대하여」, 『진단학보』, 진단학회, 1982.

• 김종철, 「〈무숙이타령〉(왈자타령)연구」, 『한국학보』68, 일지사, 1992.

　　　　, 「19~20세기초 판소리 변모양상 연구」, 서울대 대학원 박사학위논문, 1993.

　　　　, 「19세기 판소리사와 변강쇠가」, 『고전문학연구』3, 한국고전문학연구회, 1986.

　　　　, 「실전 판소리의 종합적 연구-판소리사의 전개와 관련하여」, 『판소리연구』3, 판소리학회, 1992.

　　　　, 「옹고집전연구-조선후기 요호부민의 동향과 관련하여」, 『한국학보』20, 일지사, 1994.

• 김향, 「창작판소리의 문화콘텐츠로서의 현대적 의미」, 『판소리연구』39, 판소리학회, 2015.

• 김헌선, 「〈강릉매화타령〉 발견의 의의」, 『국어국문학』109, 국어국문학회, 1993.

• 김현룡, 「〈옹고집전〉의 근원설화연구」, 『국어국문학』62·63, 국어국문학회, 1973.

• 김현양, 「19세기 판소리사의 성격」, 『민족문학사연구』, 3, 1993.

• 김현주, 「창작판소리 사설의 직조방식」, 『판소리연구』17, 판소리학회, 2004.

• 김흥규, 「조선후기의 유랑연예인들」, 『고대문화』20, 고려대학교, 1981.

_____, 「판소리의 사회적 변모와 그 성격」, 『한국학보』10, 일지
사, 1978.

_____, 「판소리의 二元性과 社會史的 背景」, 『창작과 비평』, 창
작과비평사, 1974.

• 류종렬, 「웃음거리-웃음의 미학, 웃음거리의 발생과 의미」, 『시
대와 철학』, 한국철학사상연구회, 2006.

• 민찬, 「조선후기 우화소설의 다층적 의미구현 양상」, 서울대 박
사학위논문, 1994.

• 박경주, 「여성문학의 시각에서 본 19세기 하층 여성의 실상과 의
미」, 『국어교육』, 한국어교육학회, 2001.

• 박관수, 「〈변강쇠가〉의 삽입가요 짜임」, 『겨레어문학』19 · 20, 겨
레어문학회, 1995.

_____, 「〈변강쇠가〉의 음란성 재고」, 『고소설연구』2, 한국고소
설학회, 1996.

• 박일용, 「구성과 더늠형 사설 생성의 측면에서 본 판소리의 전승
문제」, 『판소리연구』14, 판소리학회, 2002.

• 박일용, 「장끼전의 문학적 의미 재론」, 『동리연구』창간호, 동리연
구회, 1993.

• 박진아, 「〈스타대전 저그 초반러쉬 대목〉을 통한 창작 판소리의
가능성 고찰」, 『판소리연구』21, 판소리학회, 2006.

_____, 「진가확인구조의 양상과 그 역할연구-쥐둔갑설화와
〈옹고집전〉을 중심으로」, 『어문론총』49. 한국문학언어학회,
2008.

• 박희병, 「조선후기 民間의 遊俠崇尙과 遊俠傳의 성립」, 『한국한

문학연구』9·10, 한국한문학회, 1987.

• 사진실, 「소학지희의 공연방식과 희곡의 특성」, 『국문학연구』98, 서울대학교 대학원 국문학연구회, 1990.

• 서우종, 「창작판소리연구」, 인천대 교육대학원 석사학위논문, 2006.

• 서인석, 「조선후기 향촌사회의 악인형상-놀부와 옹고집의 경우」, 『人文硏究』, 영남대 인문과학연구소, 1999.

• 서종문, 「〈변강쇠歌〉 硏究」, 서울대 석사학위논문, 1975.

_____, 「19세기의 한국문화」, 『국어국문학』149, 국어국문학회, 2008.

_____, 「신재효의 인식과 실천에서 본 판소리 전망」, 『판소리연구』11, 판소리학회, 2000.

_____, 「장승民俗의 文學的 形象化(Ⅰ)」, 『국어교육연구』17, 경북대학교 사범대학 국어교육연구회, 1985.

_____, 「장승民俗의 文學的 形象化(Ⅱ)」, 『국어교육연구』22, 경북대학교 사범대학 국어교육연구회, 1990.

_____, 「판소리의 장르적 지향성」, 『성곡논총』35, 성곡학술문화재단, 2004.

• 서종문·김석배, 「판소리 中高制의 역사적 이해」, 『국어교육연구』24, 국어교육연구회, 1992.

• 설중환, 「옹고집전의 구조적 의미와 불교」, 『문리대논집』4, 고려대 문리대, 1986.

• 성기련, 「1930년대 판소리 음악문화 연구」, 서울대 대학원 박사학위논문, 2003.

- 손태도, 「판소리 계통 공연 예술들을 통해 본 오늘날 판소리의 나아갈 길」, 『판소리연구』24, 판소리학회, 2007.
- 송영순, 「김지하의 〈오적〉 판소리 패러디 분석」, 『한국문예비평연구』, 한국현대문예비평학회, 2007.
- 송진영, 「고대 동아시아의 통속소설 연구」, 『중국어문학지』, 중국어문학회, 2002.
- 송태호, 「판소리의 장르연구-판소리 장르규정의 문제점을 중심으로-」, 『한국언어문학』31, 한국언어문학회, 1993.
- 신상철, 「놀부의 현대적 수용」, 신상철·성현경 편, 『한국고전소설연구』, 새문사, 1983.
- 여운필, 「〈이춘풍전〉과 판소리의 관련 연구」, 『부산여대논문집』24, 부산여자대학교, 1987.
- 유영대, 「20세기 창작판소리의 존재양상과 의미」, 『한국민속학보』, 한국민속학회, 2004.
- 윤풍광, 「조선후기 소설에 나타난 풍자성 고찰」, 원광대 석사학위논문, 1988.
- 윤분희, 「〈변강쇠전〉에 나타난 여성인식」, 『판소리연구』9, 판소리학회, 1998.
- 이경수, 「판소리의 현대적 변용가능성에 대한 시론」, 『판소리연구』28, 2009.
- 이능우, 「동아문화」6집, 서울대학교, 1966.
- 이두현, 「동아문화」6집, 서울대학교, 1966.
- 이명현, 「다문화시대 판소리의 재인식과 문화적 가치 탐색」, 『다문화콘텐츠연구』12집, 문화콘텐츠기술연구원, 2012.

• 이보형, 「판소리 8명창 음악론」, 『문화재』8, 문화재관리국, 1974.

_____, 「판소리 사설의 극적 상황에 따른 장단조의 구성」, 『예술원 논문집』4, 1975.

• 이석래, 「〈배비장전〉의 풍자구조」, 『한국소설문학의 탐구』, 한국고전문학연구회 편, 일조각, 1978.

_____, 「〈옹고집전〉의 연구」, 『관악어문연구』3, 서울대국문과, 1978.

• 이석우, 「김지하 譚詩의 諷刺硏究」, 『우암논총』20, 청주대, 1998.

• 이성권, 「장화홍련전의 판소리 사설적 성격-가람본을 중심으로」, 『고소설연구』, 한국고소설학회, 1999.

• 이은희, 「서사극의 판소리화에서 수행성의 공연미학」, 『브레히트와 현대연극』, 한국브레히트학회, 2015.

• 이유진, 「창작판소리〈예수전〉연구」, 『판소리연구』27, 판소리학회, 2009.

• 이자람, 「동초제 수궁가 중 창작대목의 음악적 연구」, 서울대 석사학위논문, 2009.

• 이정원, 「창작판소리 〈스타대전〉의 예술적 특징」, 『판소리연구』36, 2013

• 이태화, 「조선후기 왈자 집단의 구성과 성격」, 『한국학연구』22, 고려대학교 한국학 연구소, 2005.

• 이혜구, 「송만재 관우희」, 『중대삼십주년논문집』, 중앙대학교, 1955.

- 인권환, 「失傳 판소리 사설 연구-〈강릉매화타령〉,〈무숙이타령〉,〈옹고집타령〉을 중심으로」, 『동양학』26, 단국대학교 동양학연구소, 1996.

_____, 「토끼전의 서민의식과 풍자성」, 『어문논집』14·15, 고려대학교, 1972.

_____, 『판소리 창자와 실전판소리 연구』, 집문당, 2001.

- 장덕순, 「〈옹고집전〉과 둔갑설화」, 『한국설화문학연구』, 서울대출판부, 1978.

- 장석규, 「〈관우희〉·〈관극팔령〉의 창작방법과 송만재·이유원의 작가의식」, 『문학과 언어』12, 문학과 언어연구회, 1991.

_____, 「〈옹고집전〉의 구조와 구원의 문제」, 『문학과 언어』11, 문학과 언어연구회, 1990.

_____, 「옹고집전연구」, 경북대 석사학위논문, 1984.

_____, 「옹고집전의 통일성과 서술원리」, 『국어교육연구』22, 경북대 사대 국어교육연구회, 1990.

- 정미영, 「〈변강쇠가〉의 여주인공 옹녀의 삶과 왜곡된 성」, 『여성문학연구』13, 한국여성문학학회, 2005.

- 정병욱, 「왈자타령」, 『한국고전시가론』, 신구문화사, 1977.

- 정병헌, 「명창 박동실의 선택과 판소리사적 의의」, 『한국민속학』36, 한국민속학회, 2002.

- 정병헌, 「판소리의 전승과 공간적 배경의 관계연구」, 『판소리연구』25, 2008.

- 정상진, 「옹고집전의 서민의식과 판소리로서의 실전고」, 『국어국문학지』, 문학어문학회, 1986.

- 정인한, 「〈옹고집전〉의 설화연구」, 『문학과 언어』1, 문학과 언어 연구회, 1980.
- 정출헌, 「〈장끼전〉에 나타난 조선후기 유랑민의 삶과 그 형상」, 『고전문학연구』, 한국고전문학연구회, 1991.
- 정충권, 「〈옹고집전〉 이본의 변이양상과 그 의미」, 『판소리연구』4, 판소리학회, 1993.
- 정하영, 「〈변강쇠가〉 性談論의 기능과 의미」, 『고소설연구』19, 한국고소설학회, 2005.
- 정학성, 「우화소설연구」, 서울대 석사학위논문, 1973.
- 정흥모, 「강릉매화타령형 이야기 연구」, 고려대 석사학위논문, 1985.
- 조동일, 「판소리 사설 재창조 점검」, 『판소리연구』1, 판소리학회, 1989.
- 진은진, 「어린이를 위한 창작 판소리의 현황과 특징」, 『판소리연구』25, 판소리학회, 2008.
- 차승기, 「1930년대 후반 전통론연구」, 연세대 박사학위논문, 2002.
- 채수정, 「향유층의 변동과 관련해서 본 판소리의 현재와 미래」, 『판소리연구』11, 판소리학회, 2000.
- 최경환, 「〈변강쇠가〉연구」-선택과 배치의 담화전략」, 『어문학논총』, 국민대학교 어문학연구소, 2006.
- 최래옥, 「설화와 그 소설화 과정에 대한 구조적 분석」, 『국문학연구』7, 서울대 국문학연구회, 1968.
  _____, 『동양학』19, 단국대 동양학연구소, 1989.

_____, 『사대논문집』4, 한양대학교 사범대, 1986.

_____, 『한국학논집』10, 한양대학교 한국학연구소, 1986.

_____, 『한국학논집』11, 한양대학교 한국학연구소, 1987.

• 최문정, 「판소리에 나타난 인물의 형상화와 유교이념」, 『비교문학』44, 한국비교문학회, 2008.

• 최원오, 「〈무숙이타령〉의 형성에 대한 고찰」, 『판소리연구』5, 판소리학회, 1994.

_____, 「조선후기 판소리 문학에 나타난 하층 여성의 삶과 그 이념화의 수준」, 『한국고전여성문학연구』6, 한국고전여성문학회, 2003.

• 최정삼, 「連行藝術로서의 판소리 硏究」, 원광대 박사학위논문, 1999.

• 최천집, 「조선후기 진·가확인형 소설의 형성기반과 서사세계」, 경북대 박사학위논문, 2006.

• 최혜진, 「판소리계 소설에 나타난 가족의 형상과 그 의미」, 『여성문학연구』13, 한국여성문학학회, 2005.

_____, 「〈변강쇠가〉의 여성중심적 성격」, 『한국민속학』30, 한국민속학회, 1998.

• 한창훈, 「판소리 문학사에 있어서 〈게우사〉의 위상」, 『국어문학』, 국어문학회, 2009.

• 한홍기, 「〈배비장전〉 연구」, 계명대 교육대학원 석사학위논문, 1980.

• 한효석, 「〈배비장전〉의 풍자성 연구」, 충남대학교 교육대학원 석사학위논문, 1981.

• 홍욱, 「장끼전 연구」, 『문맥』5, 경북대, 1977.

3. 저서

• 고석규, 『19세기 조선의 향촌사회연구』, 서울대학교출판부, 1998.
• 국립민속국악원, 『명창을 알면 판소리가 보인다』(개정판), 2005.
• 김대행, 『한국시가구조연구』, 삼영사, 1976.
• 김동욱 외, 〈남원고사〉, 『春香傳比較硏究』, 三英社, 1979.
• 김동욱, 『한국가요의 연구』(속), 이우출판사, 1980.
  _____, 『한국가요의 연구』, 을유문화사, 1961.(1984)
• 김익두, 『판소리, 그 지고의 신체전략―판소리의 공연학적 면모』, 평민사, 2003.
  _____, 『한국 희곡/연극 이론 연구』, 지식산업사, 2008.
• 김일렬, 『숙영낭자전 연구』, 역락, 1999.
• 김재철, 『조선연극사』(조선어문학회, 1933.), 동문선, 2003.
• 김종철, 『판소리사 연구』, 역사비평사, 1996.
  _____, 『판소리의 정서와 미학―창을 잃은 판소리를 중심으로』, 역사비평사, 1996.
• 김흥규 외, 『판소리의 이해』, 창작과 비평사, 1978.(1993. 13쇄.)
• 르네 웰렉 · 오스틴 워렌 / 이경수 역, 『文學의 理論』, 문예출판사, 1987. (1993. 6쇄.)
• 박찬승, 『민족주의의 시대―일제하의 한국 민족주의』, 경인문화사, 2007.

• 박헌봉, 『창악대강』, 국악예술학교출판부, 1966.

• 배연형, 『판소리 소리책 연구』, 동국대학교 출판부, 2008.

• 백현미, 『한국창극사연구』, 태학사, 1997.

• 서종문, 『판소리의 역사적 이해』, 태학사, 2006.

_____, 『판소리 사설연구』, 형설문화사, 1984.

_____, 『판소리와 신재효연구』, 제이앤씨, 2008.

• 송방송, 『한국음악통사』, 일조각, 1984.

• 유종호, 『나의 해방 전후』, 민음사, 2004.

• 윤광봉, 『조선후기의 연희』, 박이정, 1998.

, 『한국연희시 연구』, 박이정, 1997.

• 윤석달, 『명창들의 시대』, 작가정신, 2006.

• 이국자, 『판소리연구』, 정음사, 1987.

• 이두현, 『한국연극사』, 민중서관, 1973.

• 이병기, 『국문학개론』, 일지사, 1961.

• 이석래, 『조선후기 소설연구』, 경인문화사, 1992.

• 이우성 · 임형택, 『이조한문단편집』上, 일조각, 1973.

_____, 『李朝漢文短篇集』下, 일조각, 1978.

• 임진택, 『민중연희의 창조』, 창작과 비평사, 1990.

• 정경일 외, 『한국어의 탐구와 이해』, 박이정, 2002.

• 정노식, 『조선창극사』, (조선일보출판부, 1940.), 동문선, 1994.

• 정병욱, 『한국의 판소리』, 집문당, 1981.

• 정병헌, 『판소리와 한국 문화』, 역락, 2002.

_____, 『판소리 문학론』, 새문사, 1993.

• 정출헌, 『조선 후기 우화소설 연구』, 고려대학교 민족문화연구

원, 1999.

• 정해구 외, 『6월항쟁과 한국의 민주주의』, 민주화운동기념사업
회, 2004.

• 조동일, 『카타르시스 라사 신명풀이』, 지식산업사, 1997.

_____, 『한국문학통사』2, 제3판 16쇄, 지식산업사, 1994.
(2003)

• 조향록, 『내가 만난 주태익』, 바위, 1995.

• 최동현, 『판소리 명창과 고수연구』, 신아출판사, 1997.

• 최혜진, 『판소리계 소설의 미학』, 도서출판 역락, 2000.

• 판소리학회엮음, 『판소리의 세계』, 판소리학회, 2002.

_____, 『판소리의 전승과 재창조』, 박이정, 2008.

_____, 『판소리 명창론』, 박이정, 2010.

• 홍순애, 『한국 근대문학과 알레고리』, 제이앤씨, 2009.

• Henri Bergson /김진성 옮김, 『웃음-희극의 의미에 관한 시
론』, 종로서적, 1983.

• Philip Thomson / 김영무 역, 『그로테스크』, 서울대출판부,
1986.

찾아보기

저자 | 김영주

김영주 (1980년)

학력 : 대구가톨릭대학교 학사 / 경북대학교 석사 및 박사

주요 논문 : 〈배비장전〉의 풍자구조와 그 의미망

임진택과 이자람, 창작판소리의 두 방향성

주요 경력 : 경북대학교, 금오공과대학교 강사

실창판소리에서 창작판소리까지

초판 인쇄 | 2016년 2월 25일
초판 발행 | 2016년 2월 25일

저　　　자　김영주

책임편집　윤수경

발 행 처　도서출판 지식과교양
등록번호　제 2010-19호
주　　　소　서울시 도봉구 쌍문1동 423-43 백상 102호
전　　　화　(02) 900-4520 (대표) / 편집부 (02) 996-0041
팩　　　스　(02) 996-0043
전자우편　kncbook@hanmail.net

ISBN 978-89-6764-047-7 93810
정가 20,000원